超ミニスカ宇宙海賊《パイレーツ》 1

海賊士官候補生

笹本祐一

Yuichi Sasamoto

EX

Super Bodacious Space Pirates.

1

InD

イラスト　松本規之
デザイン　伸童舎

第一章　敵前上陸作戦

Super Bodacious Space Pirates.1

「スキャン終了」

隣席のチアキが、茉莉香《まりか》も見ているディスプレイの結果を口頭で伝えた。

「前方三〇万キロ以内に、敵影なし」

「うそばっかり」

茉莉香は、エラーと未識別反応ばかり目立つディスプレイを前に溜息《ためいき》を吐《つ》いた。

「障害物が多すぎるのと、敵が識別装置まで切って電波封鎖してるから、こっちでキャッチできないだけでしょ」

すぐ近くで自然衛星が戦艦の強力な主砲を喰《く》らって爆発四散したため、小型強襲上陸艇は大小さまざまな熱い星屑《ほしくず》に囲まれている。おかげで敵の強力なレーダーからも逃れられているのだが、こちらからレーダー、無線を発しない受動観測体制でもときおり観測システムが警報を鳴らす。

目的地である母星を正面に見つつ、艇長席の茉莉香は上陸艇のコントロール・パネルに指を走らせた。至近距離をほぼ同じベクトルで移動している巨大な岩塊に照準を合わせて、係留用のロケットアンカーを無動力で発射する。

高張力シリコンワイヤーを曳《ひ》いたロケットアンカーが、まだところどころ赤い高熱部分を残す巨大な岩塊に食い込んだ。茉莉香は素早《すばや》く自由繰り出し状態だったロケットアンカーと上陸艇を繋《つな》ぐワイヤーのウィンチを停止した。

爆発で吹き飛ばされた岩塊と、その岩塊を含む隕石群《いんせき》に潜り込んだ上陸艇とのわずかなベクトルの違いにより、命中直後は無重量状態でゆるんでいたシリコンワイヤーがぴんと張る。はるかに大きな岩塊の質量に曳かれて、上陸艇はゆっくりとその進行方向を変えた。

「よおーし、そのまま外れないでよお」

岩塊に命中したロケットアンカーの抵抗を確認しながら、茉莉香はゆっくりとウィンチの巻き取りを開始した。巻き取られるシリコンワイヤーに曳かれるように、上陸艇は艇首からゆっくり岩塊に接近を開始する。

「そこまでやんなきゃ駄目？」

航法士席のチアキは、引き続き周辺空域の受動観測を行なっている。

「この隕石流の中よ。ちょびっとくらい推進剤噴いたって外からは見えないんじゃない？」

「この中にまで通ってくるような強力なレーダー使ってる相手よ」

茉莉香は、まだときどき警報を鳴らす観測システムにちらりと目を走らせた。味方のものではないレーダーに照射されたら警報が鳴る。一瞬ならまだいい。警報が鳴りやまなくなったら、それは確実に敵に捕捉されたことを意味する。そして、戦場ではレーダーの次に飛んでくるのはミサイルかビームか、こちらを破壊するための実体弾である。

「推進剤の赤外線を観測されて狙い撃ちされたりしたくない」

「まあ、ここまで生き延びたんだから、今さら楽して危機的状況呼び込む必要もないか」

航法士席のチアキは、ディスプレイを艇体の損害状況に切り替えた。

「オーライ、機関部の応急処置は完了してる。外装パネルもだいぶ灼《や》けちゃったけど、七割くらいは装甲が生きてるからまだあてにはできるわ。操縦系の再点検終了、冗長系がいくつか死んでるけど、当面の操縦には問題なし」

正面に見えていた母星が、巨大岩塊の陰に入った。茉莉香は、岩塊に命中させたロケットアンカーに排除信号を送って引抜き、シリコンワイヤーを巻き取って回収する。

「このまま、正面の岩塊の陰に隠れて母星に接近します」

「了解」

艇体チェックを切上げたチアキは、周辺警戒に戻った。

「……にしても、たいがいひどい設定よね。敵制空権下の惑星降下作戦、しかも発進直後に味方艦隊が敵襲を受けて乱戦状態、こっちの艦隊が集結目標にしてた小さな月ごと吹き飛ばされて、味方がどれだけ生き残ってるのか、作戦続行なのか中止して撤退なのかも連絡なしなんて」

「ミッションのほんとうの目的は、敵惑星上へ降下しての基地潜入じゃないから」

艇長席の茉莉香は、索敵範囲を後方に切り替えた。こちらからレーダーを発しない受動観測体制を保ったまま、周辺空域を流れる隕石群を観測システム任せにマッピングする。

「たぶん、降下部隊や本隊が全滅したって、中止命令は出ない。できるのはこっちの判断での撤退と、あとは……」

「作戦続行が不可能になるくらいのダメージを受けた場合でしょ」

言いよどんだ茉莉香のあとを、チアキが引き取った。

「どっちみち、動けなくなるような損害喰らえばそこで終わりだわ。どうせ、手ぶらで帰る気なんかないんでしょうから」

「あたりまえじゃない」

艇長席の茉莉香が笑みを浮かべた。

「あちこちぼろけて来てるとはいえ、頑丈さがとりえの強襲上陸艇、動力なしで大気圏突入したって地上までは無事ってのが売りなんでしょ。いっくら勝ち目のない状況だって、最後まで奮励努力することを上だって期待してるでしょうし」

「まあねえ」

チアキは、あきらめ気味の溜息を吐いた。

「で、これからの方針は？」

「このまま、隕石群に乗って大気圏突入する」

茉莉香は、正面の立体ディスプレイに上陸艇の現在位置と目的地となる敵母星を展開した。

「さっき破壊された小さい方の月は、戦艦隊の二度目の集中斉射で爆発、四散した岩塊が爆発時の速度そのままに飛び散ってる状況よ。外向きに飛んでる奴《やつ》は脱出速度超えてるから惑星間空間に出てっちゃうでしょうけど、残り八割は惑星の周回軌道上を飛んで、戦闘空域を

汚染中。これがこの先どうなるかっていうと」

茉莉香は、コントローラーでディスプレイ上の時間経過を加速した。四散した岩塊はその範囲を拡《ひろ》げつつ惑星を周回、爆散方向によって早いものは半周もせずに大気圏に突入する。

「一〇〇時間以内にもとの質量の半分以上が大気圏突入!?」

シミュレーション結果を先回りしたチアキが声を上げた。

「一〇〇〇時間で八割落下なんて、惑星地表大損害じゃない！」

「落下予想地域は惑星の赤道上がほとんどだし、それでも被害が出そうな大物は大気圏突入前に敵か味方が砕《くだ》けばなんとかなるでしょうし、そもそもこんな惑星近傍空間で上陸作戦込みの艦隊戦やるような敵も味方も環境問題まで気にしてると思えないし」

「まあ、たしかにそこまで面倒見る必要もないわね。それで？」

「すぐ目の前の岩塊は、最初に惑星大気圏に達する一群よ。このまま惑星に接近して、一緒に大気圏突入する」

「ふうん」

チアキは、まっしぐらに突入軌道をとる岩塊の未来予想を見た。

「迎撃されない？」

「されるかも。でも、それだってこの船狙ったんじゃなくて、目の前の岩塊を地上に被害が出ない程度に砕くためのものよ」

「こんな上陸艇ひとつ蒸発させるには充分じゃない？」

「でしょうね。だから、もし迎撃されるときは、岩塊を盾にして直撃は避けようと思ってる。

対軌道迎撃兵器持ってる地上基地の場所はわかってるから、あとは敵戦艦の場所さえ正確に把握しておけば、肝心のときに逃げられると思う」

「無茶《むちゃ》な手ねー」

チアキは、惑星地表に落ちる隕石群の状況をいくどか早送り、早戻ししてみた。惑星に向かう隕石群の速度は、反重力や慣性制御を使わない自然軌道としても充分に速い。

「わかった、その手で行きましょう。もちろん、大気圏突入までに状況変化があれば対応するとして」

チアキは、もう一度大気圏突入までの隕石群の予想軌道を確認した。戦艦の強力な主砲の直撃を受けた小さな月はすっかり冷えていたはずの核が昇華蒸発して爆発した。質量の大半は砕かれた岩塊となってそれまでの軌道速度を大きく超える速度で爆散、一部は母星の重力を振り切って惑星間空間に飛び出す。

残りの大半は、それぞれの爆散速度と方向により、まっすぐ母星に突入するもの、長楕円《ちょうだえん》軌道に入って何周かしてから大気圏に突入するもの、そのまま軌道上に留《とど》まるものに分類できる。茉莉香、チアキが乗っている強襲上陸艇は、最短時間で母星に突入する隕石群とともに母星突入軌道を取っていた。

最初は密集していた隕石も、大気圏突入までには分散していく。また、爆発直後の高熱も時間と共に冷めていく。敵惑星に近づけば、それだけ哨戒《しょうかい》密度も上がり、敵に発見される確率も上がる。

幸《さいわ》いなことに、砕かれた月は金属質を多く含む重い星だった。通常のレーダーやセンサーなら、金属質隕石の反応にまぎれて人工の宇宙船の発見は困難になる。

しかし、大きすぎて地表に被害をもたらすと予測される隕石に対しては、戦場でも被害軽減のための迎撃が行なわれる。大型の隕石でも艦砲射撃などの手段で砕けば地表に到達する質量を充分に小さくすることができる。

搭載されていたコンピューターには、敵惑星が自然衛星落下などの災害に対してどんな防御策を用意しているのか、あるいはいないのかのデータはなかった。

「そばまで行けばわかるでしょ」

茉莉香はのんびりと言った。

「大気圏突入したら断熱圧縮された大気がまとわりついて照準が不正確になるし、突入寸前まで待った方が落下地点の予測も確実になるし、まだ戦闘続行中なんだから直接戦闘に影響しない射撃は敵も味方もできるだけ控えたいだろうし」

「こうしてる間も、大型隕石砕けるくらいの大砲がこっちを狙ってエネルギー充填《じゅうてん》してるでしょうに、いい度胸ね」

「できる対策は全部したもん」

シートベルトまで緩めてバックレストをリクライニングさせた艇長席の茉莉香が答えた。

「おかげで、低軌道まで無事に降りて来れたでしょ」

「そりゃまあ、そうだけど」

チアキは、速いテンポで航法士席のディスプレイを切り替えた。

「でも、あのあとたまに引っ掛るのが敵の識別信号ばっかりで、味方機もいっさい見当たらないってのが気になるのよねえ」

　探査範囲や精度を切り替えてみても、遠く後退した母艦艦隊とその周辺の哨戒機くらいしか味方機が見つからない。

「あんだけいっぱい一緒に出撃した上陸艇が、まあ何隻かは月の爆発に巻き込まれたりうっかり迎撃されたりしたんだろうけど、そのあと一切引っ掛らないって、なにがどうなってるんだか」

「そりゃあ、誰だって敵戦闘機がうようよいる惑星直上にのろくさい上陸艇なんかでふらふら出て行きたくないだろうし、みんなどっかに隠れてるんじゃないかなあ」

「どっかって、どこよ」

「そりゃあ」

　茉莉香は立てた人差し指をくるりと回して見せた。

「この辺り」

「出撃した上陸艇がみんな隕石群と一緒に移動してるっていうの!?」

「ああ、一番最初に突入する隕石群に隠れてるのは少数派だと思う。第二波、第三波にまぎれてる方が多いんじゃないかな」

「なんで!?」

「突入地点が、後退した母艦艦隊からまっすぐ見えるところにあるから。母艦艦隊が突入部隊の動向を見てないはずがないから、援護が期待できる」

「んじゃ、それを期待できない第一波に乗った理由は？」

「最初に突入する隕石群の方が、目標の敵基地の近くに墜《お》ちるから」

茉莉香は、艇長席のバックレストを立てた。4点式のシートベルトを締め直す。

「なにより、これでこのミッション真っ先に終わらせられるわよ」

「最高ね」

チアキも、航法士席のシートベルトを締め直した。耐衝撃防御用の慣性制御は敵のセンサーに引っ掛るおそれがあるのでできるだけ使いたくない。

「レーダー反応来た！」

操縦室に警報が鳴り響いた。

「敵戦艦隊の遠距離精密射撃、来るわよ」

茉莉香は、ディスプレイ上に敵戦艦隊の現在位置を確認した。惑星間空間にまで退却した母艦艦隊に対して、母惑星を背に高軌道上に占位した戦艦隊は、隕石群の大気圏突入前に射撃を開始する判断を下したらしい。

戦艦隊は、高軌道つまり上から、惑星上つまり下に落下する隕石群を狙い撃ちする形になる。正確に照準しなければ外れたエネルギービームが惑星地表を直撃するから、射撃管制用レーダーは容赦ない高出力で隕石群を照らし出した。

茉莉香は、射撃管制用レーダーの照射パターンを目の前の巨大岩塊に重ねた。隕石群の中でも地表まで到達して被害をもたらすものを重点的に、洋上に落下しても津波だけでなく海底にまで到達して地盤破壊を起こす可能性のある大型のものから精密射撃される。そして、攻撃側の戦艦隊から見て奥にある隕石から順に攻撃されるはずである。

茉莉香は、正面の岩塊の重心点をおおざっぱに読み取って、シートサイドのコントローラーに手を置いた。

「来た！」

装甲目標が相手ではないから集束率はそれほどでもないものの、おそらく艦砲のメカニズムの許される限り高充填されたエネルギービームが低高度軌道空間を貫いた。隕石群内のダストを蒸発させながら、ほぼ先頭を飛行していた岩塊に正確に命中する。

「長い！」

確実な破壊を期すためか、通常なら短時間で終了するはずのビームの照射は予想外に長く続いた。終わると同時に、白熱した先頭の岩塊が爆発するように砕け散る。

「狙いを外しても、照射時間が長すぎても、自分の大砲で自分の惑星を射《う》つことになっちゃうもんね」

茉莉香は、上陸艇周辺空間の状況を確認した。至近弾といえる近距離をビームが抜けたおかげで、ノイズが多い。

「狙いは正確、目標が熱爆発で砕け散る寸前に射撃完了」

チアキが、観測データを最新状況に書き換える。

「ずいぶん優秀よ」

「着弾予想地点の目の前で避けようってんだから」

ノイズだらけの観測結果を見て、次のビームが来る前に茉莉香は岩塊直近の上陸艇をゆっくり動かした。

「狙いは正確な方が助かるわ。着弾後、岩塊が熱爆発起こすと同時にいちばん外側の衝撃波にまぎれて前に出る」

「無茶な突入軌道よねー」

「うしろ見てて、別角度から着弾観測してるのがいるはずだから」

「この艇のセンサーで見えるかしら」

操縦室に警報が鳴り響いた。茉莉香はビームの着弾を待たずに岩塊の表面を回り込むように重心から距離を取る。

戦艦級の主砲を束にした強力なエネルギービームが、金属質隕石に着弾した。上陸艇のセンサーが一斉に警報を鳴らし出し、安全装置が働いたものから次々にブラックアウトしていく。

「大丈夫なの!?」

悲鳴を上げる上陸艇のシステムに応急処置を施しながら、チアキは悲鳴を上げた。

「やばいかも」

直撃を受けてひび割れから白熱していく岩塊の横に上陸艇を移動させながら、茉莉香は艇首を外側に立てた。

「戦艦級の直撃至近に受けて、爆発の衝撃波の外縁にタイミング合わせて退避しようっていうんだから」

内圧に耐えかねた巨大な岩塊が、最初裂けるように、次に爆発して四散した。茉莉香は、事前に計算しておいた加速度に従って爆発の衝撃波に乗るように上陸艇を発進した。

「あちこち警報でてるわよ、いちいち報告しないけど」

センサー廻《まわ》りだけではなく、推進系、艇体にも立て続けに警報が出ている。

「追加装甲がだいぶやられちゃったけどお守りと思って保持、他にこっちでできることは?」

「爆発の隕石流の中に入るから、しっかり掴《つか》まってて!」

爆発の衝撃波が艇体に損傷を与えない程度に分散したタイミングを計って、加速を緩めた茉莉香は上陸艇を爆散する隕石群のなかに潜り込ませた。近距離レーダーとセンサーが悲鳴を上げながら近接物体を識別、ありったけの警報を鳴らす。

「宇宙だから、最初の爆発のベクトルのまま拡散するだけ、軌道予測も単純だとは言ってもねえ」

精度の問題で、爆発四散した岩塊のすべてがレーダーやセンサーで捕捉できているわけではない。チアキは、石や礫《つぶて》より小さいものまでは、よほど危険度が高くない限り表示されないディスプレイと上陸艇が取るべき軌道を比較している。

「大気圏突入する隕石群に潜り込むとはねえ。えーと、手近だとこいつが適当かな」

チアキは、爆散した岩塊の中から、最短軌道で大気圏突入する大きめの塊を選び出した。

「三つが団子になって、ベクトルもだいたい同じだから、こいつと一緒なら外から見られる危険も最小限に抑えられる」

「了解!」

茉莉香は、チアキから指示された予測軌道に上陸艇を滑り込ませた。避けきれない小さな隕石が外から艇体をごつごつと叩《たた》く。

　編隊を組んだようにほとんど塊になって飛んでいる三つの隕石の後方に上陸艇を付けて、茉莉香は慣性飛行に移行した。

「外は？」

「見えるわけないでしょ」

　念のために、チアキは周辺状況を更新した。

「敵艦隊は後方の隕石群に艦砲射撃続行中、前方には地上からレーダーが照射されてる」

「うしろからの砲撃は艦砲射撃と隕石群の残骸に紛れるから狙われるのは心配しなくていいとして、問題は地上からのレーダーか」

「これだけ大きな隕石群を背負ってれば、レーダーも見逃してくれるんじゃない？」

「大気圏突入してる間は大丈夫だろうけど、下まで行っても燃え尽きずに降りてきたらばればれじゃない？」

「そのために隕石と一緒に大気圏突入したんじゃないの？」

「でも、盛大に赤外線放射しながら降りてったら目立ってしょうがない」

　茉莉香は、すこし考え込んだ。

「そうか、大気圏突入したら慣性制御でブレーキすればいいんだ」

　その結果なにが起きるか考えて、チアキは眉をひそめた。

「燃え盛る隕石だけ先に行かせて急減速？　そりゃあ上層大気を断熱圧縮しなくても済むから、赤外線放射は抑えられるだろうけど、そのあとはどうするの？」

「目を付けられない程度に速度落とした自由落下軌道で地表まで行って、そのまま海に墜ちて見せてから、敵基地に移動開始する」

茉莉香の説明に、チアキはその場合に想定される展開を考えてみた。

「燃え尽きない隕石と思われれば迎撃されるのは確実だから、それよりはまだ安全かしら」

「崩壊したとはいえ自然衛星の突入だから、突入速度が若干遅めなのよねえ」

茉莉香は、隕石群が砕かれて更新された突入軌道予想を最新のデータに切り替えていく。

「もとが月だから突入速度は軌道速度にプラスマイナス、公転速度で突入してくる隕石の三分の一ってところかしら」

「軌道速度でも公転速度でも、あっという間に燃え尽きなきゃ怪しいと思われるわよ」

「うん……」

チアキは、最新の情報に更新された隕石群の突入予測を見た。戦艦隊の砲撃で砕かれた隕石群の第一陣は、大きく広がりながら赤道上空に大気圏突入していく。

チアキは、大気圏への突入予測分布を拡大した。

「大気圏に突入した隕石が燃え上がるのは高度一〇〇キロから」

目標惑星表層の正確な大気分布はわかっている。突入速度から、断熱圧縮による大気のプラズマ化がどれくらいの高度で起きるかも精密に予測できる。

「てことは、高度一〇〇キロで急ブレーキかけたあと、その高度のまま移動していけば」

茉莉香は、立体ディスプレイに拡大表示された隕石群の落下予測を見直した。

「成層圏の上、中間圏を流星雨の中飛べってことね。隕石と一緒に大気圏突入するより無茶なんじゃない？」

「一緒にいるから、茉莉香の無茶が感染《うつ》ったのよ」

「よし、それ採用」

茉莉香は、立体ディスプレイに上陸艇のおおざっぱな予定軌道を引いて隕石の突入を避けるための予測軌道の計算を航法コンピューターに開始させた。隕石群の落下予測は赤道洋上から敵基地を通過、再び洋上に抜ける。

「追加装甲、残り六割ってとこかあ。ステルス性だいぶ落ちてるだろうけど、隕石群の中抜けてけば見逃してくれるかな」

上陸艇を覆う追加装甲は完全な状態ならレーダー波を偏射、吸収して反射させない。しかし、隕石群の中を飛んでいるおかげで宇宙塵《うちゆうじん》の直撃を受けている追加装甲はあちこち剥《は》がれ、変形し、新品同様のステルス性能は期待できない。

「現状でも、八割くらいのステルス性は確保できてるんじゃないかなあ」

チアキは、追加装甲と艇体の最新状況をチェックした。

「熱圏は軌道速度で飛び込んでくる隕石でノイズだらけになるから、基地への直撃軌道にさえ乗らなければ大丈夫じゃない?」

「本番でこっちに都合のいい希望的観測はしたくないけど、それよりいい手思い付かないからそうする。さあて、そろそろ大気圏突入か、な」

外部モニターに目を走らせると、上陸目標の惑星の青い弧が見えた。ディスプレイは、上陸艇が隕石ともども四〇度という角度でまもなく中間圏に突入することを知らせている。

火器管制レーダーを解析しての自動回避はできても、コンピューターはどの高度で急ブレーキをかければもっとも発見されにくいかまでは判断してくれない。茉莉香は降下する艇の安定は自動操縦に任せ、急減速するための慣性制御システムを起動させた。

「外板温度、上昇中」

先行する隕石の陰に隠れる形で降下しているから、温度の上昇率は低めに出ている。しかし、軌道速度は容易にかすかな大気を断熱圧縮して高温のプラズマと化す。

「高度どれくらいで減速するの？」

「高度一〇〇キロで燃え上がるっていうなら、そのちょっと下」

艇長席の茉莉香は、上陸艇の周辺状況と高度読み取りに余念がない。

「墜ちてくる隕石目で見てたら間に合うはずがないから自動回避させるけど、先読み設定しなきゃならないから上陸艇《ふね》の状態まで面倒見てられないんで、そっちお願い」

「はい了解、他になにかできることは？」

「幸運でも祈って」

目の前の隕石が、燃え上がるプラズマに包まれた。茉莉香は、慣性制御システムだけを使って上陸艇を急減速させた。

「ここからあとの飛行は、全部運任せの自動制御になるから」

見かけの質量を慣性制御システムで急激に減じた上陸艇が、大気圏上層部のかすかな大気の抵抗で急減速する。追い越すように、断熱圧縮でプラズマ化した高熱大気をまとった隕石群が光跡を残して洋上に落下していく。

慣性制御抜きなら高剛性構造の艇体のみならず乗員までぺしゃんこに潰れるような急減速

で、上陸艇は高度一〇〇キロに広がる中間圏で緩降下に入った。降下速度は急減速しても水平速度はあまり減速せずに軌道高度よりは低い高度を、軌道速度よりはるかに遅い速度で飛ぶ。

たとえ近距離用でも自分からレーダーを発振すれば厳重な警戒態勢を敷いている敵軍にキャッチされ、迎撃される。遠い本隊からの広域観測情報と機載の受動《パッシブ》センサーで上空から突入する隕石をキャッチ、回避機動は自動操縦に任せる。

上空から軌道速度で突入してくる隕石は、速度差が大きすぎ、数が多すぎて、人の反射神経と技術では回避が間に合わない。茉莉香は、中間圏を抜けないような緩い降下を続けながら、次々に突入してくる隕石を追うようなコースをセッティングした。

各所から突入してくる隕石群をセンサーの精度の許す限り捕捉したコンピューターは、最小の回避機動で指定された条件に合う経路を計算、マイクロ秒単位で上陸艇を精密飛行させる。

艇長席の茉莉香は、自動操縦で対応しきれないような非常事態に待機しつつ、その先の予定軌道を入力する。

「慣性制御と速度低下のおかげで、追加装甲がだいぶ保《も》ちそうよ。それにしても、中間圏で時間稼ぐなんて飛び方、どこで覚えたの？」

「ヨット部のディンギーで、大気圏突入のシミュレーションはいっぱいやったから」

軽快に回避機動をとりながら流星の雨の間を進む上陸艇の艇長席で、茉莉香は答えた。

「ああ、あれか」

「外の様子は見える？」

「戦艦隊による隕石群への艦砲射撃はだいたい終わったみたい。おかげで軌道上はノイズで溺れそうだけど、艦砲射撃はちょっと前から観測できない」

「そっか」

茉莉香は、ディスプレイに表示される範囲を拡げた。表示範囲の隅に上陸目標地点となる敵基地が入る。

「てことは、次は敵基地がやばそうな隕石を直接攻撃する、かな」

「戦艦隊は隕石群を砕ききらなかったってこと？」

「そりゃまあ、安全確保のためにできるだけのことはやったでしょうけど、実際に隕石喰らう立場の地上基地にしてみれば、予測される被害はできる限り防ぎたいところでしょうし」

茉莉香は、ディスプレイの情報を大きく拡がった隕石群に切り替えた。最新の落下予測を確認する。

「まあ、最低限直撃コースにある地上に届きそうな大物は迎撃するとして、んーと、この辺りなら見逃してもらえるかな」

基地近傍の洋上に落下予測されている隕石のうち、被害を出しそうな大質量隕石をいくつか選び出す。

「基地突入の最後のカムフラージュに使うの？」

「そう、できれば迎撃されないくらい遠距離で、そのあとの侵入が楽な近距離に落ちるようなの」

「そんな都合のいいの、ある？」

「これかな」

茉莉香は、基地の比較的近距離の洋上に落下する隕石のひとつを選び出した。

「これと一緒に落ちれば、そのあと落ちてくる隕石の着水あと追いかけて基地に接近できると思わない？」

チアキは、茉莉香がリストアップした隕石の大きさと予測軌道を他の隕石と比べてみた。

「細かく比較してる時間ないわね。おっけー、乗った。やるだけやってみましょう」

「んじゃ、それまでに予測突入空域に移動して、と」

茉莉香は、成層圏よりさらに上の中間圏で、降りしきる流星雨を縫うような移動を開始した。慣性制御のおかげで上陸艇の見かけ上の質量は大幅に低減されているが、揚力となるほどの空気抵抗はない。また、急減速したおかげで揚力再突入に持ち込めるほどの速度もない。茉莉香は、最低限の反重力機関だけで上陸艇の高度を保ちつつ流星雨の中に留まるような緩降下を続けた。

「赤外線放射もしたくないから、通常推進も使わずに反重力機関だけでの移動か」

軌道は自動設定とはいえ、未来軌道の選定と設定は行なわなければならない。チアキは、目標とする隕石の突入に合わせて急降下するコースをセッティングしている。

「見逃してくれるかな」

「対空監視は厳重なはずだもの。それも、赤外線とレーダーがメインのはず。うっかり通常推進かけたら高熱の噴射痕見えちゃうかもだけど、中間圏で流星雨にまぎれてればすこしはカムフラージュになるかなーって」

「追加装甲のステルスもまだ多少は効いてるはずだから、そう期待したいところだけど、命懸かってるときに希望的観測はやめろって言われてるからなー」

チアキから送られてきた未来軌道の設定を承認して、茉莉香は飛行経路に加えた。

「少なくとも上陸艇なら隕石みたいに大質量のまま墜落してこないだろうから、今はまだ見逃して貰《もら》ってる、って思った方がいいかも」

「そうね、それじゃあもう発見されてる前提で対処考えとくか」

「とっくに考えてあるくせに」

「いやまあ、そうなんだけどさ。そろそろ突入軌道、来るよ」

「わかってる。カウント……」

ディスプレイに表示される数字を待つ間、茉莉香の台詞《せりふ》が途切れた。

「3、2、1、ゼロ！」

すぐ目の前に落ちてきた隕石を追うように、上陸艇が反転急降下した。慣性制御特有の軌跡が鋭角を描く射出されたような軌道で自由落下する隕石の後方に回り込む。

急加速と同時に急増する抵抗と空力加熱を慣性制御で抑え込んで、上陸艇は先行する隕石との距離を詰める。長く尾を曳く空力加熱のプラズマの渦の中に入って、チアキは目前の隕石の最新状況を走査した。

「密度、大きい！　たぶん鉄隕石、今の質量の半分以上が地上に届くわ」

「おあつらえ向き！」

隕石の強度、密度によっては大気圏上層部で等比級数的に増大する空気抵抗に耐えきれずに爆発、四散する。金属を主成分とする頑丈で重い隕石なら、軌道速度で大気圏に突入しても大気圏で燃え尽きずに地表まで到達する。

基地を直撃する隕石は、軌道上からの迎撃であらかた砕かれて大気圏内で燃え尽きるか、地表まで届いても充分に小さくなって被害を最小にするはずだった。基地に被害をもたらさない、充分な遠距離に落ちる隕石に対しては、甚大な天災を対応可能な災害にする程度の迎撃が行なわれている。

チアキが選び出した隕石片は、基地の被害範囲の外周の洋上に落下するものだった。墜落地点の海洋深度は数百メートル、軌道速度で大気圏に突入した隕石片は濃密な低高度大気で急減速されながら大質量の運動エネルギーによる断熱圧縮で白熱するほど燃え上がり、その大半を蒸発させる。

上陸艇は、流星の長く尾を曳く金属蒸気のプラズマの中に隠れるようにして一気に高度を落とした。先行する隕石が大気圏内に作り出す巨大な衝撃波の内側に入り込む形で飛行していたから、上陸艇が受ける抵抗は見かけほどには大きくない。

高度一万メートルを大きく割り込むまで粘ってから、茉莉香は慣性制御システムを最大限に作動させて上陸艇に急ブレーキをかけた。長い白熱した軌跡を残して洋上に落下した隕石はそのまま衝撃波で海面を割り、キノコ雲にも似た爆煙を成層圏にまで噴き上げる。

海面に衝突して砕け散った隕石片と噴き上げられた海水による水蒸気が大部分のキノコ雲の中に、茉莉香は上陸艇を突っ込ませた。

「なにも見えない！」

高熱の水蒸気をはじめとする浮遊物に高密度に囲まれた上陸艇の航法士席で、チアキが言わずもがなの現況を伝えた。

「たぶん向こうからも見えない！」

気休めに答えながら、茉莉香は広がる爆煙の中から出ないように上陸艇を急減速させながらその針路を基地方向に定めた。

「このまま海面高度まで降りて、次の隕石の墜落をカムフラージュに基地に接近します！」

軌道上の観測で、基地周辺に落下する隕石の軌道も落下地点もわかっている。隕石が洋上に墜落すれば爆発したようなエネルギーが放出されるから、哨戒に対する目くらましとしては充分に作用するはずだった。

最大限に広がった隕石墜落あとの爆発圏から、上陸艇が飛び出した。一瞬だけ開いた視界の目の前に、白熱したビームのような次の隕石が落下した。海面に衝突した隕石が、衝撃波と共にキノコ雲にも似た爆煙を噴き上げる。

茉莉香は、隣席のチアキと一瞬だけ顔を見合わせた。

「見えた？」

チアキは頷《うなず》いた。ディスプレイに指を走らせて索敵データの解析を開始する。

「敵味方識別装置なんか切りっぱなしだから、反応だってノイズ扱いの方に捨てられちゃってるけど、なに今の？」

「たぶん、同じこと考えて似たような軌道《みち》降りてきた、味方機じゃないかなー」

洋上を高速移動する上陸艇が、次の隕石の爆煙に入った。爆発中心から外側に飛ぶ形になった先ほどと違い、今回は爆発円を横切る形になる。

「わたしたち以外にも、隕石と一緒に落ちてきた上陸艇がいるっていうの!?」

「あたしたち程度でも思い付くことだもん」

気休め程度に高度を取って、茉莉香は爆発中心を避けるコースを取る。

「えーと、自由落下状態じゃない飛行物体避けるようにすれば大丈夫、かな」

衝突可能性のある物体は、それが動いているか止まっているかにかかわらず、自動回避する設定になっている。軌道速度も超音速も、生体の反射神経では対応できない。上陸艇は帝国艦隊の最新装備らしく、レーダーやライトを使わない受動観測だけで障害物から迎撃ミサイルまで自動回避できるようなオートパイロットが用意されていた。

「味方機がいる、となると」

海面高度の低空飛行で爆散する障害物を回避する上陸艇の中で、チアキは目的地となる敵基地の位置をディスプレイに立体表示した。

「余裕で一番乗りかと思ったけど、きつくなったかな。どうする？　味方機のポジション次第じゃ、一番乗り、狙う？」

「安全第一」

茉莉香は即答した。

「ここまで来て細かい点数稼ぎしたって、それで墜とされたらおしまいよ。それより、与えられたミッション達成するためにできるだけの手を打つべきじゃないかしら」

「先に行ってくれた方が弾除《よ》けになるんじゃないかとか、もっと悪いこと考えてない？」

「考えた」

茉莉香はディスプレイから顔を上げない。

「考えて、向こうもこっちにその役目期待してるかも、って思った」

「でしょうね」

チアキは肩をすくめた。

「ここまで生き残って降りてきたなら、それくらいのことは考えてるでしょう」

「ってことは、協力することもできるんじゃない？」

「そりゃまあ、味方なんだからそうするのが本来の姿だけど、どうやって？　無線封鎖してるんだからこっちから連絡取るのは論外だし、向こうがこっちの存在に気付いてない可能性もあるし」

「それはまあ、運任せかな」

上陸艇は、三つ目のキノコ雲のような爆煙に進路を変更する。

「どうせ目的地は一緒なんだから、辿《たど》り着ければ一緒になるでしょ。帰りは上の艦隊が援護に入るから、行きよりは楽になるはずなんだし」

「ほんとに援護に来てくれるのかしら？」

「そこは作戦手順信用したいところよね。さすがに対空迎撃手段くらい潰してもらわなきゃ、課題終わったあとに軌道上まで帰れない」

茉莉香は、目的地となる敵基地の最新地図を上陸艇の進行方向に合わせてディスプレイ上に表示した。

「流星雨を迎撃したおかげで、対空陣地の場所は軌道上からでも丸見えなはず。先行した潜入部隊が予定通り対空陣地を殺すか基地機能を潰すかしててくれなきゃ、援護なしで母艦まで戻るなんてできっこないんだから」

「潜入部隊はちゃんとお仕事してくれたかしら？」

沿岸部に建設された大規模な宇宙港を中心とする基地は、対軌道戦闘と流星雨のおかげでかなりな損傷を受けているように見える。港湾部分に何本も突き出た桟橋は寸断され、レーダーやアンテナをはじめとする空港設備にも少なからぬ被害が確認できる。

しかし、厳重に防護された掩体壕《えんたいごう》や装甲された施設には、黒焦げた大口径ビームの命中痕は確認できても破損は見えないし、洋上にも被害を受けた船舶は見えない。

「空っぽに見えるわよ？」

チアキは、地図情報に軌道上からの偵察画像を重ね合わせた最新情報を見て首を傾《かし》げた。

「そりゃまあ、すぐ頭の上で艦隊戦しようってえんだから、出せる戦力は全部出すでしょうし、温存したい戦力は見えるところには置いとかないだろうし」

「そりゃまあ、そうだけど」

チアキは、自分の席で軌道上からの最新情報を確認した。上陸艇の針路上だけでなく、表示範囲を大きく拡げて脅威を探す。

「海の下に磁気反応、沈没船じゃなきゃ潜水艦かしら。逃げ出さずに基地の近所で待機してるってことは、これも戦力に数えた方がいいわね」

軌道上からの大口径ビーム砲撃で損害を与えられるのは地上、洋上の目標までである。大気圏でもビームの威力は減じられるが、深く潜航している目標に対しては水が障害物となって届かない。

洋上に浮上すれば、潜水艦は軌道上からも破壊できる目標となる。

「こんなちっぽけな上陸艇相手にわざわざ浮上して相手してくれるかどうかわからないけど」

「そりゃあまあ、このあと降りてくる予定の強襲揚陸艦の相手をするために温存しておきたいところでしょうけど、すぐ頭の上まで攻め込まれた敵側にそんな余裕あるかしら」

地上基地にとって、軌道上は障害物のないすぐ目の前であり、惑星にとっては絶対防衛圏が設定された直接戦闘圏内である。

「だからって頭出せば軌道上で待ってるはずのこっちの艦隊に狙い撃ちされるわよ。敵の防衛艦隊同様に、こっちの強襲艦隊も健在なんだから」

「だとすると、こっちの相手はこれから出撃かな」

茉莉香は、針路上の基地に設置されている掩体壕に注目した。

「こっちはどうせただの上陸艇なんだから、迎撃戦闘機なんか出さなくても掩体壕や隠しランチャーからミサイル射てばいいんだもん。こっちの目標は基地の奥、嫌でも突っ込んで行かなきゃならないんだから、避けきれるかなー」

洋上に落下した最後の大きな隕石が上げた爆煙を抜けた。針路上には高速実体弾かビームのように流星雨が続いているが、灰色に沸き立つ海の先に幾筋もの黒煙を上げている敵基地が見えている。

「えーと、もし上がこっちのこと見てるなら、上陸艇の敵基地接近に合わせて電磁妨害かけてくれるはずなんだけど」

「来た！」

受動で作動させていたセンサーが鋭い警報を発した。軌道上を含む全方位に強力なレーダーを発射していた敵基地を目標に、軌道上の電子戦艦が束になって強力な妨害電波を浴びせかける。

「目標そのまま」

最適回避機動は自動操縦に任せて、茉莉香は流星雨が海面を叩く洋上から基地に接近する上陸艇の速度を緩めなかった。

「まもなく、敵基地上空」

軌道上から叩きつけられる強力な妨害電波のおかげでこちらのレーダーも使えない。どっちみち突入前から現在位置を秘匿するためにレーダーを含むすべての電磁波は発射していない。茉莉香は、近距離用レーザーセンサーや外部モニターの光学解析、軌道上の観測機から送られてくる最新の偵察情報などを重ね合わせて上陸艇の針路を確保した。

「高熱源反応！」

チアキが声を上げた。

「小さいけどいっぱい、たぶん迎撃ミサイル！」

低高度高速で侵入してきた敵機に気付いた基地が、対空迎撃ミサイルを射ってきたらしい。

強電子妨害下で発射されたのなら正確に照準を定めたわけではなくまぐれ当たりを期待して

の掃射だろうと判断して、チアキは自動迎撃を開始した。

「まぐれ当たりしそうな奴だけ迎撃！」

強電磁妨害下で目標を定めずに発射されたミサイルでも、センサーが標的を捉えさえすれば飛んでくる。対空迎撃レーザーにこちらを捉えそうな軌道のミサイルだけ迎撃するように指示して、チアキは飛行経路を再チェックした。

「ミサイルの自動迎撃だけ、ってことは先行部隊の破壊工作はそれなりに成功したのかしら？」

「それなら、こっちの仕事ももう少し楽になってるはず」

細かく針路を変更するランダム回避機動で超低空飛行を続ける上陸艇の艇長席で、茉莉香は新しい目標地点をコントロール・パネルに打込んだ。

「上空からこれだけ強力な電子妨害がかかるってことは、上もまだ基地の戦力が失われてないって判断してるってこと。だからこれもたぶん上陸部隊への援護のうちよ」

「楽じゃないわね。もうすぐ合流ポイントだけど」

「無視する」

「え!?」

「こんな迎撃されてるのに、敵基地のど真ん中で着陸して静止したら集中砲火浴びて終わるだけよ。合流信号確認できるまでどこにも降りない。味方の上陸艇、見える？」

「ここまで来て敵味方識別装置入れてるわけないから確実じゃないけど、基地上空にミサイルでも流れ星でもない未確認機はうち以外に前ひとつうしろ二つ。先行してるのがもうすぐ合流ポイントだけど、こっちも減速しそうにないわね」

「こんな花火大会みたいな敵基地上空に迎撃機が出てきてるわけないわ。今ここにいるのはたぶん味方、隕石と一緒に降りてきたお仲間よ」

茉莉香は少し考え込んだ。

「うちいれても全部で四隻か。今さら敵基地叩く戦力としちゃ頼りないけど、潜入部隊回収するには充分ね」

「だから、どこでその潜入部隊と合流、回収する気だよ」

「上からの作戦手順変更は、来てない、と」

茉莉香は、サブディスプレイに表示させていた手順書に優先変更の指示が来ていないことを確認した。

「合流信号もまだどこからも出てない。当初の合流ポイント無視するとなると、潜入部隊か上かどっちかが新しい合流ポイント指示してくれると助かるんだけど、上は望み薄だろうなあ」

茉莉香は、現況を手際良く要約した。チアキが質問する。

「それじゃあ、潜入部隊から合流ポイントの指示があるまで、待機？」

「上からの強電子妨害が続くなら、作戦続行中、潜入部隊救出の手順もまだ生きてるってことだから、それしかないでしょうねえ。とはいえ、せっかく侵入した敵基地上空で待機なんてできるわけないし」

「敵基地上空はこのまま通過して、奥の森林山岳地帯目指す？　海沿いにはそれなりの市街地あるけど、奥まで入れば少しは静かに待てそうよ」

「ろくな機動性もない上陸艇でもう一度強行侵入するの？」

嫌そうな顔で、茉莉香は短く首を振った。

「流星雨に合わせた奇襲みたいなタイミングだからなんとかここまで来れたけど、通り過ぎてまた同じことしようと思ったら今度は対空迎撃待ちかまえてる基地上空に突っ込むことになるのよ。次はまたなんか別な手考えないと、的にされるだけよ」

「それじゃ、戻る？」

チアキは、機体の残存燃料を確認した。慣性制御に反重力機関まで搭載している上陸艇だから、損傷さえ受けなければ軌道と地上をまだ何往復かする余裕はある。

「また再突入して任務を果たす機会があるかって問題になるけど、黙って撃墜されるよりはマシかな」

「動いた！」

チアキが鋭く叫んだ。

「掩体壕、開いてる!!」

「了解！」

基地上空を通り過ぎずに、茉莉香は低高度を維持したまま上陸艇をターンさせた。ディスプレイ上に、一番近い巨大な掩体壕が二つに割れて持ち上がっている様子が映し出される。

「あれが、この基地の秘密兵器ね」

茉莉香は、基地にいくつも配置されている巨大な掩体壕が同時に開いていくのを確認した。

「対軌道大口径ビーム兵器、グランドキャノン」

地上から軌道上の目標を精密射撃可能で、しかも戦艦級の装甲も貫通できるだけの出力を持つ大口径砲を、敵基地は地上配備しているという情報はあらかじめ知らされていた。軌道上から狙い撃とうにも、大口径砲は安全な地下深くに隠され、堅固な掩体壕に守られて有効な艦砲射撃ができない。基地全域を目標にして吹き飛ばせば、惑星とその生態系に気候変動を含む重大な損害を与える可能性がある。

先行して敵基地に潜入した部隊に与えられた任務は、地上に配備された大口径砲、通称グランドキャノンの破壊を含む機能停止だった。茉莉香たち強襲上陸艇の任務は、グランドキャノン破壊任務に参加した潜入部隊の回収である。

地上からグランドキャノンに迎撃される心配がなくなれば、軌道上から大型の強襲揚陸艦が基地に降下、地上戦力を展開して基地を占領、無力化する。

「このタイミングで掩体壕が開いてグランドキャノンが出てくるってことは、えーとうちの揚陸艦隊が突入してくるのかそれとも潜入部隊が任務に成功したのか、どっちかしら」

基地全域に対する電磁妨害も、上陸艇に対するミサイル迎撃も続いている。

「もし、グランドキャノンの発射準備だとしたら、なんにもできないよ」

グランドキャノンは、戦艦搭載の艦砲よりはるかに大きな要塞砲である。対艦用ではない強襲上陸艇には、グランドキャノンに効くような兵器は搭載されていない。

「もしグランドキャノンがまだ生きてるなら、軌道上の戦艦隊との撃ち合いになるところだけど」

「だとしたらすぐ逃げ出さないと」

「大丈夫」

チアキが通信機のディスプレイを軽く弾《はじ》いた。対空迎撃とは色も発光パターンも違う照明弾が基地上空に打ち上げられていた。

「合流信号、来た。位置データ付き」

「どこ？　予定と違う？」

「違う」

チアキは、強電磁妨害下でも読み取れた信号弾による発光パターンの解読結果を敵基地見取り図に重ね合わせた。発光パターンには、簡単な信号しか乗せられない。光学センサーによって解読された信号には、発光信号の発射地点を回収地点に変更する要請を示す符号が付加されていた。

「どこに？」

「信号弾を発射したところまで迎えに来いって」

「ちょっと待って、今確認する」

光学センサーに、信号弾の発射地点は記録されていた。

「基地地下、グランドキャノン基部」

チアキは、表示された信号弾の発射地点を読み上げた。

「えーと、事前に判明してるグランドキャノン六基のうち、砲塔ブラボーの基部だって」

「今開いてる奴ね」

グランドキャノンを覆う掩体壕は、六基中四基が開放されていた。茉莉香は、旋回して開いていく掩体壕を上陸艇の正面に持って来た。

「もう一つ、じゃない二つ！」

光学センサーが、さらに二発の信号弾の打ち上げをキャッチした。チアキは手早く解読結果を読み上げる。

「内容はさっきと一緒、信号弾発射地点に回収地点変更要請！」

「成功した、のかな」

茉莉香は、開いていく掩体壕の位置を確認した。暫定的にアルファ、ブラボー、チャーリー、デルタ、エコー、フォックストロットの六つの仮称を振られたグランドキャノンのうち、アルファとチャーリー、フォックストロットを除く三基から信号弾が上がっている。アルファとチャーリーを防護する掩体壕はまだ開いておらず、フォックストロットからの信号弾もまだ打ち上げられていない。

上陸作戦に先立って敵基地に先行した潜入部隊が、上陸開始までにグランドキャノンを無力化するのが作戦手順である。強襲上陸艇に課せられた任務は、グランドキャノンを無力化した潜入部隊を上陸作戦の開始までに回収することだった。

茉莉香は、ほぼ同じタイミングで敵基地上空に侵入した他の三艇の上陸艇の現在位置を確認した。

「このあとグランドキャノンが射たなければ潜入部隊が無力化に成功したってことだろうけど」

「上陸艇を誘《おび》き寄《よ》せる罠《わな》の可能性は？」

「否定できないわね」

茉莉香は、掩体壕が開いているにもかかわらずまだ回収要請の信号弾が打ち上げられていない、フォックストロットと仮称されているグランドキャノンに針路を定めた。

「ただ、基地攻撃にはろくな戦力にならない上陸艇を叩き落とすためだけにしちゃ地味過ぎると思うけど」

「なんで、まだ信号弾が打ち上げられてないフォックストロットに向かってるの？」

「他の三基には、一緒に降りてきた上陸艇が向かってるから」

茉莉香は答えた。

「あと、うちの位置がフォックストロットからいちばん遠かったから。到着までに時間がかかるから、もしこれが罠なら、先に味方の上陸艇が撃墜される」

「なるほど」

少し考えて、チアキは訊《き》いた。

「対空放火で墜とされたか、罠に誘き寄せられて墜とされたか、どうやって見分けるの？」

「えーと、考えてない」

「少なくとも現時点で味方の上陸艇は全艇健在、ブラボーに向かった上陸艇が上空到達して、降下に入ってる」

「グランドキャノンの展開構造図探して！」

茉莉香は、ランダム回避パターン込みのグランドキャノン・フォックストロットへの進路を再セットした。

「あと、今フォックストロットから打ち上げられた信号弾の正確な発射場所も。信号は、発射場所への回収要請で変わらず？」

「変わらず」

チアキは、グランドキャノンの立体構造図を映し出した。地下収納式のグランドキャノンは、巡洋艦サイズの機関部を地上に持ち上げる巨大なエレベーターの上に載っている。防護カバーとなる掩体壕を開いて地上まで上昇したグランドキャノンは、射撃目標に対して長大な誘導砲身を展開、発射する。

事前にレクチャーされたデータが正確なら、あらかじめ照準を指定されたグランドキャノンが掩体壕を開いて地上に上昇、誘導砲身を展開してフル・パワーの射撃を開始するまでに最短一分間しかかからない。

軌道上の揚陸艦隊はもう突入軌道に入っている。予定どおりなら揚陸艦隊の突入開始までに敵基地最大の対軌道迎撃兵器であるグランドキャノンは無力化されているはずである。

「フォックストロットの信号弾発射場所はどこ？」

「上昇してくるグランドキャノンの基部」

チアキは、左右に分かれてすっかり開ききった掩体壕の間から姿を現したグランドキャノンの機関部をモニター上にズームアップした。対空迎撃ミサイルの爆炎や流星が流れた幾筋もの白煙、黒煙の向こうに、直接地上に降りた大型巡洋艦のような無骨なシルエットが確認できる。

「巡洋艦サイズ？」

チアキが声を上げる。

「嘘《うそ》でしょ、機関部だけでも戦艦並みに見えるわよ」

「帝国艦隊の基準で説明してるだろうからなあ」

茉莉香は、上陸艇の進路を地上に上昇したグランドキャノンの基底部に定めた。

「ちょっと、あのグランドキャノンってこっち向いてるように見えない？」

「見えるわね。この距離で射たれたら、誘導砲身展開前でも軽く消し飛ばされるんじゃない？」

「誘導砲身展開するようなら悪いけどとんずらする。対軌道射撃するくらいなら、エネルギー反応録れてない？」

「センサーに反応来てるけど、警報出るほどのエネルギーじゃないのよ。あ、止まった」

なにかのエラーかと思って、チアキは得られているデータを更新した。掩体壕からその姿を現したグランドキャノンは、全貌を地上に出現させる前に上昇を停止していた。

「え？　なに、どういうこと？」

「フォックストロットのグランドキャノンが載ってる可動台が、一番上に上がる前に止まっちゃったのよ。なんだろこれ？」

「潜入部隊がグランドキャノンの無効化に成功したけど、脱出経路は確保できなかったから開けて出てきた、な感じかしら？」

「ブラボーに上陸艇到達。着陸しないわねえ、上空で旋回してる」

「そりゃあ、着陸して止まっちゃったら待ってましたとばかりにミサイル飛んで来るもん。せめて潜入部隊がどこにいるか確認してからでないと、着陸場所も確定できないし」

「こっちはどうするのよ」

「回収要請場所は、グランドキャノン・フォックストロットの基部、変更無し？」

「現時点で変更なし」

「それじゃあ、迎えに行かなきゃ。ドア全部開けて、上がりきってないグランドキャノンの可動床に降りる！」

「まあ、そうなるわよねえ」

まだ止《や》まない迎撃ミサイルを回避しながら、地上に半分だけ出てきたグランドキャノンに接近する上陸艇のコントロールは茉莉香に任せ、チアキは艇体の左右に装備されているカーゴベイのドアを全開にした。空力整形された上陸艇の左右に大穴が開き、空気抵抗で急減速する。

「信号弾の発射地点はグランドキャノンが載ってる可動床の左奥、地下二〇メートルくらい」

「地下かあー」

茉莉香は、立体ディスプレイ上で現在位置に停止しているグランドキャノンの機関部とそれを支える可動床の隙間がどれくらいあるか確認した。グランドキャノン前方の隙間からなら、機関部と可動床の間に入り込めそうである。

「んなところまで迎撃ミサイルに追いかけられたらよけきれないなあ」

「上空からの強電子妨害はまだ続いてるわ。まだ飛んでるミサイルはどれも無誘導、追いかけてきやしないわよ」

「だといいけど」

茉莉香は、上陸艇を着陸するような地上ぎりぎりの超低空飛行に入れた。地上に円筒形の機関部の上半分だけを出して停止したグランドキャノンの、まだ展開されていない誘導砲身部の下に潜るように可動床に降下する。

巨大なグランドキャノンの機関部は、照準に合わせて全体を可動させるために巨大な砲台に載せられていた。充分な仰角を得るために砲台は機関部の後方に設置されていて、その前には機関部本体を支える柱が何本も建っている。

「見えた！」

無線など使えない強電磁妨害下でも通る発光信号の発射をキャッチして、チアキが叫んだ。

「左側、砲台前!!」

まるごと巨大なターンテーブルに載り、グランドキャノン機関部に仰角を与えるための特大サイズのアームシリンダーを幾重にも張り巡らせた砲台の左側のスペースで、赤い発光信号が点滅していた。半地下にある可動台上で迎撃されないことを祈りながら、茉莉香は上陸艇を一気に発光信号の前まで寄せて軟着陸させた。

上陸艇に潜入部隊専用のアサルトカービン銃を向けて腰だめに信号ビームを射っていた軽装甲兵が、着陸した上陸艇の艇内に転がり込んだ。チアキは他に要回収者がいないかどうか周辺状況をチェックし、茉莉香は操縦室後方のドアを開く。

艇内に転がり込んだ軽装甲兵のＩＤを読み取ったセンサーが、認識番号と名前をディスプレイ上に映しだした。

「2025小隊、キアラ・フェイシュ!」

アサルトカービン片手に操縦室に飛び込んできた小柄な軽装甲兵が、ヘルメットのフェイスシールドを撥《は》ね上げながら名乗った。

「強襲上陸艇1701号にようこそ」

艇長席から上半身をひねって振り向いた茉莉香は、自分とあまり変わらない年齢と人種に見える軽装甲兵に手を上げた。

「ここから乗せて行かなきゃならないのは、あなただけ?」

「下に、まだ仲間が残ってる」

キアラと名乗った軽装甲兵は、いろいろとオプションを取り付けたメカニカルグラブの指先で上陸艇の床を指した。

「迎えに行ける?」

「この船で入れるような場所?」

「もちろん!」

「待ち合わせ場所を教えて」

艇長席に座り直した茉莉香は、立体表示させていたグランドキャノン全体の構造図をまるごと指で掴んでうしろに廻した。目の前に移動してきたグランドキャノンの構造図をキャッチして静止させたキアラは、縮小された機関部を掴んで持ち上げ、その下の可動床及びエネルギー供給系を含む地下構造を剥《む》き出《だ》しにした。

「可動床のいちばん下。もうあと少しってところでロボット兵に見つかって潜入がばれて、食い止めてるの」

「行けそう？」

茉莉香は、航法士席でキアラの説明を見ていたチアキに訊いた。

「地下トンネルの中ね。うまく操縦しないと、あちこち引っかけるかも」

「入れるならいいわ」

茉莉香は、一度は着地させた上陸艇を再び浮かび上がらせた。グランドキャノンの機関部を載せた可動床が途中で止まっているのを幸い、横に開いていた基地地下空間に上陸艇を滑り込ませる。

「忘れてた、狭いんなら身軽になって行かなきゃ」

茉莉香は、コントロール・パネルの目的の事項を呼び出して弾いた。

「追加装甲、排除《パージ》！」

上陸艇を覆っていた追加装甲が内側から膨らんだように排除される。茉莉香は、一回りは細くなった上陸艇をさらに奥へと針路を取った。


第１２４６期帝国艦隊士官学校入学試験最終実戦試験を受験した加藤《かとう》茉莉香、チアキ・クリハラは、第５８６回惑星上陸作戦ケースＤ－43に強襲上陸艇１７０１号操縦要員として参加した。

強襲上陸艇は敵基地地下第三層まで侵入、対軌道迎撃兵器破壊のために先行侵入した２０２５小隊の生存者全員を救出し、待機軌道上の母艦への帰還に成功した。

出撃した強襲上陸艇のうち、大気圏突入したもの八七パーセント、地上にまで到達したもの五四パーセント、生還率、三四パーセント。

実戦試験の合否は、任務達成率によって判断される。上陸艇１７０１号は多大なる損傷を受け、作戦終了後の検査で大破と判定されたが、母艦まで自力で戻ったことにより任務達成率は一〇〇パーセントとなった。

これは、第１２４６期士官学校入学試験最終実戦試験において上位五パーセントに入る優秀な成績である。

加藤茉莉香、チアキ・クリハラの両名が士官学校入学試験の合格判定を知らされたのは、母艦帰還直後のことであった。

第二章　帝国士官学校

Super Bodacious Space Pirates.1

『入学おめでとう』

　コンサートどころかそのまま実弾演習でも行なえるんじゃないかと思うような巨大な講堂のはるか彼方《かなた》のステージ上で、帝国第一艦隊司令官は拡声された声を響かせた。

『諸君らは、苛烈な入学試験を突破し、さらに実技試験となる作戦演習を生き残って栄えある1246期生としてここガイアポリス士官学校に入学を許された。中には生還できずに戦死判定あるいは帰還不能判定を喰《く》らったもののもいるようだが』

　立体画像で拡大された帝国聖王家を守護する第一艦隊司令、アレクサンダー・ゲイル提督は、新入生ひとり一人の顔を見るようにゆっくりと視線を巡らせた。

『それでもなお、ここにいるものは、生死に関わらず帝国士官となる資格があると認められたものだ。未来の君たちの上司になる艦隊司令官として、君たちを歓迎しよう』

　幾何学的に正確かつ整然と講堂に並べられた椅子はひとつ残らず新入生によって埋められている。その数、このライジェンヌ記念講堂だけで四万人、同じ時間帯にあと二つの講堂及び別会場で遠隔出席している新入生の数は合わせて一〇万人を超す。

全銀河から士官学校の入学試験を突破して入学式会場にいる者の容姿も種族も一様ではない。ガイアポリス士官学校西校1246期の新入生は基本的にヒューマノイドタイプ、温血哺乳類にして二本以上の手と脚を持ち直立歩行し、なおかつ生理時間が一致する種族に限定されているが、それでも身長体重皮膚の色目の色その数など多岐にわたる種族分布はそれだけで新入生が全銀河から集まったことを示している。

そして、ライジエンヌ記念講堂での入学式に列席している新入生の中に、真新しい白の礼装に身を包んだ加藤茉莉香《かとうまりか》とチアキ・クリハラがいた。

『これより君たちは、帝国艦隊士官候補生として教育を受け、然《しか》るべき経験をする。次に君たちと会うとき、君たちが士官候補生ではなく士官になっていることを期待する。以上だ』


入学式終了後、新入生たちはこれから生活の場となるガイアポリス士官学校西校のオリエンテーションに連れ回された。

ガイアポリス士官学校は、第四惑星ガイアポリスの四つの大陸にある学校群の総称である。東西南北それぞれの名前で呼ばれる大陸は惑星の赤道から中緯度地方に位置しており、それぞれ東校、西校、南校、北校と呼ばれている。

各校舎は、創立当時の理想の下、拡張余裕を充分にとって建設された巨大学園都市である。毎期入学し、卒業する生徒の数は多い。そして、生徒を教育し、生活させるためには生徒数よりはるかに多い人口の都市を建設し、維持しなければならない。

また、帝国艦隊士官学校が生徒に教育すべき内容は多岐にわたる。教育効率を最大限にするため、各校はそれぞれの大陸全域を校庭とし、演習場としている。

新入生は、通うべき校舎と住まうべき宿舎だけでなく、生活の場として学園都市の地理と機能を理解し、使いこなすことを求められる。

必要なデータはあらかじめ新入生向けに配信されており、予習しておかなければならない。そのため、入学式後のオリエンテーションは士官学校のみならず都市の主要部を駆け足で巡る強行軍になる。

長距離も近距離も、基本はガイアポリス全域に張り巡らされた高速鉄道を使うことになる。新入生は公共交通機関の使用だけが許され、個人用の交通手段は上級生以上にならなければ所有も使用もできない。

新入生は、団体扱いのまままず学内の主要施設を、それから高速鉄道で都市の主要部を連れ回された。

学園都市に住まうのは学生だけではない。教師、職員及びその家族、日常生活のための設備を維持するための人員とその家族もいる。したがって彼らのための教育施設も初等から大学まで揃《そろ》っているし娯楽施設も充実している。また歴史が長いだけに博物館、資料館、図書館の蓄積も膨大で、研究施設の規模も大きい。

士官候補生の日常生活に必要なものなら学内の専用ショップで揃うようになっているが、巨大なショッピングセンターもあれば銀河帝国中央と同レベルの専門店街もあり、軍事関係の専門店も多い。

そして、それらを目的とする観光客相手の店も揃っている。帝国直轄星であるガイアポリスは、士官学校の星であると同時に有名な観光星でもあるのである。

高速鉄道とトラムを駆使してショッピングセンター、専門店街、博物館群に観光客向け遊園地まで案内されてから、新入生はやっと今日からの住処《すみか》となる宿舎に帰ってきた。

疲れ果てて高速鉄道の地下駅から上がってきた茉莉香とチアキを迎えたのは、上級生の制服がすっかり身に付いたリン・ランブレッタだった。

「おつかれー」


「この部屋は大丈夫だ」

リンは、デスク廻《まわ》りに用途不明の電子部品やらなにやらいろいろ積み重ねられて雑然としている居室を見廻した。

「監視システムは盗聴とセンサーまで対処済み、素人の新入生がいきなり虫取りなんかしても怪しまれて調べられたりもっとやっかいな虫仕掛けられるだけだろうから、会話も室内も自動生成で適当なデータ流すようにしてある。実際に部屋の中に入ってきて監視システムのデータと同時にチェックなんてことされない限り、会話内容が外に漏れることはない」

「外からの監視も、大丈夫ですか？」

チアキは、古風な鎧戸《よろいど》が開かれている窓際に立った。木枠に見せかけたガラス窓は断熱耐衝撃に優れた新素材で、簡単には破れそうにない。

「見える範囲にこっち向いてる監視カメラとかないのは毎日確認してる。だけど、見えないところから超望遠で光学観測されて読唇術で会話内容読まれたり、なんてところまでは対処できないから、お喋《しゃべ》りはできるだけ窓に背を向けてやるように」

デスクに着いたリンは、デスク廻りに構築されたコンピューターシステムのスイッチを入れた。デスク上に立体紋様の起動画面が表示され、続けてデータ分析用画面やら最新ニュース画面などが多重に立ち上がる。

「で、こうやっていろいろ表示させておけば外から覗《のぞ》かれても中が見えにくくなる、と」

自分宛の新しいメッセージが来ていないのだけ斜めに見て、リンは突っ立ったままの茉莉香に椅子ごと向き直った。

「まあ座って。チアキちゃんも、長旅のあといきなり入学式にオリエンテーションでいろいろ疲れたろ？」

「今さらながら、自分が田舎ものだって思い知らされてます」

艦隊士官の礼装のままの茉莉香は、部屋の真ん中のコーヒーテーブルに手を突いて、ぼろぼろの丸椅子にへたり込んだ。

「チアキちゃんの感想は？」

窓際から戻ってきたチアキは、茉莉香の向かいのこれもだいぶくたびれている折り畳み椅子に腰を下ろした。

「だいたい、同じです。物量で圧倒するのが銀河帝国のやり方だって知ってるつもりだったけど、ええ、圧倒されてます」

「おつかれ」

リンはにっこり頷《うなず》いた。

「そして、帝国艦隊士官学校に入学おめでとう。これでやっと、仕事をはじめられるってわけだ」

「仕事、ですかあ」

茉莉香は長い溜息《ためいき》を吐《つ》いた。

「リン先輩、先に入学してなんかありました？」

「もちろん、いろいろあったぜ」

リンはにやりと笑った。

「まあ、おまえさんたち向けの情報部の兄さんからの連絡は、今のところ入ってきてない。それに、どうせ新入生の入学直後の一週間は士官候補生の娑婆《しゃば》っ気洗い落とすための洗脳期間だ。スケジュールこなすのが精一杯で、この時期になんかやれったって無理だから、なんか話が来るとしたらそのあとかなー」

茉莉香は、チアキと顔を見合わせた。ほんの少し前なのに、はるか昔のことのように思える依頼を思い出す。

プリンセス・アプリコット号でのいつもの海賊営業から弁天丸《べんてんまる》のブリッジに戻った茉莉香

は、珍しく仏頂面のクーリエに手招きされた。

「どうしたの？」

「いやなところからメッセージが届いてます。帝国艦隊の統合参謀司令部です」

「中央の!?」

茉莉香は思わず声を上げた。

「なんで!?　あたしたち、そんなところから目を付けられるようなことやった!?　戦争のことならもう時効のはずでしょ!?」

「ああ、そっちじゃありません。発信元は情報部、発信人はナット・ナッシュフォール。覚えてます？」

クーリエのめんどくさそうな顔を見て、茉莉香は思い出した。

「前に一緒に髑髏星《スカルスター》に行った？　そういえばあの件、その後どうなったのかしら？」

「知りません。メッセージは弁天丸船長、加藤茉莉香宛です。お望みなら着信拒否して以後のメッセージを拒否することもできますが」

「そうしたいの？」

「船長にお任せします」

「艦隊の情報部の人からのメッセージじゃ見ないふりするわけにもいかないでしょ。機密指定？」

「並、です」

並、上、特上といくつもランクがある機密指定は、最上のものなら一人で、誰もいない状況で開封しなければならない。しかし、並指定ならその限りではない。

「んじゃ、船長席で見る。送って」

「はい」

茉莉香は、ブリッジの床から一段高くなっている船長席に上がった。通信モニターに送られてきた帝国艦隊統合参謀司令部付き情報部、ナット・ナッシュフォールからのメッセージを本人確認のサインを入れて開く。

「船長？」

操舵手《そうだしゆ》席に着いたケインが声を掛けた。

「海明星《うみのあけほし》に帰るんで、いいですね」

「あ、うん、予定通りお願い」

船長席の茉莉香の生返事を聞いて、ブリッジ要員は弁天丸を帰還軌道に向けて動かしはじめた。

「あー、なんだこれは」

茉莉香の低めの声を聞いて、目の前の仕事に戻っていたクーリエが船長席にシートを廻した。

「なんだったんです？」

「ナッシュさんが、また仕事持って来た、っていうか、たぶん持って来たいんだと思うんだけど、こっち来るからリン部長に会わせてくれって」

「ヨット部部長の？」

クーリエは確認するように言った。茉莉香は頷いた。

「それだけじゃなくて、バルバルーサのチアキちゃんにも同席して欲しいって」

クーリエは眉をひそめた。

船長席の通信システムが軽快な呼び出し音を鳴らした。茉莉香は声を上げた。

「うわっすごいタイミングでそのチアキちゃんだ！　こっちで出る」

通信人指定の超光速通信が、バルバルーサのチアキ・クリハラから弁天丸の加藤茉莉香宛にかかってきたものであることを確認して、茉莉香はイヤホンマイクを耳に挿した。

「はいこちら弁天丸、船長の加藤茉莉香」

『こちらバルバルーサ、チアキ・クリハラ』

超光速通信特有のレインボーノイズのあと、通信モニターに作業服姿のチアキが現われた。

『すぐ連絡取れてよかったわ、いま大丈夫？』

「ええと」

茉莉香は弁天丸のブリッジを見廻した。

「今、跳躍前の準備中だから、長話にならなきゃ大丈夫」

『わかった、手短に済ませる』

通信モニターでアップになったチアキが声を潜めた。

『帝国艦隊情報部の、ナット・ナッシュフォールって、なにもの？』

「え？」

茉莉香は間の抜けた声を出した。

「そっちにまで話行ってるの？」

『なに、やっぱりそっちの知り合い？　てか、ほんとに艦隊司令部の情報部員なの？』

「えーと……」

茉莉香は、ナット・ナッシュフォールに初めて会った帝国との演習、クロスボーン22のあとに乗り込んだ統合打撃指揮戦艦《TDS》ノイシュバンシュタインを思い出した。最後まで生き残ったバルバルーサ、迦陵頻伽《かりようびんが》、弁天丸の首脳陣が呼び出された極秘ミーティングには、チアキは出席していない。

茉莉香はちらりとクーリエを見た。目が合う。茉莉香は、一番簡単な説明を口にした。

「ほんものの情報部員よ。うちのクーリエの、古い知り合いだって」

『なんだ』

超光速回線の向こうのチアキの緊張がゆるんだ。

『それじゃ、本物でいいのか。それじゃあ、海明星であなただけじゃなくてリン部長とまで一緒に会いたいって、いったいなんの話？』

「それは」

茉莉香は、サブモニターに表示しっぱなしのナッシュからのメッセージに目を落とした。リン部長に会いたい、その際茉莉香とチアキにも同席願いたい。それ以上の用件はメッセージにない。

「わかんない。こっちにも同じ内容のメッセージ来てるけど、なんで会いたいかって用件までは書いてない」

『ふうん……』

通信モニターの中から、チアキは探るように茉莉香を見た。

『あなたの、知り合いではあるわけね？　このナッシュって人』

「ええ、まあ、顔見知り程度だけど」

『信用していい相手なの？』

「んー」

茉莉香はもう一度クーリエを見た。険しい顔のクーリエは、通信内容をモニターしているかのように短く首を振った。

「クーリエは信用するなって言ってる。あ、あのね、ケンジョー船長とノーラさんは、この前の帝国との演習、クロスボーン22のあと、指揮艦のノイシュバンシュタインでナッシュって人に会ってるわ」

『ふうん』

チアキはちょっとの間考えたようである。

『で、どうするの？』

「え？」

『え？　じゃないわよ。情報部からそっちに届いたメッセージの中身までは知らないけど、リン部長とあなたにも会わせろって言ってるんでしょ。会うの？』

「えーと、海明星に戻って、リン部長に連絡取って、もし会ってもいいって言うならそう返事するけど」

『わかった。あんたたちに付き合うわ。また連絡する』

超光速通信は、バルバルーサの紋章を映し出したあと向こうから切れた。

「跳んでいいすか?」

超光速通信中に超光速跳躍に入ったりすると通信が不安定になる。ケインに訊《き》かれて、茉莉香は船長席廻りのディスプレイとコンソールを見廻して、海明星に帰る超光速跳躍を中止すべき要件がなにも表示されていないのを確認した。

「はい、大丈夫です。弁天丸、準備完了したら跳んで下さい」


リンからの通信は、弁天丸が海明星の周回軌道上に入ると同時に通常通信で弁天丸に直接入った。

『やあ茉莉香、リン・ランブレッタだ。訊きたいことがあるんだが、ナット・ナッシュフォールって何者だ?』


新奥浜《しんおくはま》空港の地下にある職員用食堂街に正式に入場しようと思ったら、職員用のＩＤが必要になる。クーリエは、事前にどうやってか調達した職員用のＩＤカードをチアキとリンに渡した。

「このカードなら、空港内どこでも入れるわ。ただし、ゲート潜れるってだけで、行った先のセキュリティまで無視できるわけじゃないから、そういうところ行くなら気を付けて」

「ありがとうございます」

リンは、クーリエから受け取ったぼろぼろのＩＤカードをひっくり返してみたりして確認する。

「で、クーリエも来るの？」

茉莉香は、母親である梨理香《りりか》のコネを使った家族用ＩＤカードを出した。

「付き添いです」

無表情に、クーリエは答えた。

「帝国艦隊の、それも中央勤務の情報部員にまだ未成年のうちの海賊船長とその一味が会うって言うんです。責任ある大人として、放っておくわけには行きません」

「一味って、そりゃまあ、用件も聞いてないし、メッセージには立会人不可とも書いてなかったけどさあ」

茉莉香は、空港ロビーの隅の目立たないドアの横のスキャナーにＩＤカードをかざした。オートロックが解除された関係者以外立ち入り禁止の札がかかっているドアを開ける。

「ってか、艦隊司令部の情報部の人間と会うのにこっちも立会人なしで行こうなんて考えないけどさあ、クーリエでよかったの？」

「ナッシュが相手なら、他の誰が出て行くよりあたしがいちばん安全です。船長に貸しだなんて言い出さないのは、まだあたしの理性が正常に働いているからだと思って下さい」

「ナッシュと会うのに、立ち会いお願いしようとは思ってたけど、まさかクーリエから手を挙げてくれるとは思ってなかったから」

「認めたくはありませんが、あたしが一番の適任です」

溜息混じりに、クーリエは茉莉香に続いて自分のＩＤカードをスキャナーにかざした。

「百眼《ひゃくめ》やシュニッツァーでも状況判断はできるでしょうけど、でも、ナッシュ個人に関する情報は持ってませんから」

「ありがと、頼りにしてるわよ」


職員用食堂街の片隅、看板も何もない壁に隠されているようなドアの向こうで、中華屋はいつもどおり営業していた。

厨房《ちゅうぼう》経由で、奥の小部屋に通される。丸テーブルに不揃《ふぞろ》いな椅子が六脚、前に通された大部屋よりは小さい会食部屋で、ナット・ナッシュフォールは先に席に着いてゆっくり茶杯でも傾けながら客を待っていた。

「やっぱり来てたか」

クーリエはこっそり首を振った。

「本名で堂々と定期便に乗ってくるとは思ってなかったけど、どうやってこの星に降りたの？」

「その辺りの話は、職業上の守秘義務なので触れないで下さい」

ナッシュは、立ち上がって茉莉香一行を迎えた。

「茉莉香さん、クーちゃんはお久しぶりです」

「クーちゃんて言うな」

「リン・ランブレッタさん、チアキ・クリハラさんは初めまして。ご活躍のお噂《うわさ》はかねがね伺っております」

「銀河帝国艦隊統合参謀司令部付き情報部勤務、ナット・ナッシュフォールです」

ありふれたビジネススーツ姿のナッシュは、立ったままの茉莉香たちに一礼した。

「名乗った……」

茉莉香とクーリエが小声で声を揃える。

「リン・ランブレッタです」

「チアキ・クリハラです」

それぞれの高校の制服姿のリンとチアキが挨拶した。

「どうぞ、座って下さい」

ナッシュは席を勧めた。

「たぶん、長い話になります」

「厄介な話なのかな？」

自分で椅子を引いて、リンはナッシュから少し離れた場所に腰を下ろした。

「そもそも、帝国艦隊のしかも情報部なんてところから名指しで呼び出される心当たりなんかないんだけど」

「悪い話ではないと思いますよ。みなさんの、未来に関する話です」

視線を交わしてから、茉莉香はナッシュの向かいの椅子に席を取った。チアキがその隣に着く。

「とっくにやったと思うけど、虫取りの結果は？」

重要な会話の前に、あらかじめ盗聴装置を探したり監視システムを無効化することを業界用語で虫取りという。

「服務規程なんでね、ここが海明星でいちばん安全な場所だって聞いていてもやらなきゃならない」

ナッシュは、スーツの内懐から薄型のカードセンサーを出してテーブルに置いた。

「見事なもんだ。掃除もしてるんだろうが、外からの通信も遮断されてる。さすがだねえ」

「それくらいの機密保持が必要な話なんじゃないの？」

「まあ、一応はね」

ナッシュは、茉莉香たちに顔を上げた。

「今さらとは思いますが、これも規定なんで聞いてください。これからの会話の内容について、あなた方には守秘義務が発生します。秘密を守れない、あるいは守る気がない場合、今からでも退出してくださって結構です」

返事を待つ間だけ待って、ナッシュは誰も席を立たないのを確認した。

「では、話をはじめましょう。リンさん、高校卒業後の進路はお決まりですか？」

「まあ、いちおう」

リンは頷いて見せた。

「でも、情報部がこのおれに声かけてくるってことは、その辺りの情報はぜえんぶ調査済みなんじゃないの？」

微笑《ほほえ》みをたたえた顔で、ナッシュは頷いた。

「もちろんです。今回、リンさんにお話をするにあたり、必要な情報はすべて調査済みです。この話を受けて頂けない場合は、調査資料はすべて廃棄されますのでご心配なく」

「うそばっかり」

隣のクーリエが目を逸《そ》らしたまま呟《つぶや》いた。

「まあ、艦隊情報部の力を持ってすれば、再調査するんだって簡単だろうからなあ。んでなに？　こんな田舎惑星の女子高生に、いったいなんの話？」

「女子高生にしては見事な戦歴だ」

ナッシュの言葉に、リンはわずかに身構えた。気付いていないようにナッシュは続ける。

「ヨット部の練習帆船での電子戦の技術とその戦績を知れば、たう星の星系軍だけでなく、帝国艦隊だって放っておかないでしょう。その技術を生かせる道に進む気はありませんか？」

「えー？」

意外そうに、リンはナッシュの顔を見直した。

「情報部がわざわざ、おれスカウトしに来たの？」

「そう受け取ってもらって構いません。リンさんは、帝国士官学校に進学する気はありませんか？」

「帝国士官学校⁉」

　リンは声を上げた。

「士官学校って、あの、士官学校⁉」

「そうです」

　こともなげに、ナッシュは頷いた。

「銀河帝国広しといえども、帝国士官学校と言えばかの宇宙大学に次ぐ歴史を誇る帝国艦隊士官養成のための教育機関以外に存在しません」

「そこに入学しろ、って？」

　リンは世にも疑わしげな視線でナッシュを睨《にら》みつけた。

「いろいろ無理がない？」

「というと？」

　すべての事情は承知しているように、ナッシュは頷いて見せた。

「だから、帝国士官学校ってったら歴史は宇宙大学の次、規模はそれ以上、レベルも倍率もだいたい一緒って天の上の名門校じゃないか！　これでも進学希望の高校三年生だよ、自分の学校のレベルも頭の出来もわかってる、士官学校なんてうちの首席が受験しても通るかどうかっていう」

　そこまで一気に喋ってから、リンはしげしげとナッシュの顔を見直した。

「なんか、他の士官学校？」

「帝国艦隊の士官を養成するための、その士官学校です」

ナッシュは答えた。

「名前だけ同じのどっかの私立学校ではありません」

「じゃ、どうやって!?　あー、ひょっとして情報部がいまのおれの成績、知らない？」

「調査済みです」

「んじゃ行けるかどうかの判断だってつくだろ？　なのに行けって、あ、ひょっとして裏口入学とかそれとも入学試験で非合法な不正手段使えとか、そういう話？」

「学力は、士官学校への入学を許可するかどうかの判断基準のひとつに過ぎません。高いに越したことはありませんが、それよりも将来的に帝国艦隊に求められる人材かどうかが重要視されます」

「お題目はいいから」

リンはぺらぺらと両手を振った。

「なに企《たくら》んでるのか、素直に話してくれるなら聞く。もしなんかごまかそうとしてるなら、この話はここまでだ」

リンは、同席しているチアキ、茉莉香、クーリエの顔を見た。

「わざわざこの面子《メンツ》呼び出したってことは、話す用意があるってことなんだろ？」

「さすが、話が早い」

ナッシュはリンに片手を挙げた。残り三人の顔に視線を巡らせる。

「守秘義務を、お忘れなく。そう、わたしはリンさんを士官学校に勧誘しに来たわけではありません。帝国士官学校で、潜入調査をお願いしたい。士官学校への入学は、そのために必要な手続きのひとつです」

　女子高生三人は顔を見合わせた。ただひとり、クーリエだけがぐるぐる眼鏡ごしにナッシュを見ている。

　ナッシュは続けた。

「いかがですか？　情報部からの依頼とはいっても、士官学校への入学もその結果得られる資格も正規のものです。こちらからの依頼ですので、もし士官学校を中途退学するようなことになってもそれによるペナルティはいっさい発生しませんし、他の教育機関への中途転入についても最大限の助力を行ないます」

「質問がある」

　低い声で、リンが言った。

「それも、ひとつじゃない。いくつもだ」

「答えられる限り、お答えしますよ」

「まず、潜入調査って、どういう意味だ？」

「文字通りの意味です」

　それで説明は済んだというように、ナッシュは頷いた。リンは溜息を吐いた。

「艦隊の士官学校ったら帝国の手の内だろ？　教師だって内通者だっていっくらでも使い放題だろうに、なんでわざわざ田舎高校の女子高生なんかに声かけて潜入調査なんていかにも難度高そうなミッションやらせるんだ？」

「こちらの事情です」

ナッシュは言った。

「正直に言いますと、こちらの手駒をおいそれと使えない事情があるのです。士官学校内の誰にどういう組織化《オルガナイズ》が為《な》されているのか、当面の仮想敵あいてに気付かれずに調査する確実な方法が今のところないのです。そこで、こちらで身元を把握できる、まだ士官学校入学前の民間人に事情を含めて送り込むという作戦形態が選択されました」

「うーん」

リンは、クーリエの顔を見た。

「何言ってるのかもよくわからないけど、どこまで信用したものかもわからない」

「嘘《うそ》は言っていませんよ」

ナッシュは言った。

「今回は、任務の全貌を説明せずに協力者を士官学校に送り込むような作戦手順は想定されていません。充分な情報を与えずに状況を開始するのは、進行の不確実度を増すだけだと判断しています」

「それは、ナッシュ個人の判断？」

クーリエが口を挟んだ。

「それとも情報部の、少なくとも今回の作戦、これが作戦といえるようなものだとしてだけど、それに関わる部署ぜんぶの総意？」

ナッシュはクーリエに楽しそうな視線を向けた。

「不確定要素が多いので確実じゃありませんが、この件については状況を数値化してのシミュレーションも行なわれています。充分な情報を協力者に与えた場合と与えなかった場合について、目的の達成率は数割ほども違う数値を叩《たた》き出しました。なので、今回は不必要な情報を与えずに協力者を混乱させたり惑わせたりなどという選択肢《オプション》は最初から排除されています」

ナッシュは、リンに視線を戻した。

「というわけで、ご心配なく。わたしがここにいるのが、知りうる情報すべてを説明するためだと思ってもらって構いません」

「信用していいの？」

リンはクーリエに目顔で訊いた。クーリエはリンから目を逸らした。

「あたしなら信用しない。信用しろって言ってる本人が騙されてるケースもあるから」

「ふーん、ずいぶん信用あるんだ」

「なんでそうなるのよ！」

「で、」

リンはナッシュに向き直った。

「こちらとしては、どこまでまじめに受験生しなきゃならないの？　それとも、替え玉受験とか裏口入学とかで楽できるの？」

「全力を尽くして頂きたい」

ナッシュは、真正面からリンを見据えた。

「こちらとしても可能な限りの支援《サポート》は行ないますが、できることならばリン・ランブレッタさんには実力で士官学校の入学試験を突破して頂きたい。理由の説明が必要ですか？」

「うん、いちおーお願い」

「リンさんが実力で士官学校に入学できれば、こちらから行なう小細工を最小限にできます。今回の任務の性質上、どこから機密が漏れるかわかりませんので、可能な限り確実な体制を取りたいのです」

「だあーかあーらあ」

リンは大きく息を吐いた。

「先刻ご承知とは思うけど、こっちは士官学校なんて天の上の超エリート学校狙えるほどの成績じゃないんだってば。情報部員ともあろうお方が、その辺りの判断つかないわけじゃないでしょ？」

「全般的な成績は、上の下といったところですね」

ナッシュは、テーブルの上に指を組んだ。

「科目によるばらつきは誤差範囲内。不得意科目はなし、唯一体育だけが中の上。狙ってますね？」

「え？」

リンはさも意外そうな顔で聞き返した。ナッシュは続けた。

「白凰女学院《はくおうじょがくいん》は名門校です。これだけの成績であれば近隣ならどこに行くにも不自由はしない。楽をするために楽な成績を狙って出している、そうじゃないですか？」

「なあーにいってんのこのお兄さん。今時の高校教育の成績なんてそんな簡単に狙ってなんとかなるよーなもんじゃありませんよお」

リンはぱたぱたと手を振った。

「今の成績がおれの精一杯！　そりゃあ狙えるもんならもっと上狙いたいけど、人にはできることとできないことってのがあってね、これ以上はどうやったって無理なんだってば」

「士官学校進学前の成績は、入学の際の判断基準のひとつでしかありません。士官学校入学以前には教育機関に通った経験のない生徒もおります。それに、ヨット部でカテゴリーⅡとはいえ大型の太陽帆船に乗り組み、なんども指揮を取っているというのは考慮すべきポイントと言えるでしょう」

「指揮とったって、ちゃあんとべつに資格持ってる船長が乗り組んでるでしょおが、ケイン先生とか、茉莉香のかーちゃんとか」

「電子戦の実戦経験は、士官学校入学時に考慮すべき充分なアドバンテージになるでしょう。将来的に艦隊の電子士官を薦められることは間違いない」

「いやだから、もし入学できたってその先、ハードなんで有名な士官学校について行けるような頭じゃねえってばよ」

「リンさんなら、充分に対応可能だと思いますよ」

「それに、おれの将来設計に軍人の予定はあんまりないんだってば」

「任務終了後には、ご希望とあればそのまま士官学校で教育を受けることも、あるいはお望みの他の教育機関への転出も可能です」

「宇宙大学でも？」

リンの目がきらりと光った。茉莉香は目を丸くしてことの成り行きを見守っている。ナッシュはこともなげに頷いた。

「もちろん、お望みとあらば、任務終了時点で転入可能な年次で、お好みの学部に入れるよう取りはからいます。宇宙大学というと」

ナッシュは意味ありげな笑みを浮かべた。

「先代の白凰学院ヨット部の部長がいるそうですね。なかなか優秀な学生だとか」

「そうだよ」

リンはぶーっと口を尖《とが》らせた。

「やっぱりダメだ、宇宙大学はジェニーの受験勉強手伝ったときに一緒にがんばればなんとかなるかなーと考えるだけは考えて、諦めたんだ。あのジェニーの頭でがんばらないとまともな成績も取れないような大学で、おれがやっていけるわけがない。同じ大学におれが行ったら、ジェニーの邪魔になる」

「宇宙大学の教育方針のひとつは、そこで学ぶものの能力を最大限に引き上げることにあります。それは楽な学生生活ではないでしょうが、得られる力は大きいと思いますよ」

「どっちがしんどいかってったら、頭だけじゃなくて身体能力限界までみっちり絞られるぶん士官学校のほうがしんどいだろうなあ」

「もし、ミッションに協力して頂けるなら、士官学校入学試験までの間にあなたをその資格が得られるようにきっちり受験勉強を仕上げる用意がこちらにはあります」

ナッシュは静かに言った。

「あなたの能力のひとつが自分を正確に推し量ることであれば、受験勉強後、そして士官学校入学後にどれだけ自分の能力が高められたかも実感できると思います。宇宙大学に転入するか、あるいは他の道を選ぶかは、それからでも遅くないでしょうし、高められた能力はあなたの未来に必ずや役立つでしょう」

「騙されるんじゃないわよ」

クーリエがぼそっと言った。

「薬漬けにされて催眠教育詰め込まれてリンがリンじゃなくなっても、誰も責任取ってくれないいんだから」

「弁天丸で見習いするのとどっちが危険ですか？」

笑顔で質問されて、クーリエはまたも目を逸らした。

「士官学校の医療体制なら殺されても死なせてくれないし、バックアップもあるから別人になっても生き返れるだろうけど、うちの医療体制はそこまで万全じゃないからねえ」

「ごめん、最悪の場合になったりしたら保証できないかも」

申し訳なさそうな顔で、茉莉香まで目を逸らす。

「で、受験勉強手伝ってくれるってほんと？」

リンは質問の相手をナッシュに変えた。

「夢の催眠教育とか驚異の圧縮学習とかしてもらえるの？」

「必要とあらば」

ナッシュは簡単に頷いた。

「ただし、その場合、脳と身体《からだ》にかかる負担はかなりのものになります」

「ほんとに⁉」

リンは声を上げた。

「インストール学習って実用化されたの⁉」

「ありますよ。一般的な技術じゃありませんし、機械にアプリケーションをインストールするような簡単なものではありませんが」

「簡単じゃないの？　なんで？」

「受ける可能性がある以上、説明しておいた方がいいでしょうね。例えば、未知の言語を習得する場合を考えてみましょうか。これがコンピューター相手なら、その言語パックや辞書をインストールすれば終わりですが、知性体《にんげん》の生きている脳が相手ではそう簡単にはいきません」

「言語野に専用パックでもインストールするんじゃ駄目なの？」

「個人差が大きすぎますので」

ナッシュはテーブルに着いている全員の顔を見た。

「これがコンピューター相手なら、基本となるオペレーションシステムは決まっています。有名なメジャーどころから単品製作の誰も知らないようなものまで、宇宙にはいろいろなオペレーションシステムがあります。細かく改良されるものも、そのままアップデートなしに使われるものもいろいろありますが、同じオペレーションシステムを使う機械ならば情報の読み書きの規格から最低限の互換性が確保されていて、同じアプリケーションを違う機械にインストールして同じように使うことができます。ところが、人間の場合、互換性が保証されたオペレーションシステムが存在しません」

「使ってる言語の問題かい？」

「言語以前の問題です。赤ん坊は、非常に原始的なオペレーションシステムのみの初期状態で生まれます。初期段階ですらそのオペレーションシステムは均一ではなく、接続されているハードウェアすなわち身体にもまた細かい差違があります。成長段階で、自分のオペレーションシステムをどのような環境でどのように育てるか、どう教育されるか、どんな経験をしてどう感じるか、それにより人は千差万別に成長していきます。それを称して個性というわけですが、つまり、コンピューターでいうオペレーションシステムのみならずファイルシステムにも細かい差違が多すぎるため、人に対する催眠教育、圧縮学習はコンピューターに新しいプログラムやアプリケーションをインストールするようにはいかないのです」

「なんだ」

リンががっかりと首を振った。

「帝国艦隊の技術なら、その辺り楽できる方法あるかと思ったのに」

「楽ではありませんし簡単でもありませんが、方法がないわけではありません」

「え？」

リンは思わず身を乗り出した。

「そのためには、あなたのオペレーションシステムとファイルシステムを解析し、記憶野の使用状況をニューロンとシナプス単位までマッピングする必要があります。そうやってあなたの脳の完全な複製を作り、そこに知識体系のモデルを調整しながらインストールして、どこにどのようなデータを配置すればうまく認識されるかシミュレーションするという手順を行ないます」

「えー……」

リンは驚愕《きょうがく》の声を上げた。

「それってつまり、催眠教育の前に自分の脳がどっかに完全に複製されるって、そういうこと？」

「帝国艦隊は、危険任務に就くもの向けにバックアップの複製《クローン》作ってるって噂は聞いたことある？」

クーリエが言った。ナッシュは目を閉じ、残る三人の視線がクーリエに集まる。

「バックアップは、肉体だけじゃなくて記憶に対しても行なわれる。もし、危険任務から帰ってこなくても、帝国に必要な人材は復元される。催眠教育とか圧縮学習なんて、そのために開発された技術よ」

「なあるほど」

リンはうんうんと頷いた。

「そう説明されると、ばりばりの軍事技術ってことかあ。でも、クローンまで作れるなら、おれのクローン作って好きなようにインストールして、それで任務やらせればいいんじゃないの？」

「倫理的な問題に対する帝国の立場に関する説明は省略しますよ」

　ナッシュは、意味ありげに一同の顔を見廻す。

「おっしゃるとおり、もしリンさんが任務に就くことを承知して下さった場合は、士官学校への入学とその後の任務に必要であろうと思われる能力の付与のために厳密な身体検査、健康診断が行なわれます。その際の検体を使用して、リンさんの複製をクローニングし、必要な記憶と能力を与えることは理屈では可能です。しかし、時間がない」

「時間が？　すぐにできるんじゃないの？」

「リンさんの身体検査だけなら一日で可能です。丸一日あれば、身体の全細胞をスキャンし、脳を含む全神経細胞をマッピングすることができます。その後、リンさんに適した学習プログラムを作る作業も、コンピューターで数限りないシミュレーションを繰り返すだけですから、それほど時間はかかりません。学習プログラムのインストールそのものも、充分に慎重に行なっても数日で終了します」

「だったら、簡単に」

「そのあと、インストールした学習内容を身につけるための、専門家がいうところの調整作業が必要になります」

「調整作業？」

「コンピューターに新しいアプリケーションをインストールすれば、それが使えるようになる。それはその通りでしょう。しかし、コンピューターを扱うオペレーターも、アプリケーションの使い方を覚えなければならない。同様に、リンさんに未知の新言語をインストールした場合、それをきっちり復習して新言語のための新しいシナプスを形成しない限りは、喋ったり読んだりできるようにはなりません」

「なんだよそれー」

リンはぶーっと口を尖らせた。

「圧縮データおつむにインストールしてもらえば、意識しなくても知らない言葉喋れるようになるんじゃないの？」

「なりません」

笑顔のまま、ナッシュは答えた。

「脳内のニューロンにインストールされたデータにアクセスするシナプスを形成しないと、せっかく脳内にデータがインストールされても使えませんから。シナプスの形成には、薬の助けを得ての集中学習がもっとも効果的です」

「クスリ決めて受験勉強しなきゃならないのかよ」

「たとえが言語ですから勉強ということになりますが、これが身体技術を伴う、例えば楽器演奏やダンスなどの身体表現能力のような学習データだと、脳だけではなく全身の神経系及び筋肉、身体能力に関連するあらゆる部位の調整も必要になります」

「ああ、そりゃまあ専門家は身体だって鍛え込んでるからなあ。え、ってことは、複製した身体をもとと同じように使うにもそういう調整っていうか訓練が必要ってこと？」

「腕でも脚でも、切断直後の復元ならともかく、それがない状態に身体が慣れてからの生体復元の場合はリハビリが必要だという話は聞いたことがありませんか？　それと同じです」

「どれくらいかかるの？」

「ケースにもよります。もっとも時間がかかるのは、プロの楽器演奏者やダンサーがその人生を賭けて研鑽《けんさん》したような身体能力を複製、再生するような場合で、年単位のリハビリ調整スケジュールを組みます」

「はあ」

「身体複製の場合は、もう一つ、複製された肉体を成長させる時間の問題もあります。みなさんの場合、クローン体を大人になるまで成長させる必要があります。さすがに加速再生できますから、その年齢分の時間がかかるというわけではありませんが、それでも例えばリンさんの複製を作るだけで一年以上、さらに学習、調整、鍛錬などで二年か三年はかかるでしょう」

「逆に言えば、それだけ待てる時間があればおれのクローン作って任務に送り出せるってことか。ねえ、てえことはバックアップ用のクローン体って、危険任務命令されてから作るんじゃなくて、その前から用意してるの？」

「そういうことになりますが、いちおー機密事項なので聞かないでください」

「予備のクローンを単なる予備部品とするかそれとも予備役扱いするかで帝国艦隊の人員数や予算が変わっちゃうんで、非公開なんだって」

　クーリエが付け加える。

「そういうわけで、催眠教育とか圧縮学習なんかは、どうしようもない場合の最後の手段に近い非効率的な手順だと思ってください。経験者として助言しますが、普通に勉強した方が楽ですよ。我々は、リンさん専用の受験勉強プログラムを作成し、専用の教師を用意します」

「げえー帝国艦隊情報部から直々の依頼だってえのにそんな昔ながらの受験勉強しか突破手段ないの？」

「リンさん向けに最適化、最効率化した学習を提供します。リンさんの能力を最大限に伸ばしうる受験勉強になるでしょう。リンさんは士官学校の入学試験を正規に突破するだけの学力を得ることになります。その結果、こちらが依頼した任務が終了後、そのまま士官学校に残るか、あるいは宇宙大学に転出するか、それはリンさん次第ですが、その時点での学力をみてから判断しても遅くはないかと考えます」

「すごーい」

それまで黙って話を聞いていた茉莉香とチアキが揃って声を上げた。

「すごいじゃないですかリン部長、帝国艦隊が部長のためにオーダーメイドで受験勉強用意してくれるなんて！」

「しかも、言ってることがほんとなら中央の名門校どころじゃなくて、士官学校や宇宙大学まで行けるなんて！」

「いや、だってさ、大学なんかさっさと推薦決めて、高校生活の最後くらいはゆっくりのんびり過ごそうと思ってたのに、本物かどうかもわからない情報部員が持って来たほんとか嘘かもわからない聞くだけで疲れるほどハードな受験勉強に残りの青春捧げろなんて、ちょっと……」

「本物の情報部員よ」

低い声で、クーリエが言った。

「言ってることも、今までのところは事実。それは保証してあげる」

「へえ、それは信用度高い」

「だったら部長、うちの星から士官学校とか宇宙大学行く機会なんてそうそう目の前に出てくるもんじゃないんですから、ぜひそのオーダーメイドの受験勉強やって試すだけ試しましょうよ」

「いやあ、まだいくつか訊かなきゃならないことが残ってる」

リンは、ナッシュに向き直った。

「茉莉香とチアキちゃん同席させたってことは、二人にも同じ進路を薦めるつもりなんじゃないか？」

ナッシュはにっこりと頷いた。

「さすが白凰女学院ヨット部部長。ご明察です」

「え？」

茉莉香とチアキは顔を見合わせた。もう一度きれいに声が揃う。

「えー！！？」

「二人とも、進路は？　決めてるの？」

今年度卒業のリンが、高校二年生の二人に訊く。

「成績は悪くないんだから、進学？　それとも、就職？」

茉莉香とチアキは互いに探り合うように視線を絡ませた。茉莉香が先にリンに向く。

「いちおー、学校に提出してる進路表には進学って書いてます。それがいちばん問題ないんで」

「チアキちゃんところも？」

リンは質問相手を変えた。

「海賊免許継承資格持ちだよね？」

「うちは、茉莉香のところと違って親父《おやじ》が元気ですから」

チアキは、ぼそぼそと答えた。

「だけど、まあ、進学ってしておいたほうが各方面にいろいろ問題ないのでそうしてるのは、茉莉香と一緒です」

「でも、進学希望だからって士官学校とか、ましてや宇宙大学なんて考えてません！」

茉莉香は声を上げた。

「んなところ行ったってついて行ける頭じゃないのはご存じの通りです！」

「それについては様々な見解があるでしょうが、個人的な意見を言わせて頂ければ、お二人ともいい線行けると思いますよ。士官学校の入学試験突破、及びその後の学校生活に必要と思われる能力を獲得するための受験勉強については、我々はリンさん同様、茉莉香さん、チアキさんにも全面的に協力する用意があります」

「えー!?」

揃って抗議の声を上げた茉莉香とチアキに、リンは笑った。

「やってもらえばいいじゃない、情報部流の受験勉強。こっちと違って時間の余裕もあるだろうし、成績アップだって期待できる」

「そりゃそうかも知れませんけど、士官学校どころか宇宙大学まで狙えるような下駄《げた》履かせてもらおうかってのに成績アップなんて今さら意味あるんですか？」

「そりゃそうか」

「残念ですが」

　女子高生たちのやりとりを楽しそうに見ていたナッシュが口を挟んだ。

「時間の余裕はありません。リンさんの卒業に合わせて士官学校の受験準備を始めた場合、茉莉香さん、チアキさんの士官学校受験は、次の四半期を目指して頂く予定です」

「え？」

　茉莉香、チアキはナッシュの顔を見直した。ナッシュは平然と説明を続ける。

「ご存じの通り、帝国艦隊士官学校の入学試験は銀河標準暦の一年に四回行なわれます」

「知らない」

「リンさんが首尾よく士官学校の入試を突破できた場合、茉莉香さん、チアキさんは次の四半期の受験を目指して頂く予定です。このスケジュールならば、白凰女学院の一学期終了と同時に士官学校へ入学することになり、茉莉香さん、チアキさんの学業にも支障を来すことはありません」

「ちょっと待てい！」

　抗議の声を上げかけたチアキに軽く手を上げて制して、リンは訊いた。

「そっちの都合と心積りはだいたいわかった。で、ヨット部だの海賊だの言ったってまだ女子高生のおれたちを三人も士官学校に送り込んで、本気で潜入調査なんてことやらせるつもりなのかい？」

「本気ですよ」

　ナッシュは答えた。

「ただし、確実を期すため、士官学校に三人が揃うまでは作戦を開始しません。ですから、それまでのどこかの段階でリンさん、茉莉香さん、チアキさんのうち一人でも協力が得られないことが確実になれば、この作戦は実行されません」

　ナッシュはにっこりと女子高生たちの顔を見廻した。

「その時は、この件はすっきり忘れて、日常生活に戻ってください」

「潜入調査ってのは、具体的に何させるつもりだい？」

　リンは、鋭い視線をナッシュに向けた。

「イメージが貧困で申し訳ないんだが、わざわざ軍隊未経験のガキ三人も捕まえて予算も時間も掛けて準備して、士官学校の金庫の奥にある機密でも盗《と》ってこいなんてそんな簡単な話じゃないだろ？　ここまで話してもらったんだ、守秘義務とやらは了解してる。それとも、この先の話は仕事を承知してからでないとできないか？」

「もちろん、士官学校のどこかからなにかを持ってくれば済むような仕事であれば、わざわざみなさんのお手を煩わせるようなこんな手間は掛けません。うちの専門家に依頼するほうがはるかに簡単で確実で、何より早いでしょうから」

「んじゃ、何調べろっていうの？」

「士官学校内での、カンパニーとかクランとか呼ばれる内部組織についての情報を収集して頂きたい」

言われて、リンは茉莉香、チアキと顔を見合わせた。

小部屋のドアがノックされた。自ら立ち上がったナッシュがドアを開ける。

「お話し中のところ申し訳ないが」

コックハットの親父がドアから顔を出した。

「そろそろ料理を出していいかい？」


円卓に、所狭しと料理が載った。

「ナッシュあんた」

クーリエがうろんな目をナッシュに向ける。

「どんな注文の仕方したのよ」

「人数伝えて、あとは任せた」

ナッシュは、山盛りの大皿と取り皿で埋め尽くされた円卓を見廻した。

「量は少なめに頼んだんだが、それでもこれか」

「あんたねー」

「まあ、成長期のお嬢さんがいっぱいいるから大丈夫だろう。飲み物はお茶でいいですか？」

ナッシュは、女子高生三人の顔を見廻した。

「さあ、遠慮なく食べてください。足りなければお代わりもありますよ」

「んじゃ、話は食べながら聞こうか」

小ぶりな茶碗《ちゃわん》を取ったリンは、手近の水餃子《すいぎょうざ》を取り分けはじめた。

「カンパニーとかクランとかって、えーと、学閥とかクラブ活動とかそういう奴《やつ》？」

「だいたい、そういうようなものです」

ナッシュは、目の前の蒸籠《せいろ》を開いた。もわっと湯気が上がる。

「学校の同期、同級といった繋《つな》がりは偶然に左右されるところが大きいですが、あなた方もヨット部員としての繋がりは大事にしたいと思っているんじゃないですか？」

「そりゃあ、まあ、ねえ」

リンはとりあえず調子を合わせる。

「帝国艦隊にも、同じようなものは存在します。同じ艦、同じ艦載機に乗り合わせ、同じ任務を過ごせばその繋がりは強固になり、配属が変わっても続きます。そして、艦隊における隊員間の個人的な繋がりは、入隊直後から様々な場所で形成され、発展していきます。士官候補生が士官学校に入学したその時から形成される関係は、大概はその学校における同期や先輩後輩関係、入寮した寮、部活動などによって育まれていきます。それ自体は何ら問題があることではなく、むしろ喜ぶべきことなのですが」

「だったらいーじゃんべつに」

手近の皿からニンニクの芽炒《いた》めを取ったリンは、箸で豪快にかきこみはじめた。

「なんて話だったら、わざわざ艦隊司令部の情報部員がこんなところまで出張してくることもないか。で、なにが問題なの？」

「潜在的に、将来帝国の脅威となりうる秘密組織が存在している可能性があるのです」

ナッシュの声が低くなったような気がして、茉莉香は情報部員の顔を見直した。

「どこに？」

とりあえず訊いてみて、リンは眉をひそめた。

「士官学校の中に？」

ナッシュは首肯した。

「帝国艦隊と一言に言いますが、それは人智《じんち》を超えて大きい。辺境を含む全銀河の中で最大の組織である帝国艦隊は、可能な限りの効率化と高速化を目指して運用されていますが、その内実はあまりに複雑で怪奇だ。帝国艦隊所属のものは、それぞれの艦隊の隊員であり、同時に艦の乗組員でもあり、配属された部署の構成員であり、またある地域の出身者であり、状況や立場によってはさらに様々な存在を兼ね備えることになります。それ自体はどこにでもあることで、問題になるようなことではありません。しかし、多重に存在し、同時に並立する所属の目的が場合によって食い違ったりすると、問題が発生することになります」

「えー」

リンが難しい顔をした。

「解体が決まった旧式艦を、乗組員は解体させたくないとかそういう話？」

「その程度なら大した問題にはならないでしょうが、まあ、有り体に言えばそういう問題です。旧式艦の処遇なら記念艦として博物館に置くとか、防衛隊に払い下げるとかいろいろ手はあるでしょうが、作戦行動中の帝国艦艇で艦隊の方針と乗組員の個人的希望が行き違ったりすると、非常にまずい事態になります」

「反乱とか？」

　次から次へと具体例を挙げるリンに、ナッシュは苦笑いした。

「それは、まさに憂慮すべき事態ですね。しかし、ことはそう単純ではありません。味方の中枢に敵の息のかかったものが入り込み、いざというときに利敵行為を行なう。確かにそれは問題ですが、軍隊では昔から珍しいことではありません。我々帝国艦隊も、もちろん公式には認められていませんが正面敵となる反乱軍にそういった役割のものを送り込んでおります」

「はあ」

「今回、問題となるのは、明確に帝国艦隊の敵ではなくあきらかに帝国内部のものでありながら、艦隊の目指す方針に異を唱えるものたちです。これが明確な利敵行為なら話は簡単なんですが、方針がちょいと違うだけなので話が難しくなります」

「ちょいと違うってどういう……」

「例えば、辺境で続いている反乱軍相手の戦闘です。艦隊は勝利を目指しているが、内部に継戦派がいる場合などは、ちょっとした見解の相違で説明が付く上に完全に相反しているわけでもありません」

「えー全然違うように聞こえるけど？」

「内部にいるものが艦隊の敗北を目指して利敵行為に走る、などという場合の説明は簡単ですが、片方は勝利を、片方は戦闘継続を求めるという場合はいくつも一致点が認められるので厄介なのですよ。双方とも敗北は求めず、大きな被害は望んでいない。となれば、それこそ内部の異分子が潜伏しやすい理由でもあるのですが」

「よくわかんねーんだが」

リンは首をひねっている。

「その、艦隊内部の秘密組織とか異分子って、いったいなにを目的にして存在してるんだ？」

「推測でしか話ができません。それでもよろしいですか？」

「そりゃあ聞かせてくれるなら」

「帝国艦隊は、帝国の平和と安寧のために存在します。しかし、艦隊内に存在する可能性のある秘密組織は、関わるものの利益を最大限にすることを目的にしています」

ナッシュは、茉莉香とチアキに目を向けた。

「利益を最大化するために、星間戦争をデザインし、帝国艦隊のみならず反乱軍にまで広く存在する可能性がある秘密組織です。情報部はまだその正式な名称はおろか組織系統図すら確定させてはいませんが、おそらく、かつての植民星連合に生き残る海賊たちの私掠船《しりゃくせん》免状を買い上げようとしたり活動を制限しようとしたりしたのも、その目的のための活動ではないかと推測しています」

茉莉香は、チアキと顔を見合わせた。救難活動に駆けつけた弁天丸が民間船を奇襲攻撃したと難癖を付けられ、バルバルーサの海賊免許を企業が買い上げようとした事件はまだ記憶に新しい。

「へえー」

食後酒をちびちび舐《な》めていたクーリエが顔を上げた。

「情報部が、海賊絡みの仕事したんだ」

「オリオンの海賊だけならともかく、セレニティ星王家からの口添えまであるとなるとそれなりの成果を求められますので」

ナッシュは答えた。

「それに、まだその存在も確認されていない敵が、帝国艦隊の指揮通信網にまで入り込んでいるとなると大問題ですからね。脅威判定が反乱軍に次ぐと出たこともあって、この件はあなた方が思っているよりも重要視されています」

「脅威判定が反乱軍の次⁉」

クーリエが声を上げた。

「すごいじゃない、そんな大規模な敵だってこと？」

「厄介なことに、そうでないという判定も出ています」

ナッシュは意味ありげに頷いた。

「情報部と他の部署で脅威度の判定がこれほど違う事例はあまりないのです。帝国艦隊のすべての部署は基本的に同じ情報に基づいて同じコンピューターシステムで判定を下します。それがこれだけ違う脅威度を弾《はじ》き出すということは、情報部としては外部からの干渉を考慮せざるを得ません」

ナッシュは、同席している女子高生と海賊たちの顔を見廻した。

「つまり、これはあなた方だけの敵ではない、ということです」

第三章　授業開始、状況開始

Super Bodacious Space Pirates.1
「おまえらに、勝ち方を教えてやる」

開講の挨拶もなしに、教壇に立った教官は階段式の教室に並ぶ新入生たちの顔を見廻《みまわ》した。

「艦隊乗組員に求められる任務とはつまり、勝つことだ。理想の具現化とか高度な政治的判断とかのお題目もいろいろあるが、おまえたちは勝っている限り文句は言われない。それどころか、勝っていれば給料も増えるし仕事も安泰、稼いだ金を使う機会も増える。だが、負けるとそうは行かない。生きて帰れれば次の仕事の機会もあるが、戦闘状況は光速で変化する。そういうわけで、おれの仕事はおまえたちに勝ち方を教えて、生きて帰る確率を少しでも上げることにある」

教官は、教卓に装備されているリモコンを取ってスイッチを入れた。暗転した教室の空中に、多数の戦闘艦を擁する宇宙艦隊がきれいな隊列を組んで浮かび上がる。

「戦闘状況ってのは千差万別だ。敵味方が示し合わせて戦力を配置して、いっせーのせで戦闘開始するなんて事態はほぼ起きない。だが、士官学校に入学してまだ間もない新入生のおまえたちにいきなり敵味方合わせて一〇〇隻以上が入り乱れる艦隊戦を見せたところで派手な花火見物以上の意義はない。ここはわかりやすく、戦闘艦一隻対一隻の戦闘とする」

教官がリモコンを振った。教室に多数立体表示されていた艦艇が消え、青いワイヤーフレームで描き出された一隻だけになる。

「戦闘するには敵が必要だ。説明が面倒だから、同スペックの敵艦と設定する」

赤いワイヤーフレームのもう一隻が、教室に出現した。

「全長二〇〇メートルの機動巡洋艦、今の帝国艦隊でも数が多く、最前線でどんぱちする機会が多い戦闘艦だ。もしおまえらが首尾良く士官学校を卒業し、艦隊での実務に配属されたら、この教室にいる何人かは確実にこの艦に乗ることになる」

教官は、同じ方向に向いて二つ投影されている赤と青の機動巡洋艦を左右に振り分けて向かい合わせた。

「実際の距離は見た目よりはるかに離れてるし、訓練以外じゃ同じ戦力の艦《ふね》が同じ条件で同時に戦闘に入るなんてことはない。だが、これはシミュレーションだ。シミュレーションのいいところは何度でもやりなおすことができること、実物を持ってくるよりはるかに安く上がるところだ」

教官は、リモコンを生徒たちが向いている教卓うしろの大型ディスプレイに向けた。右側に青い巡洋艦の、左側に赤い巡洋艦の現在位置と相対距離、現在の速度などがずらっと映し出される。

「距離は一万キロ、主砲でなら充分撃ち合いできる距離だ。そして、条件単純化のために今回の使用艦載兵装は主砲のみに限定する。クラス40の連装砲が四基八門。見て解《わか》るとおり、二隻の巡洋艦は戦闘開始と同時にまず索敵を開始、レーダーで敵の現在位置を確定しようとしている。では、双方に敵を撃沈しろという命令を与えて、シミュレーションを開始しよう」

向かい合っていた赤と青の二隻の巡洋艦は、暗く沈んだ教室の宇宙空間で戦闘を開始した。互いに艦首を向けあったまま長く推進炎を噴いて互いに正面への投影面積最小のまま接近しようとする。

「生身の目で見て状況がわかるように、スケールや機動はいろいろ簡略化したりデフォルメしたりしてある。現在でも巡洋艦二隻の相対距離は九〇〇〇キロ、スケール通りの表示なら離れて見てる観客が巡洋艦のディテールどころか姿勢変化も見分けられないが、それじゃあ観戦にも勉強にもならないからだ。正確な状況は背景に表示されてるからそっちで確認しろ。真空の宇宙じゃ聞こえないはずの効果音もサービスしてやる」

青と赤の巡洋艦は、教室の左右から長い推進炎を曳《ひ》いて効果音を上げながら急接近した。互いの距離を詰め、これも効果音付きの鮮やかな黄色いビームが双方から発射される。

「巡洋艦、それも単艦同士の格闘戦なんてのは実戦じゃそう簡単には起きないが、設定が簡単だから訓練じゃよくやる状況だ。自分が指揮官ならどう動くか、乗組員ならどうするのが勝ち目を上げることになるか考えながら観戦しろ」

加速しながら正面衝突するような勢いで、二隻の巡洋艦は火線を交わしながら急接近した。そのまま反航戦に入るかと思いきや、互いに正面を向けあったまま横滑りするように艦体機動、砲撃を続けながら二隻で扇を描いて互いの場所を入れ替え、正面を向けたままそれまで推進していた主機関をそのまま逆噴射して減速する。

「空中戦は、ほとんどの技術文明において飛行機が発明されてからあとの概念だ。水中文明、空中文明などの少数の例外はあるが、だいたいの知性体は地上つまり二次元上で文明を発達させた。文明を発達させたってことはつまり戦争してたってことでもある。宇宙空間に進出するのは飛行機や潜水艦を実用化してからの段階で、それまでにほとんどの技術文明は三次元で行なう空中戦という概念を覚える」

　互いの艦首を正対させながら撃ち合いを続けていた二隻の巡洋艦は、機動格闘戦に移行した。搭載している艦砲は基本的に敵に指向して発射できるから、双方ともに激しい回避機動を続けながら命中弾を得るための艦砲射撃を続行する。

「艦種によって艦砲の搭載位置や機動性、装甲も索敵能力も異なるから、敵の射撃を回避しつつこちらに最適な射撃姿勢を得る三次元運動は細かく異なる。だが、まあ見ての通り、三次元上をめまぐるしく動き回る曲芸飛行になる」

　赤と青の機動巡洋艦は、派手なビームと効果音付きの機動戦闘を行ないながら教室の仮想戦闘空間を残像が見えるような高速で飛んでいる。

「現代の高性能の軍艦が、慣性制御装置をフル稼働、反重力機関に通常推進まで戦闘出力で振り回せば、対艦格闘戦でこれくらいの戦闘機動を行なうことになる。大丈夫、慣性制御も反重力も艦内にまでばっちり効いてるから、見かけほど振り回されることはない。だが、戦闘前に酔い止めを呑《の》むのは忘れないように」

　定番らしい冗談に生徒が笑うのを待って、教官は続けた。

「おまえたちに勝ち方を教えてやると言ったのを覚えているか？　ここから先が肝心な話だ、よく聞いておけ。今おまえたちの目の前で繰り広げられている巡洋艦同士の空中戦、専門用語で機動戦闘というものは、それぞれの艦のパイロットが自分の直感と技量で行なっているものじゃない。コンピューター任せの自動戦闘だ」

最接近して艦載砲を一斉発射したように、青と赤の巡洋艦は金属質の効果音とともに強い閃光《せんこう》を放って分かれた。

「コンピューターは、自分の艦の正確な状況を把握している。有史以来試みられたあらゆる戦闘機動のパターンやその結果も知っているし、敵艦との相対距離も射撃管制レーダーの発振状況もぜんぶ理解している。もちろん、巡洋艦の乗組員だってそいつは知ってるが、一生かかっても試しきれないような回避機動パターンのすべてのバリエーションまでは知らないし自分の主砲の準備状況や照準、変化し続ける命中確率や敵との距離まですべて正確に把握している乗組員はいない」

それまでの接近戦から大きく離れた青と赤の巡洋艦は、距離を取って互いに反転する軌道を取った。

「エンジンも大砲もオーバーヒート、戦闘開始前に一〇〇パーセント充填《じゅうてん》しておいたはずのエネルギーもたいがい使い切って、現在再チャージ中ってところだ。さて、機動巡洋艦がもっとも得意とするはずの戦闘機動を、わざわざ乗り組んでる優秀な乗員ではなく、搭載しているコンピューターに任せる理由はなんだと思う？」

教官は、暗い教室の中で階段席に並ぶ生徒たちの顔をゆっくり見廻した。その目は機械化されているようには見えないが、帝国艦隊士官学校の教官ともなればどこがどう強化されていても不思議はない。

「我々艦隊士官の本業でもある戦闘をコンピューターに任せる理由はたったひとつ、それがいちばん確実に勝つ方法だからだ。同時に、コンピューターに任せるのがいちばん簡単だから、でもあるがね」

教官はリモコンを差し上げて機動戦闘中の二隻の巡洋艦を空中に静止させた。

「現時点で、敵の撃沈という命令を与えられている青い巡洋艦が想定している未来軌道は、確率が高いものから順に表示してこんなかんじだ」

静止した巡洋艦の艦首から、直線と曲線を複雑に組み合わせた青い輝線が描かれた。一本目に続いて微妙に違う二本目、変化の大きい三本目が次々に描き出され、艦首から青い糸を大量に放出したような事態になる。

「青い巡洋艦の未来軌道は、確率が高い順に一〇〇本ほど表示されてもこれくらいになる。もちろん、敵艦も同等の未来軌道を計算している。未来軌道は敵艦の動きにより無限に変化していくから、厳密にはこの未来軌道も一瞬ごとに違う方向に分岐して行く。では、コンピューターは無限にもある未来軌道の中からなぜたった一本の軌道を選択できるのか」

教官は、リモコンを操作して、艦首から描かれる青い軌道を最初の一本だけに戻した。続いて、赤い巡洋艦の艦首からも同様に未来軌道を一本だけ放射させる。

赤と青、二つの未来軌道は複雑に絡み合いながら高速で延びていった。教室の空間に、青と赤の輝線がでたらめな模様を立体に編む。

「うしろに表示されているように、コンピューターは自分と敵艦の状況を精度の許す限りの正確さで把握している。コンピューターはすべての状況を判断し、もっとも最適と思われる行動、この場合は敵を撃沈する確率が最も高い、いわば最適な戦闘機動を選択してその通りに巡洋艦を動かす。敵も同様だ。自艦と敵の状況から最適な軌道を選択、一瞬ごとに変化する状況に対して勝率を高めるための変更を加えながら戦闘を続ける」

高速で延びていく赤と青の軌道が混ざり合ってぼんやりとした紫の光を発しはじめる。

「コンピューターは、決してその時の気分や雰囲気ででたらめに取るべき回避機動を選択、実行しているわけではない。艦隊乗組員のだれよりも豊富な経験と生身よりはるかに優れた反射神経でもって戦闘艦をコントロールしている。これが、帝国艦隊が戦闘機動をコンピューターに任せている理由のひとつだ」

教官は、放っておけば無限に広がりそうな青と赤の輝線の展開を停止した。

「次は、予測軌道同士の模擬戦闘じゃなく、赤と青の巡洋艦に戦闘を再開させてみよう」

教官がリモコンを弾《はじ》くと、再びワイヤーフレームで描き出された仮想の巡洋艦は教室内を戦闘空域とした機動を開始した。

「わかるか？　最初に描き出された予定軌道通りの機動じゃない。コンピューターは自分の状況と敵の動きに応じて一瞬先の最適軌道を細かく変化させていく。つまり、双方の巡洋艦のコンピューターは、先ほどのシミュレーションに加えてもう一回分の貴重な実戦経験をいま記録領域に書き込んでいるというわけだ」

青と赤の巡洋艦に対艦機動戦闘を続けさせたまま、教官は生徒たちの顔を見廻した。

「選抜された乗組員を訓練すれば、生身の人間にコントロールさせても同等の戦闘を行なえるかも知れない。だが、乗り込んでいるのが生身の人間である以上、反応速度は生物学的理由により制限されるし処理できる情報も限られる。生身なら集中して最高のパフォーマンスを発揮できる時間も限られるし、ミスを犯す可能性は時間ごとに増えていく。ところが、コンピューターなら疲れない。コンピューターは有史以来試みられたありとあらゆる空間機動も戦闘パターンも覚えているし、瞬時に最適な機動と射撃パターンを選択して実行できる。自分の艦《ふね》のエネルギー量から自重から周囲の状況、レーダーやセンサーで得られる限りの敵艦の状況まですべて同時に処理して最適解を弾き出し、その通りに巡洋艦をコントロールすることができる」

戦闘は、先ほどまでの格闘戦ではなく互いに距離を取りながら接近、離脱を繰り返すような機動に変化していた。最接近時に、双方の巡洋艦はタイミングを待っていたような砲撃を集中して叩《たた》き込む。

「近接格闘戦の次は、速度を生かした一撃離脱戦闘か。シミュレーションとはいえうちのコンピューターもなかなかいいサービスしてくれるぜ」

生徒たちをちょっと笑わせてから、教官は続けた。

「帝国艦隊の強みは、どこよりも大きく、どこよりも長くこの商売を続けていることだ。艦隊編成以来のすべての戦闘は記録され、共有され、研究されている。艦隊所属の機体なら、単座の戦闘機から特大の戦略級巨大戦艦に至るまでコンピューターが搭載され、過去のすべての実戦記録のみならず有用と判断されたシミュレーションデータもくわえ込み、その時々の戦況に応じて最適な機動、最適な射撃を行なってくれる。これが人間なら疲れて反応速度が落ちたり間違えたりすることもあるが、機械ならその点は心配ない。まっとうに手を入れて面倒見て正常に稼働することが確認されているコンピューターなら、生身の人間よりよほど信頼できるからだ」

教官は、生徒たちに背を向けて個艦の状況を映し出す巨大ディスプレイを見上げた。

「帝国艦隊の戦闘に関する基本方針はいくつもあるが、その一つが必ずより多くの戦力で敵に当たること、だ。戦力が優勢なら、必ず最適手を取れるコンピューターに戦闘を任せておけば絶対に負けることはない。さて、数多くの試練をくぐり抜けてこの教室に辿《たど》り着いたくらいの頭の持ち主なら、誰でもそろそろこう考えているはずだ。コンピューターに戦闘を任せるなら、知性体《にんげん》いらないんじゃね？　と」

教官は、芝居がかった動作で生徒たちに向き直った。

「コンピューターがそれほどパイロットとして、砲手として、あるいはレーダーやセンサー、電子兵装のオペレーターとして優れているなら、なぜただでさえ高価な戦闘用宇宙船に内部装甲やら生命維持区画やら組み込んで、多大な予算をかけて育て上げても疲れたりミスしたりする可能性のある壊れやすい生命体をわざわざ乗り込ませ、危険な戦場のただなかに送り込むのか。それを疑問に思わないようなら残念ながらおまえたちは帝国艦隊乗組員として不適格だし、疑問を持たずにそれが艦隊士官の義務だと信じ込んでいるならやはり乗組員としての洞察力が足りないってことになる。安心しろ、今この授業を聞いている誰も、すぐに帝国艦隊に乗り込んで給料分の仕事ができるとは思っていない。足りないところは補ってやり、足りてるところは伸ばしてやり、個人としての技量を最大化するのがおれたち士官学校教官の仕事だ」

青と赤、二隻の巡洋艦は、互いに加速して速度を上げながら一撃離脱パターンの対艦戦闘を続けている。

「なぜ、戦闘中に最適行動をコマンドできるコンピューターが装備されている戦闘艦に生身の人間が乗り込んでいるのか。予習もしてる勉強熱心な生徒や勘のいい奴《やつ》なら正解に辿り着いていているかも知れないが、そういう奴はしばらく黙って話を聞いてくれ。コンピューターに戦闘を任せる利点のひとつは、その瞬間に目的に対する最適手を出してくれるということだ。しかし、敵も同じように瞬時に最適手を弾き出すコンピューターを使っていた場合は、厄介な状況になる」

教官は、一撃離脱戦闘を続ける青と赤の巡洋艦の動きをスローにして拡大した。

「敵と味方の戦力がほぼ拮抗《きっこう》し、目的が敵の撃沈、撃沈でなくても排除など同じようなことになった場合、互いに最適手を取る戦闘艦同士の戦闘は延々と続く千日手になる可能性がある」

教官は、リモコンを操作した。一撃離脱の格闘戦を続ける赤と青の巡洋艦の背後に、いくつかの立体画像が映し出される。

「千日手というのは、チェスや将棋のような昔からある戦力を単純化したボードゲームで、互いの手が進まない膠着《こうちゃく》状態になることだ。コンピューターに戦闘を任せてこの状態になると戦力が無為にすり潰されるのみならず、貴重な時間があっという間に無駄遣いされる。帝国艦隊はそんな状況をできる限り避けるため、戦闘に当たっては必ず敵より多くの戦力を投入することを旨としているが、毎回そううまく状況が廻ってくれるとは限らない。そこで問題だ。おまえたちが青、赤、どっちでもいいからこの巡洋艦を指揮しているとして、このまんまじゃ互いの戦力と貴重な時間がみすみす削られていく。どうすればいいか、なにかアイディアがあればデスクのボードで発信してみな」

とたんに、教卓のうしろの巨大ディスプレイにいくつものメッセージが表示された。この教室内だけでなく、同じ星系内の地上で、あるいはステーションや練習船内で遠隔授業を受けている大人数から一斉に近い形で多数の提案が返ってくる。

「一撃離脱戦を避けて、長距離砲戦に徹する。よろしい。試してみよう」

寄せられたメッセージのひとつを読み上げた教官は、リモコンを青い巡洋艦に向けた。巡洋艦は長い円弧軌道を描いての一撃離脱軌道に入らず、そのまま赤い巡洋艦と距離を取って互いに旋回する軌道を取る。

「良かったな、あんまりひどい手を打つと常に最適手を取る敵艦のコンピューターに付け込まれて一気に不利になるところだ」

長い距離を取ったまま、青い巡洋艦は赤い敵艦に対して長距離砲戦を開始した。遠く距離が離れた敵艦に向け、充分にチャージされたビーム砲が集中して叩き込まれる。

「だが、せっかくの格闘戦用機動巡洋艦を、戦艦みたいな長距離砲戦に投入するのは実はあんまりいい手じゃない。長距離砲戦じゃ命中率も集束率も落ちるし、この装甲じゃクラス40でも抜ける可能性は低い。おまけに相手は機動性が売りの巡洋艦だ。回避に優れてるから、まぐれ当たりくらいしか期待できない。どうする？　ラッキーショットに期待して戦闘するのはプロの仕事じゃないぞ？」

巨大ディスプレイに次々に現われては埋もれるメッセージの中で、教官はひとつを浮かび上がらせた。

「艦砲設定を対装甲ではなく広域焼夷《しょうい》に変更、敵艦装甲ではなくアンテナ、センサー系損傷を目的とする、か。悪くない手だ。集束率を落とせば単位面積当たりの破壊力は下がる代わり、照射面積が広くなる。重装甲の戦闘艦でもアンテナやセンサーは防護できないから使い捨て前提で剝《む》き出《だ》しだ。相手のレーダー／センサー系を潰せれば、敵の命中率が下がるからこちらの勝率がぐんと上がる。じゃあ、今度はそう命令してみよう」

教官はリモコンを振った。青い巡洋艦の射撃パターンが変化した。それまで充分にエネルギーを充填した一点集中型の斉射をしていたのが、連続しての発射になる。

「広域焼夷のビームなら、チャージ時間も短くなるから発射数も増やすことができる。さて、そうすると赤はどう出るかな？」

離れていた赤い機動巡洋艦は、長距離射撃を回避してから加速態勢に移った。

「青の射撃パターンが変化したのは、射《う》たれてる方から見ればすぐわかる。赤は同じように長距離射撃で青のレーダー／センサー系を潰すのではなく、射撃パターンが変化して直撃されても痛くなくなったのを知ってレーダー、アンテナを畳んで敵への近接攻撃を試みる」

教官は、巨大ディスプレイに今も続々と追加されている戦闘方針に関する提案のメッセージをいったん背景に落とした。赤い機動巡洋艦の最新状況が表示される。レーダー／センサー系の精度は青よりも二桁以上落ちているが、艦砲射撃にエネルギーを廻さず回避機動をとりながら全速で敵艦に接近している。

集束率を落とした艦砲射撃をさらに何度か発射してから、青い巡洋艦は射撃を停止した。

「いちばん装甲が厚い真っ正面向けて突っ込んでくる敵艦に、集束率落とした艦砲射撃は効果がないと判断した。現在は接近してくる赤の迎撃のためにエネルギーチャージ中。さて、なにか指示すべき次の手順は思い付くかね、生徒諸君？」

教官は、生徒たちに向き直った。

「繰り返すが、我々の戦闘艦のコンピューターはきわめて優秀だ。よほど無茶《むちゃ》な指示でもしない限り、最善の結果を得るために最高の戦闘指揮を行なってくれる。だが、敵のコンピューターも同様に優秀だ。常に最適手を打ってくる。どうすればいい？」

巨大ディスプレイに、いくつかのメッセージがぽつ、ぽつと浮かび上がった。

「逃げる」

そのうちのひとつを、教官が読み上げた。生徒たちがどっと笑った。

「それも、正解のひとつだ。この指示が、今までの提案と決定的に違うところがどこかわかるか？」

教官は、笑った生徒たちを一人一人確認するような鋭い視線を巡らせた。

「巡洋艦に下されていた命令は、敵の撃沈だ。だが、逃げるという命令は、今までの命令を変更することを意味する。これまでの提案のように戦い方を変えるのは、つまり戦術の変更でしかない。巡洋艦に与えられた目的、敵艦の撃沈に対しては誰もそれを変更しようとしなかった。だが、逃げろ、というのはつまり当初の命令を取り消し、新たな命令を下すってことだ。敵を撃沈するという目的を放棄する代わり、自分が撃沈される危険性も最小限にできる。そして、実はそれこそが、戦闘艦に生身の人間が乗り込んでいる理由でもある」

教官は、青と赤の巡洋艦の戦闘を停止させた。

「コンピューターは、状況の変化をいち早く敏感に察知あるいは予想して戦術を変更、より勝率が高いと計算できる方向に方針を転換することができる。だが、最適手を指示することはできても、状況により重要視すべき目的が変化した場合に、それに対応することはできない。戦闘に関してはコンピューターほどに場数を踏んでいないおまえたちのためにもっと状況をわかりやすくするとだな、たとえば撃沈命令を達成するために戦闘している間に、味方の増援は期待できるのか。敵の増援を警戒する必要はないのか。そして、実際に敵の増援が到着したら、対応すべきか無視すべきか。今回のシミュレーションは、単艦同士しかも設定された空域内に一切の星、重力源もなにも存在しないという現実にはあり得ない状況設定だ。だが、我々が仕事するのは現実の宇宙空間であり、現実に存在する敵である。敵を撃沈しろという命令が下されればもちろんその命令を忠実に実行する一方で、その命令がなんのために下されたのか、どうすればより簡単確実にその目的が達成されるのか考えなければならない。命令を忠実に実行するだけならコンピューターに任せておけばいい。しかし、戦闘状況は光速で変化する。その状況変化に応じて、戦闘目標を臨機応変に変えていくのがつまり、生身の知性体《にんげん》として戦闘艦に乗り込むおまえたちの仕事になる」

教官は、巡洋艦の機動戦闘を再開させた。

「今回の戦闘目標は、互いに敵を撃沈しろ、だ。ならば、なぜ敵を撃沈しなければならないのか。その目的は敵を撃沈すれば達成されるのか。それとも、この場から敵を排除すればいいのか。拿捕《だほ》してこちらの支配下に置けばいいのか。敵味方双方に応援の可能性はあるのかないのか。戦闘の経過によりこちらが不利になった場合、被害が増大するのを承知で留《とど》まるべきか。それとも、先ほど勇気ある新入生が示してくれたように逃げて態勢を立て直すべきか。コンピューターはその時々に取るべき最適な戦闘を最高の腕で行なってくれるが、戦場の、あるいは戦場の外で進行している戦争のすべての状況を読んでそれに応じた最適な戦略を指示してくれるわけじゃない。それは指揮官の仕事であり、艦隊士官としてのおまえちに期待される仕事でもある」

教官は、立体画像で繰り広げられる機動戦闘を見上げた。

「つまり、コンピューターに戦闘を任せたからといって、おまえたちが戦闘を指揮する立場になったらのんびりそれを見て楽してるわけには行かないということだ。戦闘状況を開始するためには、まずその前の段階として、その戦闘がなんのために行なわれるのか、戦闘目的が何であり、目的がどれくらい達成されれば勝ちと判定できるか、目的達成のためにはどれくらいの被害を許容するのか、そのために敵を全滅させなければならないのか、それとも当面目の前から追い払えばいいのか、その辺りをすべて理解する必要がある。おまえたちがその場に於ける最高指揮官なのか、それとも最前線で働く現場用語で言う最低士官なのかは関係ない。これから先なんどでも聞くことになり、そのうち身にも染みるようになるだろうが、戦闘は光速で進行する。どこで戦闘に参加するにせよ、どんな形で参加するにせよ、参加する以上はおまえたちがいる場所が最前線になる可能性があり、そのうちにおまえたちが最重要局面に立ち会って決断を下すような状況になるだろう。必要なときに必要な決断を下せるようにおまえたち新入生を教育するのが、おれたち教官の仕事であり、決断を下せるようになるのがおまえたちの仕事というわけだ。最適な時に最善の決断を下せる艦隊士官になることを期待する。以上だ」

「まあ、きわめて実戦的な授業よね」

チアキは、士官学校のみならずこの星の中でほとんど唯一安心して会話できる場所であるリンの居室の椅子に腰を下ろして腕を組んだ。

「さすが、帝国艦隊士官学校」

「なんか、もっと非人間的な、それこそ戦闘艦の部品の一部に作り替えられるみたいな授業受けさせられるのかと思ってた」

茉莉香《まりか》は、疲れた顔でテーブルに並べたカップにポットからお茶を注いでいる。

「いきなり、最前線でものを考えるのがおまえたちの仕事だとか言われるなんて思ってなかった」

「それが、この世における金持ちのケンカの仕方ってことだ」

メッセージのチェックを完了したリンは、シートごとチアキ、茉莉香に向き直った。

「最前線の機動歩兵から戦争指揮してる最高司令部までネットワークで繋《つな》がれてる現代の戦場なら、意図的なアクセス制限かけるなんてことしない限り全体が情報格差のない平等な状況に置かれることになる。最前線の情報が司令部に伝わるまでに余分な時間がかかることもないし、司令部の決定もタイムラグなしに最前線に伝えられる。どこでどんな状況が起きるかわからない以上、最低限の士官レベルでも高度な政治的判断ができるように訓練して前線の権限も任せた方が全体としての効率が良くなる、とまあ、これが今の帝国艦隊における士官養成の基本方針ってわけだ」

「なんか、想像してるよりはるかにオープンなんですね」

「そういう状況になってるからなあ」

ソーサーごとカップを勧められて、リンはお茶に手を伸ばした。

「昔みたいに、命令下されて説明受けて、場合によったらそのための専用訓練なんかも受けなきゃならない出撃前の時間にネットワークから切り離されっぱなしができる時代じゃないからねえ。出撃までに時間があればあるほど、場合によれば出撃後にだって周辺状況いろいろ調べられるし。そこで真贋《しんがん》の怪しい部外情報に惑わされるくらいなら、最初から信頼度の高い情報与えて現場での自由度も上げたほうが現場の士気も上がるし、状況変化による命令の変更もやりやすい。司令部だけじゃなくて最前線まで戦術目標と戦略目標を同時に理解している方が、トータルで的確な判断もできる、ひいては艦隊のみならず銀河帝国のためにもなる、んだってさ」

「先輩……」

ポットを置いた茉莉香は、しげしげとカップ片手のリンを見つめた。

「……すっかり教育されましたねえ」

「え？　そう見える？」

リンはカップに口を付けた。

「んーさすがランプ館の味。部室でもなんどか入れてもらったっけねえ、懐かしい」

「ありがとうございます」

「帝国艦隊ってのは今の宇宙で最大の戦力だぜ。今のところ味方だけど、将来的にどうなるかわからない以上、その指揮系統とか方針を正確に理解しておくのはせっかく士官学校に入学した身の上として悪くない戦略目標だと思うけど？」

リンは、カップをソーサーに戻した。

「あとねえ、実際に海賊やってるお二人には今さら釈迦《しやか》に説法かも知れないけど、電子戦ってのが基本的にコンピューター任せの戦闘なんだわ。妨害電波から戦闘ネットワークのクラッキングまで、一から十まで人間が対応してるわけじゃないのは知ってるだろ？」

「それは、まあ」

茉莉香はチアキと視線を交わした。茉莉香は海賊船船長として、チアキも乗組員として電子戦のなんたるかくらいは講義《レクチヤー》されている。

「相手からレーダー当てられたら、その周波数や出力を測定、対抗する妨害電波を出すか、偽の反応を返すか、それとも身を隠すか、どれもいちいち人間が手計算して必要な機械のスイッチ入れてキーボード叩いてるわけじゃない。ディスプレイに必要な情報が表示されて、見てるこっちは対応をコマンドする。もちろん、どんな対応できるかはこっちの手持ちにどんな装備があるか、どんなソフト用意しててどれだけ対応パターン揃《そろ》えてるかによるけど、電子妨害に対電子妨害、対々電子妨害ってやりとりはだいたいパターン決まってるから、ある程度自動対応できるし、実際弁天丸《べんてんまる》なんかじゃそうしてるからオデットⅡ世でもそうできるようにやってみた」

「せんぱいいい――」

茉莉香は恨めしそうな声を上げた。

「うちの練習帆船に余計な改造しないでってジェニー先輩にも言われてたじゃないですかああ」

「だいじょぶだいじょぶ、前みたいに勝手に電子戦はじめるようなセッティングは切ってある。電子戦パターンの自動更新は生きてるけどネットワークのアンチウィルスとかセキュリティ程度のもんだし、ちゃんとどうすればいいかマニュアルもメモ書きも丁寧に置いてあるから心配ない」

「一〇年先の後輩がオデットⅡ世動かす時どうするんです!? 大昔は海賊船でも今は女子校の練習帆船で、出掛けるたんびに電子戦やるって決まってるわけじゃないんですよ！」

「いやあ、まあ、一〇年前の先輩もまさかヨット部に海賊船長が入ってくるとか帝国艦隊相手に喧嘩《けんか》売るとか想定してなかったと思うから、できるだけのことしておくのは現役の務めだと思うぜ」

「うわあー、やだやだ、説得力あると思っちゃう自分が嫌ー!!」

「んで、コンピューター任せの戦闘に話を戻すと、コンピューター相手のネット戦争でも、宇宙船相手の電子戦でも、細かいところはコンピューター任せでこっちは全体の様子見ながらあっちこっちに指示出して目的を達成しようとする、ってのが基本手順だ。そういうのやってる立場でああいう話聞くと、そりゃあ的確な判断下せる専門家に任せるのがいちばん確実だろうし、その専門家が古今東西の歴史や予備知識抱え込んで生身の人間じゃ不可能な記憶容量と速度で判断してるって聞けば、それがいちばんだろなーと思うわけよ」

リンは、もう一度カップを取った。

「茉莉香だって、弁天丸で戦闘するときは専門家の意見いろいろ聞くだろ」

「聞きまくりです。でなきゃ、海賊船動かすとかましてや勝つなんてできると思えません」

「帝国艦隊も、基本方針は一緒ってことだ」

リンは、デスクの点《つ》けっぱなしの立体ディスプレイに椅子を廻した。

「軍隊の基本原則のひとつに合理性がある。戦闘目的のためにとことん合理性を突き詰めたのが今の帝国艦隊だ。規模がでかいのと歴史が長いんでいろいろ余分なディテールや飾りが増えてるような気もするけど、それでも最新技術を貪欲に取り込んで最強であり続けようって姿勢は怖《おそ》ろしいね」

「勝てそうですか？」

聞かれて、背中を向けたままのリンはちょっと考えるふりをした。

「合理性だけならまだしも、帝国艦隊には潤沢な予算って強力な援軍まで付いてるからなあ。勝とうと思ったら、独立戦争のときみたいな変則な手使うしかないと思う」

「変則な手って、未来技術持ち込むとか、ですか？」

「違う違う。帝国艦隊の方針に対して、こっちの方がお得ですよーってお薦めするの。それが目の前の艦隊の方針と違っても全体として得なら、帝国艦隊を落とせる可能性がある。それくらいしか思い付かないなー」

「それ、戦闘じゃないじゃないですか」

「そうだよ」

リンは当たり前な顔をして頷《うなず》いた。

「いざ実戦になれば絶対に負けないようにいろいろ揃えてるのが帝国艦隊だ。だからこそ、戦力をバックにした交渉が意味を持つ。まあだいたいの場合、帝国艦隊が出てくるのってひととおりの交渉が失敗してしかたないから戦端開くかって土壇場の場合が多いけど、でもだからって勝って当たり前の戦闘やって買わなくてもいい恨み買うくらいなら、戦力ちらつかせて相手を退かせた方が自分の目的も達成できるしお互いに被害も出ずに済む。そりゃあ艦隊動かすとなれば莫大《ばくだい》な経費が必要になるけど、それだって実戦になって敵味方に出るはずの被害を考えれば出血大サービスのバーゲンセールよりお安い。戦争やらせる艦隊士官養成するのに、戦争やらずに済む方法まで考えさせようってえんだから、そういう教育方針になるわなあ」

「なんか……」

茉莉香は大きな溜息《ためいき》を吐《つ》いて、自分のカップを手に取った。

「徹底して合理的なんですね」

「軍隊なんて合理性突き詰めた存在だからなあ。で、その合理性は帝国艦隊の編成やら戦闘方針だけじゃなく、長い年月かけて磨かれた乗組員養成の手順にまで遺憾なく発揮されてる」

リンは、悪そうな笑顔で茉莉香とチアキを見た。

「明日からが本番だ。士官学校名物、炎の七日間」

「なんですそれ？」

「新入生から娑婆《しゃば》っ気抜いて帝国艦隊士官に育てるために、あと適性確認のためにいろんな状況で立て続けの実習訓練がある」

デスクの立体ディスプレイに向き直ったリンは、コンソールを叩いてスケジュール表を呼び出した。

「操縦訓練、船外実習、実戦経験」

茉莉香とチアキはスケジュール表を覗《のぞ》き込んだ。茉莉香は気の抜けた顔をした。

「なんだ」

「オデットⅡ世や海賊船に乗ってたから楽だと思うだろ？　ところがどっこい、入学した時点で新入生は完全などしろーとから経験者まで経歴別技術水準別に分けられてて、ガイアポリスなんぞに送られてくるのは一定レベル以上の経験者ばっかりだ。ましてや茉莉香とチアキちゃんは実戦試験で上陸艇での実戦状況くぐり抜けて上位五パーセントの優秀な成績を収めてる」

「その情報は情報部から来たんですか？　それとも自分で調べたんですか？」

「情報部から来た。そりゃあ後輩がちゃんと後輩になるかどうか、情報部にしてみれば作戦開始の前提状況が整うかどうかって重要事項だもん、気になるさ。で、すでにそれだけの操縦技量と実戦経験がある新入生には、それなりの状況が用意されてるってわけだ。明日からのスケジュール表、届いてるんじゃないの？」

茉莉香とチアキは視線を交した。

「えーと、明日はシャトルで中継ステーションに上がったあと、強襲揚陸艦で船外活動って……」

「チアキちゃんも？」

「同じです。艦隊や学校にこっちの正確なデータがどれくらい知られてるかわからないんですけど」

「その辺りはまあ、どう転んでもあんまり問題にならないように情報部の兄ちゃんがうまくやってくれてるはずだけど、茉莉香やチアキちゃんもいまさら宇宙遊泳初心者ってったって通らないだろ？」

「そりゃまあ、入学の実技試験でいきなり上陸艇で放り出されて実戦みたいなシミュレーションですから、入学したばかりだからっていまさら基礎訓練からやりなおしってわけにも行かないでしょうけど」

「まあ、アトラクションばっかり続く体力勝負の観光旅行だと思えばいい。死ぬ心配はないんだから、楽しんでおいで」

笑顔でリンに手を振られて、茉莉香とチアキは顔を見合わせた。

長年の経験的事実とその研究結果に基づく帝国士官学校の教育方針は、常に実戦的である。経験は教育に勝る。教育されたことは忘れるが、経験は忘れない。

座学で教育するよりも、現場で体験させた方が教育効率は高くなる。

以上の教育方針に従い、士官学校に入学した士官候補生は、短期間に経験できるだけの主要な職種、状況を経験することになる。

翌日。ガイアポリス西校に入学した第１２４６期士官候補生は、朝早くの大食堂での朝食ののちいくつかのグループに分けられてそれぞれの行き先へ輸送された。

茉莉香、チアキを含むクラスは、一昨日降りてきたばかりの西ガイアポリス宇宙港からシャトル便で中継ステーションに上がり、そこから帝国艦隊の練習用強襲揚陸艦に乗艦した。

強襲揚陸艦の主要任務は、軌道上からの惑星地表への侵入、制圧である。ガイアポリス中継ステーションから出航した強襲揚陸艦は、新入生のそれぞれのレベルに応じたミッションを開始した。

宇宙機の操縦経験がある候補生は、練習機、練習艇で発進、長距離飛行を行なう。

宇宙遊泳の経験がない候補生に対しては、宇宙服を着用の上船外活動ミッションが課せられる。

宇宙遊泳経験者に対しては、それぞれのレベルに応じて難易度の高いミッションが設定される。

加藤《かとう》茉莉香、チアキ・クリハラに設定されたのは、パワードスーツを着用して単独で大気圏突入後、目的地となる回収キャンプまで辿り着くというミッションだった。

茉莉香もチアキも宇宙服に装甲を着装したことはあるし戦闘用の追加装備も使った経験はあるが、パワードスーツに関しては弁天丸、バルバルーサに搭載してある時代遅れの旧式機が稼働しているところを見たことがある程度でしかない。

当日になってから配布されたマニュアルを朝食後、高速鉄道及びシャトルでの移動中にチェック、さらに移乗した強襲揚陸艦に装備されている帝国最新型のパワードスーツを目の前にしてのレクチャー、実習を受け、そのままパワードスーツを着用する。

簡易宇宙服なら普段着の上に着てそのまま宇宙空間に出ることもできるが、長時間着用を前提とするパワードスーツの場合、筋電流を感知したり発熱や排泄《はいせつ》を含む生理現象を制御処理するためのアンダーウェアの着用から行なうことになる。そのためにパワードスーツコースの候補生は前夜から食事調整され、訓練開始の前にまずトイレで念入りに準備を整えることを求められる。

アンダーウェアを着用したら、体格や体力、神経系の発達程度などの個人差は自動的に調整される。異常や支障がないことを何重にも確認されてから、候補生たちはパワードスーツの着用に移る。

外骨格型パワードスーツは、ロボットを着ぐるみのように着ることにより着用者の力と活動領域を大きく拡《ひろ》げるものである。体力補強をしない通常の宇宙服は最小の宇宙船と言われるが、厳重な装甲で覆われた上に単体での長距離移動や作戦行動も可能とするパワードスー

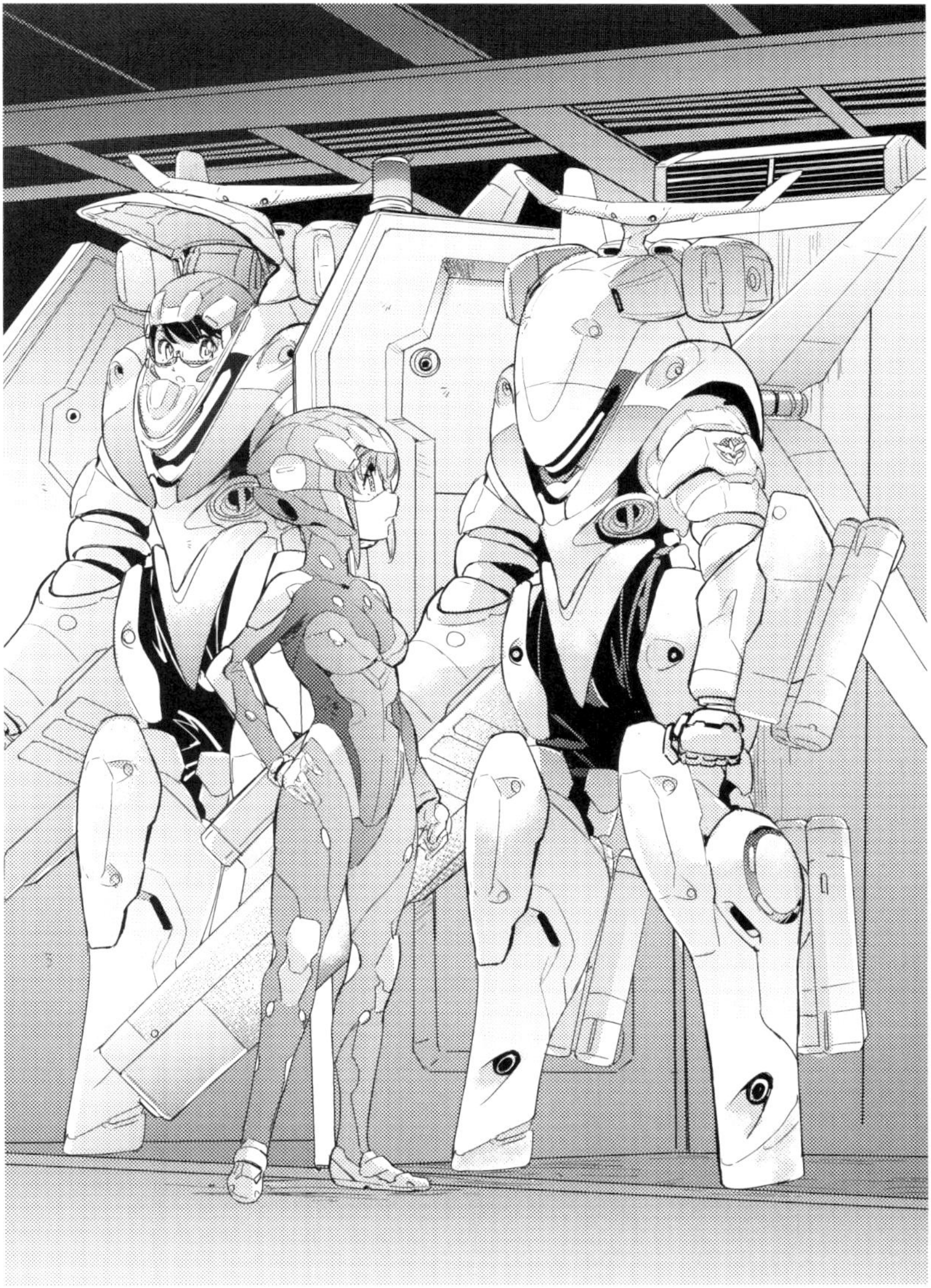

ツは最小の宇宙戦艦とも言われている。

パワードスーツも、着用してもほとんど大きさが変わらないようなスーパースーツから巨大ロボットのような大型の外骨格を着る機動スーツに分類されるようなものまで多岐にわたる。今回の着用訓練で強襲揚陸艦に用意されていたのは、帝国艦隊でも長く使われ、改良され、パワードスーツの完成形とも言われるトルーパーコマンドE型だった。

アンダーウェアに操作用の専用ヘルメットとコントロールグローブを着けた上で、着用者は首なしのパワードスーツの背中側の冷蔵庫のようなハッチが大きく開かれたロボットの中に入る。両脚をロボットの下半身に入れ、背中側のハッチは自分で閉じてから両腕を両肩から延びる操作部分に入れる。着用方法はヘルメットのバイザー越しに現在の手順が表示されるから、まごつくことはない。

パワードスーツの内部は、標準体格なら誰でも着れるように余裕を持って作られているためそのままでは隙間が多い。体格差を吸収するためにいくつものサイズが用意されているトルーパーコマンドE型の中で、茉莉香、チアキにあてがわれたのは小柄で細めの体格に合わせたSプラスサイズだった。しかし、それでも背中側のハッチを閉じて両手両足を合わせた状態でずいぶん隙間がある。

次いで、背中のハッチの上から追加装備バックパックがロボットアームにより装着され、さらにヘルメットを覆うように各種センサーを装備したヘッドギアが装着され、着用者の身《から》体《だ》は完全に覆われる。

ヘッドギア装着と同時に、ヘルメットのバイザー部分に必要な情報が表示された。茉莉香は、パワードスーツを着用した状態のまま指先に表示された仮想コントロール・パネルを自分の指で叩いて、起動準備を開始した。

　パワードスーツのヘッドギアで覆われて一度はインジケーターの光しか見えなくなったヘルメットのバイザー越しに、周囲の景色が戻ってくる。正確には視界の範囲にカメラで捉えられた外部映像が仮想現実よろしく表示されているのだが、違和感はない。

　茉莉香は、装着確認手順に従ってまず視線を、次に首を巡らせて、目に映る視界に違和感がないのを確認した。ヘッドギア内部のヘルメットは着用者とともに動くが、外側のセンサー満載のヘッドギアは動かない。

　外の風景に重なるというよりも自分の廻りに浮かぶように、現在位置やパワードスーツ本体の状況などの必要な情報が立体表示される。茉莉香は、まだ隙間が多い右手を動かして、装着手順を進めた。

　着用液注入。アンダーウェアとパワードスーツの隙間を埋める専用の液体を内部に注入することにより、装着者はパワードスーツが身体にぴったり馴染《なじ》むように感じることができる。またこの着用液は状況により液状、ジェル状から硬化することも可能で、操縦者を外部環境の変化や衝撃から守ることもできる。

　足もとから水に入っていくような圧力を感じているうちに、着用液はパワードスーツ内の茉莉香のヘルメットのてっぺんまでを満たした。注入完了、空気抜きも完了との表示を確認して、次はパワードスーツの動作確認をする。

　先に手順を進めているらしい周りのパワードスーツが、体操やストレッチ、その場で足踏みなどの動作確認を行なっている。茉莉香は、マニュアルにあったパワードスーツ着用後の確認動作を思い出して体操のように身体を動かしてみた。

「すご……」

思わず呟《つぶや》きが漏れる。

「パワードスーツどころかアンダーウェアも着てないみたい。これ、宇宙服より楽なんじゃないかしら」

実際には、パワードスーツの本体重量は着用者の軽く五倍、バックパック装備の今なら一〇倍にはなる。なのに、腕を振り回してみても止めてみてもそんな重さを感じない。

茉莉香は、パワードスーツ準備デッキの壁の一面に装備されていた動作確認用のアスレチック器具のところに移動してみた。パワードスーツ用に調整されているエキスパンダーもウェイトも、着用前に試してみたときはびくともしなかった。

壁に装備されている、両側にグリップがある太いスプリングにパワードスーツ越しの手をかけてみる。ちょっと力を入れるだけで、スプリングは簡単に曲った。その状態を維持しようと思えば手に反動が返ってくるし、両腕のまわりにはパワードスーツの作動状況も表示される。

「合わせて五〇〇キロ！」

危険だからゆっくり戻せの文字が赤で点滅するのを見て、茉莉香はゆっくりスプリングを戻した。

「それで出力はろくに出てない、と。すごいなあ」

『着用完了、動作確認終了したものはこっちに来い』

ステレオの発言内容だけでなく発言者の名前、その位置までが視界に表示された。今回のミッションの教官のひとり、グレイス・パーカー中尉の鮮やかな赤いパワードスーツが名前付きで視界に映し出される。

ということは、こちらの名前と状況も教官のパワードスーツ内に表示されているんだなと思って、茉莉香は苦笑いした。訓練状況は教官にだけ監視されているわけではない。パワードスーツの母艦である強襲揚陸艦の戦闘情報指揮センター、地上のガイアポリス西校でも訓練中の生徒全員の状況はモニターされているはずだった。

現在の様子はパワードスーツの準備状況から健康状態に至るまで教官及び上層部、データを共有するコンピューターにまで筒抜けなはずである。それが宇宙空間での極限状態で生存率を高めるためのもっとも安全で確実な方法であると理解しつつ、茉莉香はパワードスーツ準備デッキを見廻して他の生徒たちの状況を確認した。まだ準備中のものが大半なのを見てから、茉莉香は教官であるパーカー中尉の赤いパワードスーツの前に移動した。パワードスーツ本体に加えてバックパックまで追加装備されているから総質量も移動速度に伴い増加する運動エネルギーもかなりなものになっているはずだが、普通の感覚で歩いていける。

油断せずに、茉莉香は他のパワードスーツや準備デッキの設備を引っかけたりしないように慎重に教官のもとへ歩いた。

『加藤茉莉香候補生、なかなかいいぞ』

パーカー教官の声が聞こえた。茉莉香は、それが自分にだけ聞こえているのかそれとも呼ばれたもの全員に聞こえているのかと考えた。

『おまえたちはパワードスーツ初心者だ』

　自分だけに聞こえているのではない、と茉莉香は判断した。

『着用時間は、運転時間や操縦時間のようにカウントされる。まだ分単位の着用経験しかない初心者は、必要以上に慎重に動く必要がある。もっとも、パワードスーツ内の人工知能は着用者の経験と技術を自動的に判断して不要不急の動きには自動ブレーキをかける。加藤候補生、目の前の安全を充分に確認したらここまで早歩きで来てみろ。駆けるな、早歩きだ』

「加藤候補生、パーカー教官の前まで早歩きで行きます」

　基本に忠実に、茉莉香は指示を復唱した。不用意に針路上に出てきそうなパワードスーツや邪魔になりそうな艦内設備がないのを確認して、茉莉香は足を速めた。視界の隅に赤い警報が点滅し、いきなり足が重くなる。

『加藤候補生、なにが起きたか教える。パワードスーツは、初心者の着用者が必要以上に速い歩行速度を出すのを危険だと判断してブレーキをかけたんだ。加藤候補生、早歩き止《や》め、通常の歩行に戻せ』

「加藤候補生、通常歩行に戻ります」

　教材にされたなーとか思いながら、茉莉香は足の力を抜いた。ひきずるように重かった足が、なにごともなかったように軽くなる。

『パワードスーツを着用完了した候補生は、これから強襲揚陸艦グルンワルド59のカタパルトでガイアポリスの低高度衛星軌道に射ち出される。無重量状態でパワードスーツの動作と操縦に慣れたら、そのままガイアポリスの大気圏に突入してもらう』

茉莉香は、おーっというパワードスーツたちのどよめきを聞いたような気がした。

『パワードスーツは、戦闘機動可能な有人機としては最小の機体だ。宇宙空間ではその馬鹿力よりも戦闘機を上回る機動性を活《い》かしてもらう。基本的な飛行計画《フライト・プラン》はそれぞれのパワードスーツにすでにインストールされているから気になるものは自分で調べろ。なにか質問があるものは？』

直近の行動目標と操作方法については、パワードスーツのコンピューターが教えてくれる。候補生たちがまだ知らないこれからのスケジュールは、携帯している端末に順次送付されてくるはずである。

『おまえたちが着用しているパワードスーツは、艦隊の装備の中ではもっとも高価な部類に入る。パワードスーツ一着の値段は、だいたい戦闘機一機と思っていい』

教官の声に、また候補生たちのどよめきが聞こえた。茉莉香は同行する候補生たちとの通信が繋がっていることと、入学したての候補生にそんな高価な装備を任せる士官学校の教育体制に驚いた。

『従って、おまえたちの任務は着用しているパワードスーツを無事にこのグルンワルド59に返却することにある。指定された任務を無事完了し、パワードスーツともども無事にここに帰ってくるのがおまえたちの仕事だ。健闘を祈る。では、キアラ・フェイシュ候補生、カタパルトに乗れ』

『キアラ・フェイシュ候補生、カタパルトに移動します』

返事をした空色のパワードスーツが視界内で着用者の名前と重なって動き出した。茉莉香は、その名前を入学試験の上陸作戦の最後に聞いたことを思いだした。

「同じクラスなんだ」

口に出さずに呟く。

『次、加藤茉莉香候補生、チアキ・クリハラ候補生！　カタパルト移動準備！』

「加藤茉莉香候補生、カタパルトに移動します」

『チアキ・クリハラ候補生、カタパルトに移動します』

通信内容は即座に文字変換され、着用者の名前とともに視界内のパワードスーツに重ねて表示される。誰がどの方向にいてなにを喋《しゃべ》ったかすぐにわかるし、音声と文字で同時に確認できるので聞き逃し、見逃しも最小限に抑えられる。

茉莉香のピンク色のパワードスーツはチアキの黄緑色のパワードスーツと並んで、カタパルト移乗用のエレベータープレートに載った。

強襲揚陸艦グルンワルド59は、その目的のためにいくつもの誘導カタパルトを装備していた。大は大型上陸艇の射出に使われるものから、小はミサイルやパワードスーツの射出に使われるものまでサイズは数種類、似通ったサイズのものは兼用される。

パワードスーツ準備デッキから、一体ずつのパワードスーツを乗せたエレベーターはそのままフィールド保持されて上層階の誘導カタパルト射出部に上昇した。

パワードスーツ準備デッキの天井に、誘導カタパルトの射出部に繋がるシャフトが開く。エレベーターはその中を上昇し、機関部まで来て停止した。

目の前に、射出方向に向けて誘導灯が走るまっすぐな細いトンネルがある。視界に、誘導カタパルトの長さと射出方向が表示された。

『加藤候補生、射出姿勢を取れ』

声と同時に、視界に誘導カタパルトで射出されるときの姿勢が表示される。パワードスーツでも宇宙服でも、誘導カタパルトで射出されるときは発射方向に対する投影面積を最小にするのが基本であり、そのため伏臥《ふくが》する必要がある。

「加藤候補生、射出姿勢を取ります」

茉莉香は、パワードスーツの膝を突いて匍匐《ほふく》前進するようにエレベーターに伏せた。両腕をまっすぐ前に伸ばして、視線も進行方向に上げる。

茉莉香は、自分の取っている姿勢がおおむね視界に表示されている射出姿勢と重なっているのを確認した。

「加藤候補生、射出姿勢を取りました」

『よろしい。加藤候補生、カタパルト射出カウントダウンを開始する。10、9』

アナウンスと同時に視界でも数字が減っていく。茉莉香は、パーカー教官の声が生なのか、教官が実在する人間なのかを考えていた。教官役のパワードスーツはおおむね候補生一〇人に付きひとり配置されているように見えた。しかし、もし士官学校の教官が専門教科について豊富な知識と教育経験を備え、全候補生の名前や経験を含む予備知識を持ち、どんな状況においても的確な指示を出し、必要な行動を取れる完璧な存在であることを求められるとしたら、それはコンピューターに任せた方が確実なのではないだろうか。

『3、2、1、ゼロ！』

カタパルト上に伏せ、両手をまっすぐ伸ばして手を握ったスーパーマン型と呼ばれる射出姿勢をとった茉莉香が、誘導カタパルトの反重力機関で射ち出された。数百Gを超える加速度が視界に表示されたが、反重力による急加速だから身体にかかる力はほとんどない。

長いはずの誘導カタパルトを瞬時に抜けて射ち出された茉莉香の周囲が瞬間移動したように宇宙空間に変わった。パワードスーツのセンサーが艦内モードから自動的に宇宙空間モードに切り替わり、現在位置及び軌道速度、未来軌道が視界に立体表示される。

「うわ、明るー!!」

茉莉香は思わず声を上げた。母星であるガイアG4がまぶしい距離だから自動的に遮光されるが、減光しているはずのフェイスシールドを通しても背景宇宙が黒く見えない。

「さすが銀河中央、目印にする星がわからないくらい天の川が大きい」

まだガイアポリスの衛星軌道上にいて、母恒星であるガイアG4も見間違いのない近距離に浮いているから現在位置の把握には苦労しないが、星座も星雲も見分けられないくらい星が密集して見える。茉莉香は、視界に星の名前を表示させた。あっという間に視界を埋めかけた星の名前は、自動的に減らされて必要なものが読み取れる程度に整理された。

「すごおい」

白凰女学院《はくおうじょがくいん》ヨット部の練習帆船、オデットⅡ世で初めて宇宙遊泳に出たとき、ケインが高度に自動化された船外作業服に複雑な表情で文句を言っていたのを思い出す。

「なるほど、こりゃあ楽だ」

足元の惑星、ガイアポリスと母恒星ガイアG4と射ち出された強襲揚陸艦の現在位置をいちおう目視で確認する。みるみる小さくなっていく鋭角的なシルエットを持つ強襲揚陸艦から、次のパワードスーツが射ち出された。視界内に射出された黄緑色のパワードスーツのベクトル、着用者名などが重ねて表示される。

通常の宇宙服で船外に出るときは、宇宙服の装備や状況以外にも現在位置や目的地、移動手段や持ち出す道具などを確認しなければならない。しかし、数種類のレーダーまで装備しているパワードスーツは、軌道上の現在位置から速度、移動方向までが視界内に立体表示されている。

「簡単すぎて駄目人間になるってケインが言うわけだ」

『宇宙空間では、パワードスーツは最小の有人戦闘単位となる』

教官の声が聞こえると同時に文字化されて視界にも表示される。

『今のおまえたちは、強力な推進機関を装備した最小の宇宙戦艦だ。まずは、宇宙空間で自分の姿勢を制御すること、推進機関を使って好きなように飛び回ることができるようになってもらう。両手に操縦系を呼び出せ』

指示されて、茉莉香は胸の前辺りに立体表示されている仮想コンソールから操縦系を呼び出した。

『左手で推進系を、右手で方向をコントロールする。小型機と違うのは、姿勢は自分の身体で制御するところだ。慣れるまでは推進系も操縦系もコントロールは最低感度にセットして、まずはどうやればパワードスーツがどう動くのか、いろいろやってみろ』

「リモコンを両手で持って小型機操縦するようなもんかなー」

左手に推進系、右手に操縦系を割り振られたコントロール・パネルは、仮想立体表示だから、両手の動きについて移動する。茉莉香は、両手を目の前に持って来てコントローラーの配置と機能を確認した。

左手も右手も、拳銃のグリップかコントロールスティックのように握って使う形態である。両手のコントローラーは実在しないが、パワードスーツは装着者に感触をフィードバックして実体を握っているような感触を返す。

左手の人差指のトリガーがスロットル、親指のセレクターで機能選択。他の指にもいろいろとスイッチが配置されているが、今のところ使えそうな機能はない。

右手側のコントロールスティックも、親指のセレクターレバーと人差指のトリガースイッチという配置は共通していた。違いは、固定されていないコントロールスティックの動きでパワードスーツを操縦するところである。

「えーと、推進系のスロットルは左の指で、操縦はコントロールスティックの姿勢だから右の手首で行なうことになるのか」

茉莉香は、グルンワルド59でパワードスーツ着用前に行なわれた最低限の講義を思い出した。宇宙空間では、飛行方向と飛行姿勢を一致させる必要はない。五体を自由に動かすことができるパワードスーツは、好きな姿勢のまま好きな方向へ、飛行方向に向くことすらなく飛んでいくことができる。戦闘機械だから、戦闘状態では敵に対する前面投影面積を最小にすることを求められるが、自由度は高い。

姿勢と方向を一致させない飛行は素人には難しすぎるので本職に任せて、最初はパワードスーツの操作系と飛行に慣れろ、との助言を思い出して、茉莉香は周囲の状況を確認した。敵味方識別表示によると多数の味方機が周囲に飛行中だが、どれも低推力でゆっくりとした機動を試している。

宇宙遊泳経験者として、茉莉香はまず推進系と操縦系の組み合わせを試してみた。スロットル全開にしてもろくな推力が出ない細密スロットルモードで、操縦系には触らずに加速してみる。

無重量状態では、わずかな推力も感じることができる。細密スロットルモードのまま推力の立ち上がりと反応を確認してみると、操作系がそのまま推力系に直結しているようにスムーズに稼働する。

「さすが、高級品」

進行方向の視界を邪魔しないように胸の前に持ってきた推力系と操縦系の仮想コンソールを見て、茉莉香は首を傾《かし》げた。

「デスピナーってなんだ？」

スロットルやスティックから手を放して叩く位置に、いくつかの大きなボタンがある。意識して叩かないと作動しないようにチェッカーが入っているが、脱出用のパワードスーツ排除ボタンや緊急停止ボタンはともかくデスピナーボタンの表示だけがなんだかわからない。

茉莉香は、コントロールスティックから手を放してデスピナーボタンに触り、その説明を呼び出した。

「スピンリカバリーモード？」

説明を読んで、茉莉香は唸《うな》った。充分な推進力を自由自在にコントロールできるパワードスーツは、簡単にコマのようにスピンしてしまう。単純な横スピンや縦スピンならともかく、複合スピンに入ったりしたらそこからの回復は困難である。

デスピナーは、機体が制御不能状態に陥ったときにコンピューターが推進系、操縦系を自動制御して制御回復するモードである。

「あー、こりゃ確かに人間駄目になるわあ」

年寄りくさいことを言いながら、茉莉香は他にもすぐに入れられる自動制御モードがないかどうか探してみた。

訓練用に実戦用火器が一切装備されていない状態のパワードスーツでも、パイロットが意識不明になったり操縦不能になればコンピューターが制御を代わるし、危険な状態になれば母艦への自動帰還モードになる。

「……これ、人が乗ってなくても動けるんじゃや？」

茉莉香は、後方に射出されたパーカー教官のパワードスーツに向き直ってみた。教官役のパワードスーツは候補生一〇体に対して一体の割合で射出されているが、その中に教官本人がいなくても役目は充分に果たせる。

「……んなこと言ったら、母艦からこっちのコントロール乗っ取れば救助も救援も自由自在か」

茉莉香は弁天丸での訓練中、小型戦闘機で単独飛行に出たときのことを思い出した。単独飛行ならヨット部の小型艇《ディンギー》で経験していたが、海明星《うみのあけほし》の低軌道上から大気圏にかけてとなにもない惑星間空間とでは孤独の度合いが違う。

「どっからの支援もなしにひとりで外宇宙飛ぶのに比べれば、楽なもんか」

呟いてから、茉莉香は求められる訓練の目的が違うのに気付いた。今回の訓練はパワードスーツとその飛行に慣れるのが目的で、単独飛行は重要視されていない。候補生がどんな操作をしてどんな飛行を行なうかは教官だけでなく母艦の戦闘情報指揮センター、おそらく地上の学校でも監視されているはずである。

「となれば、当初の目的通り訓練に集中するかあ」

茉莉香は、宇宙服に機動ユニットを装着して飛び回った経験はあまりない。無重量状態の与圧大気内や真空中で作業したことはあるが、多くの場合は足場やグリップなどで身体を固定しての作業になり、移動も単純な直線飛行になる。身ひとつで推進機関を装備して自由自在に飛び回る機会はあまりない。

視界に表示される初心者向けの教習課程《メソッド》に従って、茉莉香は推力を低くしたままの機動飛行を開始した。推進ユニットはパワードスーツが背負うバックパックに推力軸線が重心を貫くように装備されているから、素直にそのまま推力を出すと背中から押されるような形になる。

宇宙空間で加速しても、周囲に比較対象がないから、自身にかかる加重と視界に数字付きで表示されるベクトルの変化くらいしか目安がない。メソッドのお薦め通りに茉莉香は進行方向に背を向けて再び推力噴射して行き足を殺してみた。

「宇宙服と違って機動ユニットで姿勢制御できるのは楽かも」

これが普通の宇宙服だと、両手両脚を振り回して姿勢を変えなくてはならない。パワードスーツなら右手のコントローラーだけで前転、後転、左右への回転も側転も自由にできる。

すぐ近くにガイアポリスの青と緑に白い雲を貼り付けた惑星が見えているから方向を見失うことはないが、これが深宇宙で目印になるような星や宇宙船が見えていなければ簡単に自分がどこを向いているかわからなくなるな、と茉莉香は思った。

「空間識失調ってやつか」

飛行機でも、宇宙服でも宇宙船でもパイロットが自分の姿勢や進んでいる方向を見失うことは珍しい事態ではない。事故防止のための安全システムは何重にも仕掛けられているが、回復のための基本は自分の感覚ではなく計器の表示を信じてそれに従うことである。しかし、日常の生活で信用して従っている自分の感覚を間違えているものとして機械に従うのは本能的な困難を伴う。だからこそ、訓練が必要になる。

試しに、茉莉香は視界に立体表示される情報をぜんぶ消してみた。ヘルメットのバイザーに映し出される宇宙空間の光景は、視神経を守るために母恒星からの光はカットされ、逆に近傍惑星、宇宙船やパワードスーツは視認しやすいように明るめに表示されるため、厳密には肉眼で直視する場合とは違う。しかし、自然に見えるように高精度調整された光景は生身で宇宙空間に浮いていると錯覚しそうになる。

「なるほど、こりゃあ簡単に酔うわ」

茉莉香は、周辺状況と自機パワードスーツに関する表示を戻した。自分の周りに必要な情報が図形と大小様々な文字で立体表示される。

「たしかに表示させてれば安心だし信用できるけど、人間駄目になるってよくわかるなー」

生身の人間の感覚よりも機械の方が正確で信用度が高い。機械が高度に進化しネットワークで繋がれるようになって機械の信用度はますます高くなっている。

茉莉香は、身の回りに各種情報を表示させたままいろいろと姿勢を変化させつつ推力をかけてみた。前に、ではなく、上に飛ぶように心掛けて少しでも飛行方向への投影面積を減らすようにする。

姿勢は身体を伸ばしてコントロールのための両手はランニングするときのように脇に付けて腕は前に向けたまま、茉莉香はパワードスーツの頭を様々な方向に動かしてみた。姿勢を動かしながら推進力をかけてみて、どんなふうに動くのかいろいろ試してみる。

ある程度慣れてきたところで、コンピューターが指定する方向へ指定する加速度をかけるように課題を出してきた。好き勝手にやるよりは、長年研究され、実用された教育課程の方が効率がいいだろうと思って従う。

三次元的な姿勢制御と推進力噴射で思ったように飛べるようになってきて、茉莉香はパワードスーツが最小の宇宙戦艦と言われる理由を理解した。

「パワードスーツの形してるけど、どんなポーズも取れる自由度の高い宇宙船で飛んでると思えばいいんだ」

そのうちに、休憩の指示が出る。ヘルメットのくちもとに仕込まれているストローでドリンク剤を摂取したあとに来たのは、パワードスーツの機動を使っての鬼ごっこと称する模擬空中戦だった。

この時点で、グルンワルド59から射出されたパワードスーツは候補生、教官のものを合わせて一一二体。敵味方識別システムで敵を割り振られた教官のパワードスーツが、候補生を追い回し、その手でタッチする。接触しても壊れない程度に出力はコントロールされているが、触られれば感触があるし叩かれればそれなりの衝撃がフィードバックされる。そしてタッチされたパワードスーツは今度は敵となり、教官と協同でまだタッチされていない他の候補生を追い回すことになる。

「手つなぎ鬼の高度な奴かなー」

違うのは、タッチされた候補生が鬼と同じ赤い敵の識別信号に塗り替えられ、敵の数が次々に増えていくこと、鬼が手を繋がずにどんどん増えていくことである。

パワードスーツに装備されているレーダー／センサー系の使用に制限はない。しかし、トランスポンダーを発振して現在位置を主張している味方のパワードスーツが次々に敵の赤色に汚染されていくのを見て、茉莉香は現状でレーダー／センサー系の使用は不要と判断した。

「この先必要なら、そういう課題が出てくるか」

逃げるだけなら推進力を上げて高加速すればいいが、訓練に参加しているすべてのパワードスーツの最大推力は低く制限されている。表示される加速度を見ると、教官のパワードスーツも同様に低推力しか使っていない。

推進性能に差がなければ、飛行性能の差は軌道の選択に出る。赤く表示される敵の接近を避けるためにどう飛ぶのがいちばん効率がいいか考えて飛行方向を選択しなければならないし、状況は秒ごとに変化するから単純な直線飛行もしていられない。

まだ敵の数が半分以下のときに教官にタッチされて、茉莉香は逃亡側から鬼、追跡側に代わった。瞬時に敵味方識別装置が切り替えられ、赤い敵機から逃げていた立場が追う立場になる。

今度は、逃げる敵機をどのように効率良く追い詰めて行くか考えなければならない。推力、加速度が低く抑えられている以上は、反射神経や飛行技量よりも先読みと計算が必要になる。また、味方機は時間と共に増えていくから敵一機を複数の味方で連携して追う状況にもなる。

最後の一人がタッチされた時点で、訓練飛行は休憩になった。訓練は一〇分後に教官だけが鬼役の最初と同じ状況で再開されるから、それまでに今回の自分の飛行をレコーダーで再生確認して改善点を見付けるように、との宿題付きである。

同じ訓練を繰り返すごとに、最後の一人がタッチされるまでの時間は短くなっていった。

パワードスーツには初心者でも、訓練参加者全員が宇宙遊泳経験者であり、無重量状態での飛行や行動にもそれなりの予備知識や技術があるためか上達は早い。

「てか、よくこれだけまとめて訓練できるような似たようなレベルの候補生集めたなー」

そのためになにが必要か考えてみて、茉莉香はぞっとした。士官学校は、候補生の適性、技量と上達の可能性を正確に把握していることになる。

「なるほど、こりゃ勝つのは大変そうだ」

口に出さずに呟いて、茉莉香は苦笑いして首を振った。

「帝国軍が敵になるような仕事じゃなくてよかった」

鬼ごっこの次の模擬空中戦は、追いかけっこになった。機動ユニットの推進力制限が緩められ、加速度が上がった状態で、ランダムに半分ずつ敵味方に分けられ、敵に接近して静止画を撮影する。

『勘のいい奴は気付いてるだろうが、つまりカメラを銃代わりに使う空中戦だ』

教官は簡単に説明した。

『敵機にできるだけ接近して写真を撮れ。撮影時の状況は記録されるから、標的までの距離も互いの状況もあとからいくらでも確認できる。敵機に接近すればするほどスコアは高くなるし、逆に撮影されればスコアは引かれる。敵機を撮り、撮られないように飛べ。では戦闘開始だ』

鬼ごっこのおかげである程度は自由に飛び回れるようになったとは言え、推力が増強されているので動きが速くなる。目標は接触することではなく接近することになったが、相手の動きも速くなるのでより観察力、先読みが求められ、効率良く接近して敵機撮影、離脱するための機動を行なわなければならない。

「宇宙船や小型艇より簡単に飛ばせるけど、操作しなきゃならない項目もいろいろ増えるってことか」

茉莉香は、パワードスーツによる機動飛行訓練はパワードスーツに慣れるためではなく宇宙飛行に慣れるために行なわれていると理解した。おまえの見ていない敵がおまえを殺す、と母親に教わった空中戦の基本に従い、目の前の敵だけではなく全体を見るように、進行方向だけでなく前後左右上下の全方位を見るよう心がける。

教官役のパワードスーツは外周に散って、候補生たちのパワードスーツの交戦空域が必要以上に拡がらないように、飛び出そうとするパワードスーツを追い返す役目に徹している。

宇宙空間での機動飛行訓練は、茉莉香の想像以上に体力を必要とした。全方位に注意を配りつつ適切な移動方向と加減速に必要な推進力を制御するという日常生活からかけ離れた運動のため、よけいなことを考える余裕がない。見なければならない場所が多すぎる上、やらなければならないことが多いので思った以上に疲れる。

模擬空中戦を開始してから一回目の休憩を告げられたときに、茉莉香はタイマーに記録されていた訓練の経過時間が予想以上に短かったことに驚いた。もっと長時間、パワードスーツを追い掛け、あるいは逃げていたつもりだったのに、表示されている時間は体感の半分ほどしかない。

鬼ごっこの時よりも短い間隔で休憩が入り、各自の習熟具合によって推進力の上限が上げられていく。

推進力が強力になれば空中戦で有利かというと、必ずしもそうではない。無重量状態の三次元で行なう機動戦闘で重要なのは自分の速度よりも敵機との速度差、相対速度であり、それらを有利に制御することが勝利に繋がる。推進力が低いからといって、必ず敵が襲って来てまっすぐ逃げられないという条件下の空中戦では決定的な弱点にはならない。また、推進力の制限が若干緩和されてもそれほどの差にはならない。

休憩を挟んで何回も模擬空中戦の訓練を行ない、疲れ果てたところで、教官は次の課題を候補生たちに告知した。

大気圏突入。

グルンワルド59から射出されたパワードスーツは、ガイアポリスの突入軌道に乗っていた。惑星二周回の軌道飛行のあいだにパワードスーツで訓練を行なった候補生たちは、三周目でガイアポリスの熱圏に突入、軌道速度で上層大気を断熱圧縮して燃え上がる。

茉莉香が乗り慣れているディンギーにも、素通しの窓はない。機体強度を高めるため、内部を防護するために、充分な強度を持っていたとしても光や電磁波を透過させる素材は充分に使用箇所を吟味されてから使われる。

しかし、パワードスーツでは操作性のためにフェイスシールドの視界すべてに外景が表示される。アンダーウェアとパワードスーツの外装、追加装備のすぐ外で大気圏突入のプラズマが燃え上がり、両手のみならず身体でプラズマ化するほど圧縮された上層大気の圧力を感じることができる。

希薄な上層大気がプラズマ化するほどの軌道速度で突入するから、極超音速で噴きつけられる炎に身を曝《さら》しているような感覚になる。パワードスーツでなければ姿勢を保つこともできない。

視神経保護のために自動的にフィルターがかかるから、目に見えるプラズマ炎は本物同様の輝度ではないが充分に眩《まぶ》しい。超硬耐熱処理されたジュラコートで覆われたパワードスーツはどんな姿勢を取っていようが焼損する心配はないが、自動姿勢制御がなければあっという間に吹き飛ばされてスピンで振り回されて意識を失っても不思議ではない。

「噴射の中にいたら、こんなかなー」

大気圏突入のプラズマの中で、茉莉香は精密作業のために細く整形されている自身のパワードスーツの指先を目の前に持ってきた。ジュラコートされた指先は高熱のために白熱している。

「こんなところでも平気で動けるなんて、すごい」

恒星表面ほどではないにせよ、パワードスーツは三〇〇〇度以上の高熱プラズマに包まれている。通常の金属材料ならあっという間に融《と》けて蒸発し、耐熱合金でもぼろぼろになって大きく強度を落とすような高熱環境なのに、内部に生存環境を維持する精密機械であるパワードスーツは正常稼働を続けている。機体廻りの立体表示は外部温度を正確に表示しながらひとつの警報も出していない。

高熱プラズマに包まれたパワードスーツの視界も、切り替え可能だった。通常表示なら大気圏突入に伴う白熱したプラズマがそのまま表示されるが、切り替えればプラズマの外、光学センサーや外部センサーが得た高度一〇〇キロ前後の惑星ガイアポリスの表面状況を確認できる。その状況も、肉眼同様の通常光学視界、赤外線による視界、さらには精密地図のように海洋と陸までが地殻構造と名称付きで表示される地学観測パノラマにまで切り替えられる。

通常光学視界はコンピューターにより再構成された人工画像で実際の画像ではないが、かなり仔細《しさい》に観察しても茉莉香はそれが作られた画像だとは思えなかった。地表近くに薄く張り付いた層雲や洋上の低気圧の渦も、軌道上から見るよりよほどはっきり細かく見分けられる。

「ああ、まあ、戦闘用だから降下地点が昼とは限らないから、こういう表示が必要だってのはわかるけど」

通常光学視界の実景画像に地図を重ねて見て、茉莉香は呆《あき》れ気味《ぎみ》に考えた。

「夜の面に降りるときも昼間みたいな画像見ながら行動できるってことよね。うわあ、敵にしたくないわあ」

そのうちに、パワードスーツ表面温度も下がってくる。忘れずに視界を通常表示に切り替えて、茉莉香は白熱していたプラズマが赤く温度を落とし、ジュラコートがゆっくり冷めていくのを視覚と表示で確認した。

大気圏突入時に機体が燃え上がるのは、軌道速度が空気抵抗に晒《さら》されて上層大気を断熱圧縮するからである。空気抵抗により軌道速度が大気圏内速度にまで減速されれば、大気はプラズマ化するほど高熱化しない。

高度八〇キロで、パワードスーツは大気圏突入時の高熱プラズマ状態を抜けた。軌道速度にははるかに及ばないとはいえ極超音速だから周辺大気を圧縮加熱しながら衝撃波を曳いて飛行している状況は変わらないが、通常表示なら視界を染めるような高熱大気は見えなくなる。

生命を育む大気を纏《まと》った水の多い岩石惑星の例に漏れず、この高度では空はまだ宇宙空間同様に黒い。自由落下状態のパワードスーツは、バックパックの可変翼を展張して超音速のグライダーとなった。

成層圏よりさらに上空の熱圏だから、翼を拡げても飛べるほどの揚力は空気が薄すぎて発生しない。しかし、無動力でも落下方向を制御するくらいの抵抗はある。大気圏突入姿勢から飛行姿勢に移ったパワードスーツの中で、茉莉香は指示された降下目標地点に進路を取った。

訓練条件は、敵前上陸を模している。受動センサーのみ稼働させているパワードスーツは同じタイミングで大気圏突入した僚機が周辺空域を降下中なのを捉えているが、着陸までは無線封鎖状態、つまりレーダー、通信を含むすべての電磁波の発振が禁じられている。パワードスーツのコンピューターは、指定された降下地点に向けて飛行姿勢や経路を支援《サジエスト》してくれるから、着用者はその通りに動けばいい。

「大気圏内の飛行にはあんまり慣れなくてもいいのか」

宇宙空間での念入りな機動訓練に比べて、大気圏突入後の地上までの飛行経路はほぼまっすぐな単調なものだった。パワードスーツの飛行性能を考えて、茉莉香は納得した。

「パワードスーツって、宇宙空間ならともかく空はなんとか飛べるって程度のものだから、そっちは経験しておけばいいってことか。てことは、飛行機での訓練もあるのかな？」

ちょっと考えて、答えはすぐに出た。

「体験訓練かなにかわからないけど、ないわけないよね」

高度二〇キロ、やっと翼による滑空ができる頃になって空の色も黒から蒼《あお》に変わった。訓練条件で低空に降りるまでの推進機関の使用も禁止されているから、パワードスーツは無動力のグライダーのまま着陸目標地点へ降下していく。

茉莉香は、高度が下がってきたためぎりぎり視認できる範囲にある着陸目標地点の状況を確認した。

帯状に指定されている着陸目標地点は海岸、現在の飛行方向から見て左側半分が広いまっすぐな砂浜であり、右側には海洋が拡がっている。目標地点を左にずれすぎると、草原地帯になる。

「なるほど、素人の訓練生降ろすのにいちばんダメージが少なさそうな砂浜か、やばそうなときは海に降りろ、あんまり外れると痛い目に遭うってことか」

着陸目標地点の周辺には、支援のための車両や艦艇、低速で低空を飛行する救難機も確認できた。

「着陸目標地点の中心は、えーと、あそこ」

着陸目標地点は、幅一キロ、長さ五キロに及ぶ海岸に帯状に指定されていた。低空になれば推進機関の使用が可能だが、茉莉香は現在の飛行速度と高度ごとの風向きを見てうまくやれば推進機関を使わないままの着陸が可能と判断した。風に乗っての着陸は、ヨット部のディンギーでシミュレーションでも実地訓練でも幾度となく行なっている。ディンギーには高度ごとの風向きを立体的なベクトルで表示できるようなセンサーは装備されていない。このパワードスーツには大気センサーで上昇気流、下降気流の分布まで風向きとひとまとめに表示されるから、風読みはたやすい。

「もっとも、ディンギーみたいに揚抗比よくないから、そこは気を付けないと」

軽いディンギーが翼を全開にすれば、推力なしの滑空飛行でも遠くまで飛べる。上昇気流を捉《つか》まえれば高度を上げることもできるが、それほど翼が大きくなく、重いパワードスーツではそこまでの滑空はできない。

翼は大気を捉えて揚力を発生しているが、無動力のパワードスーツは放り出された石ころよりはましという勢いでどんどん高度を落としていく。高度が落ちて大気圧が上がると空気抵抗も大きくなるから、揚力の増大と引き上げに速度も落ちていく。

試しに、茉莉香は緩降下中のパワードスーツの頭をちょっと上げてみた。高度の降下が緩くなるのと引き換えに、速度の低下が激しくなる。

「重いのと速度が高いからディンギーより急いで飛ばさなきゃならないけど、基本は一緒か」

成層圏に入って、飛行速度ももうすぐ音速を切れる。低空から地表の風があまり強くないのを確認して、茉莉香は風をあてにせずにまっすぐ着陸目標地点の海岸に降りることを決めた。

「えーと、このまんまだと速度出過ぎてて行き過ぎちゃうから、早めに低空に降りて滑空する、と余裕がなくなっちゃって一発勝負になるから、基本に忠実に飛ぶには、上空でのジグザグ飛行か」

左右に蛇行すれば直線で飛ぶよりも飛行距離を稼ぐことになるから、それだけ速度も落とせる。茉莉香は、飛行姿勢のパワードスーツをゆるく傾けて高空での旋回に入った。

背中から拡げられた翼は前縁がわずかに後退しているとはいえほとんど直線翼、中央に提がっているパワードスーツはお世辞にも空力学的に整形されているとは言えないから、軽量を利して反応はいいものの飛行性能はいいとは言えない。しかし、コンピューター制御の可変翼は着用者の意図を読み取って最高効率での飛行を行なう。

「うわ、気持ち悪！」

自分の操縦と実際の飛行の間に存在する飛行制御コンピューターの存在を敏感に感じ取って、茉莉香は思わず声を上げた。操縦者の意図をそのまま機体に伝えるディンギーと違って、自分の操縦が最適制御のために修正されているのがわかる。

「つまり、無茶しようと思っても無茶させてくれない、ってことか」

それが安全のための制御であることを理解しつつ、茉莉香は自動制御解除のコマンドを探してみて、やめた。

「そういうことするのはちゃんとこの子の特性理解してからでないと、痛い目見るのは自分だもんね」

六〇度くらい旋回したところで、反対方向にロールして進路を切り返す。蛇行中の機体は直線飛行中と同じように安定しているし、ロールも充分に速い。

「余剰推力は宇宙だけじゃなくて空中でも使えるはずだから、つまり、飛行性能は最低限でもちょこまか動き回るには充分と」

それが意味することを考えて、茉莉香はあきれたように笑った。

「敵前降下したら対空迎撃されるから、自分で避けろって回避機動用じゃない」

幸《さいわ》いにして、現在の飛行状況は回避機動を試みなければならない状況ではない。地上からの着陸支援はないが、パワードスーツは惑星表面の地形とインプットされている目標着陸地点を照合させてどこに行けばいいか、そのためにはどう飛んでいけばいいか教えてくれる。

何回かパワードスーツを切り返して、茉莉香は最終着陸進入に入った。着陸指定区域の手

前から低空飛行に入り、機首上げ姿勢をとって減速しながら進入、砂浜上空を地面効果まで使って飛び、失速ぎりぎりで大きな砂煙を上げて着地する。

「とっとっと」

速度を殺しきれずに駆け足になって、茉莉香は砂浜に着陸した。目の細かい真っ白な砂浜は、普通に歩いたら足を取られそうだが、重量の大きなパワードスーツは足首までめり込んでも普通に歩くことができる。

「うわあー、どんな制御してるんだろ」

『加藤候補生、着陸確認』

どこで見ているのか、パーカー教官の声が聞こえた。

『異常はないか?』

こちらの機体状況も身体状況もモニターされているはずである。茉莉香は、自分の状況をどれだけ把握しているか確認されているんだなと思って視界の表示を見廻した。早急に対処すべき問題があれば警告色で点滅しながら表示されるはずだが、通常表示しかない。身体状況も、思ったより心拍数が上がっているくらいで、異常はない。

『大丈夫です』

応えてから、茉莉香は言い直した。

『加藤候補生、機体にも自分の身体にも異常はありません』

『よろしい。草原側に補給基地が設営されている。移動経路の安全を確認したら、徒歩でそちらに移動し、指示に従え。繰り返すが、徒歩で移動だ。走るな。候補生は無重量下でのパワードスーツ着用経験を重ねたが、これが地上での最初の運用になる。降りてくる他の候補生と衝突しないように注意して、補給基地までは、安全確実に歩いていけ』

『了解しました』

茉莉香は応えた。

『加藤候補生、徒歩で補給基地に移動します』

振り返って、翼を拡げて次から次へと降下してくる他のパワードスーツを確認する。着陸区域を横切っても降りてくるパワードスーツの邪魔にならないのを確認して、茉莉香は砂浜を歩き出した。


砂浜から草原に入ると、パワードスーツの足が沈み込まなくなった。

「ああ、けっこー違う」

パワードスーツだから、自分の体重よりはるかに重い重量のまま沈み込む砂浜を歩いていても困難とは思わなかったが、沈み込む心配のない草原ならはるかに歩きやすくなる。

「足にまとわりつくのがなくなった感じかな？」

茉莉香は、後ろを振り返ってみた。パワードスーツだからしょうがないのだが、重い自分の足跡が雪原を掻き分けて歩いてきたように白い砂に深く刻印されている。

「あたし、そんなに重くない！」

いちおうの抗議の声をあげて、茉莉香は視界に表示されている補給基地に向かって歩き出した。

補給基地は、今回の訓練のために草原に設営されたものだった。

大気圏突入し、飛行して砂浜あるいは海面に降りたパワードスーツは、まず自動洗車機のようなウォッシュコースを歩かされた。上と左右から洗浄液が吹き付けられるトンネルを抜け、種類を変えた洗浄液と乾燥及び汚れ除去のための強風に晒されるクリーニングトンネルを通って、草原上に臨時に組み立てられた透明な整備区画に入る。

実戦状況なら屋外環境でもパワードスーツの着脱と整備は可能だが、異物が入れば故障の原因にもなるし反応も鈍くなる。パワードスーツの着脱と整備はできる限りクリーンな環境で行なうとの説明を受けながら、パワードスーツを着た候補生たちはまず自分とパワードスーツの間隙に充填されていた着用液を抜かれ、それから背中のハッチを開いてパワードスーツから解放された。

久しぶりに自分の身体を取り戻した候補生たちは、透明壁で囲まれた整備区画から気密通路で繋がれた休憩区画に移動した。そこで取るのが昼食だと告げられて、茉莉香は今日が半分しか過ぎていないことに驚いた。

外気と遮断されている休憩区画、パワードスーツを脱いだ整備区画から外に出るのは禁止、せっかくの清浄な環境に置いたパワードスーツ及び乗員に誤作動や故障の原因となるコンタミネーション、不純物や異物を混入させないためである。

昼食、休憩ののち、候補生たちは再びパワードスーツを着る。午後の課題は地上という重力環境下でのパワードスーツの稼働訓練である。

飛行用のバックパックが取り外され、本体だけの素の状態になったパワードスーツで、候補生たちは草原ののち森林という自然環境下を、道路は使わずに自分で歩いて士官学校まで戻る。

草原上での歩行訓練は比較的短時間で終了したが、その後の走行訓練、パワードスーツのまま走り、跳ぶ練習は簡単ではなかった。

理論上、パワードスーツの疾走速度は時速二〇〇キロを超す。しかし、パワードスーツの二本の脚に装着者の脚が入っている以上は、そんな速度で走り続けることはできない。

現実問題として、高速移動が必要な場合は浮上走行や低空飛行などの手段があるから、そこまでの連続高速疾走は要求されない。しかし、パワードスーツを戦場で運用するためには、装着者はパワードスーツを着たまま走り、跳び、伏せ、再び走るという運動を自由自在に行なえなければならない。

パワードスーツが動作を補助してくれるから、力は必要ない。しかし、力を補助する重量物を着ている装着者は、身体をどう動かしてどう止めるか、その動作に慣れなければならない。

「動かすより止めるほうが大変だ、こりゃ」

草原という自然環境下で走り、止まり、跳び、伏せるといった一連の動作ができるようになった候補生たちは、続いて森林地帯に連れ込まれた。

ヘルメットのバイザーに表示された目的地は、約二〇キロ先のガイアポリス西校、今朝出発したばかりの母校である。自力で整備区画に辿り着き、パワードスーツを脱いだら夕食と指示されて、候補生たちは森林走破訓練に臨んだ。

目的地の場所と方向のみならず現在位置、周辺の精密な地形もパワードスーツの視界に表示される。装着者は、やみくもに目的地に向かって突き進むと足場が悪かったり障害物が多かったりして却《かえ》って効率が悪くなるという事実を体験的に学び、少しでも楽に早く移動できるルートを選んで学校に帰る道を走る。

茉莉香は、すっかり日が暮れてからガイアポリス西校に帰還した。学校の整備区画で昼と同じ洗浄工程を行なってからパワードスーツを脱ぎ、アンダーウェアも脱いで付属施設でシャワーを浴びて訓練用の作業服に着替える。並行して、繋ぎっぱなしのインカムで教官から今日の訓練についての復習、注目点、反省点などを伝えられる。

夕食後、チアキとともに自室に戻った茉莉香は、ろくな会話も交わさずにベッドに倒れ込み、久しぶりに夢も見ずに眠った。目を開けたら朝になっていたから、よほど睡眠が深かったようである。

翌朝、定時に起きた士官候補生、パワードスーツ体験コースの生徒たちは、アンダーウェアを装着して再びパワードスーツを着込んだ。パワードスーツ装着状態のまま、高速鉄道に乗り込んで宇宙港への移動を指示される。

何度か使っている高速鉄道をパワードスーツ装着のまま利用することで、日常環境の中でパワードスーツを使う状況を経験する。茉莉香は、高速鉄道駅のみならずそこに移動するまでの階段や通路が必要以上に大きく余裕を持って造られている理由を身をもって理解した。

宇宙港に到着したパワードスーツの候補生たちは、教官たちに先導されて旅客ターミナルではなくまず広大な整備区画の一画に連れてこられた。そこで、パワードスーツに大型のパックパックが装着される。

前日に宇宙空間で装着していたバックパックにさらに大型のコンテナを追加したような装備を、教官は軌道上に戻るためのブースターパックだと説明した。

「おまえたちは、昨日パワードスーツだけで大気圏突入した。今日は、ブースターで打ち上げられ、大気圏を突破して軌道上に戻る。軌道上で訓練してから、グルンワルド59に帰還する。おまえたちが着ているパワードスーツを、これ以上悪い状態にせずに母艦に返却するのが今日のおまえたちの任務だ」

ブースターパックは、パワードスーツを軌道上に持ち上げ、軌道速度を与えるに充分なパワーを持つ。軌道投入されるまでの飛行は基本的には全自動制御で、非常事態発生時の飛行中止や脱出以外に装着者が操作する余地はない。目的地となる軌道に入るための操作は精密であり、人力で行なえるようなものではない。

地上から低軌道上までは数百キロ、その間、軌道速度を得るための加速は止まることはない。しかし、打ち上げ中にパワードスーツの装着者が操作すべき項目はない。最低限の説明のあと、ブースターパックを背負って垂直離着陸機専用の離昇区画に徒歩で移動したパワードスーツは、次々に軌道上に向けての離昇を開始した。

茉莉香も、地上から軌道上への移動は幾度となく行なっている。しかし、全周囲、全方位が見渡せるほど視界が開放された状態で宇宙に上がったことはない。天候はところどころに上層雲がうっすら浮いているだけの青空もまぶしい晴れ、地上を離れれば陽光に照らされた景色を見渡せる範囲がどんどん広がる。広大な宇宙港の離昇区画の全域、各区画を有機的に結ぶ宇宙港ビル、最初にガイアポリスに降りたときに到着した旅客ターミナル、何本もの長大な滑走路とその周りの安全地帯を含む宇宙港の全容、さらにその周りの自然保護区とその先の市街地などが見えてくる。

接近すると確認しにくくなる高層雲と同じ高度に到達するころには、地上では水平な直線に見えていたはずの地平線もゆったりと弧を描くように湾曲し、明るかったはずの青空も宇宙空間に近い黒に変わっている。

足もとに丸い惑星を見下ろすころになって、上空を見上げた茉莉香はさらなる高軌道にいる何隻もの宇宙船と中継ステーションと、パワードスーツの訓練生を回収するために低軌道に降りているグルンワルド59を立体表示で確認した。

そして、茉莉香は進入予定の低軌道上にスクラップをでたらめに組み合わせたような巨大な構造物を発見した。ほぼ球形の構造物はあちこち空洞だらけで、視界に表示される総質量は母艦であるグルンワルド59より小さいが、その直径は母艦の全長よりはるかに大きい。

『これが、ジャングルジムだ』

パーカー教官の声と共に、構造物の表示に名称が重ねられた。

『今日のおまえたちの訓練場だ。廃材を組み合わせて作られた、公園にあるジャングルジムをもっとばかでかくして軌道上に浮かべたものだと思えばいい。おまえたちの投入される軌道はジャングルジムに合わせてある。軌道に入ったら今日の訓練を開始する、まずはジャングルジムまで自力で泳いで辿り着け』

前日の飛行訓練で、今日の訓練生は宇宙空間でも自由に動けるようになっている。軌道上に打ち上げられたパワードスーツは、その全てが問題なくジャングルジムに辿り着いた。

ジャングルジムは、その内部までが巨大で不規則な立体格子で組み上げられた廃材利用の球体だった。無重量状態の宇宙都市、あるいは大型宇宙船内部での行動を訓練するための施設である。

前日は遮るもののない宇宙空間で飛行訓練を行なった候補生は、今日は障害物だらけの球形のジャングルジムの中での鬼ごっこを指令された。移動手段は、手や足でジャングルジムの構造材を伝って行くもよし、推進機関の利用も自由である。

「ただし、安全装置は厳重に働かせてある。おまえたちがパワードスーツでもジャングルジムでもどこかにぶつかりそうになったら、安全装置が働いておまえたちを止める。訓練中にどんな状態で何回安全装置が働いたかは、我々が監視しているぞ」

朝に打ち上げられ、午前中に軌道上の巨大球形ジャングルジムで訓練を受けた候補生は、昼にはグルンワルド59に再収容されて帰還した。

多数のパワードスーツを収容した強襲揚陸艦は、候補生たちが昼食、休憩をとっているあいだに外惑星系に移動していた。

ガイアG4星系は、惑星上で水が液体として存在可能なハビタブルゾーンの外側にきわめて密集した小惑星帯を持つ。母星ガイアG4から遠く離れた周回軌道上に形成されている小惑星帯は、もちろん自然のものではない。半径数十光年から輸送されてきた遊星、小惑星などで人工的に形成された高密度小惑星帯が、さらに帝国艦隊による長年の演習で砕《くだ》かれ、微小重力で再集合し、母星や他の惑星の重力でかき乱されたものである。

その密度は、全周回軌道上で一様ではない。グルンワルド59は、候補生の訓練用に比較的密度の薄い、衝突しても損傷する可能性の低い微小天体や間隙の多い砂利を丸めたような破《ラ》砕集《ブルパイル》積体が多い空域を選んで訓練空域に設定したという。

高密度小惑星帯といえども、相対速度さえ合わせれば内部の飛行はそう危険なものではない。しかし、ひとたび推進力を持つ飛翔《ひしょう》体が小惑星帯に飛び込めば、無数の小惑星が噴射炎に弾かれて飛行方向を変え、衝突し、さらに四散したり合体しながら様相を変化させる。教官は、小惑星帯に発生するそうした乱流を波に例えて説明した。

高密度小惑星帯の乱流は、パワードスーツでも大型戦艦でも超高速の噴射が微小天体から小惑星に至るまでの星を吹き飛ばすことにより発生する。発生源の速度と方向さえ確認できればその発生は法則的であり、洋上の船をその軌跡から辿るように発生源の未来位置を予測することもできる。

また、高密度小惑星帯はパワードスーツに標準装備されている高性能レーダーやセンサーの性能も大幅に減衰させる。一度は宇宙空間での機動に慣れたはずの候補生たちは、新しい環境下でのパワードスーツの操作を学ぶことになる。

ガイアポリス西校に合わせた艦内時間で夜まで小惑星帯での訓練を行なった候補生はグルンワルド59に帰還、その夜は強襲揚陸艦で夕食、休息、睡眠を取った。

翌朝、パワードスーツ母艦である強襲揚陸艦から観測母艦に移乗した候補生たちは、太陽《サン》潜航艇《ダイバー》と呼ばれる小型観測艇で母星ガイアG4の恒星表面直上に降りる超低空飛行を行なった。

翌日、観測母艦に乗り込んだままの候補生たちは外惑星系のガイアバルーンと呼ばれる巨《ガス》大惑星《ジャイアント》に移動していた。前日と同じ太陽潜航艇に分乗し、見通しの利かないさまざまな色彩の雲のような大気が荒れ狂う表層から大気が液化するような深海じみた低空まで潜航、浮上して母艦に帰還する。

体験訓練五日目。観測母艦から強襲揚陸艦に移乗した候補生は、ガイアG4星系の外惑星系外縁部に浮かぶ第九惑星ガイアクリオにパワードスーツで降下した。母星ガイアG4から遠く離れたガイアクリオは凍り付いた二酸化炭素とメタンガスに覆われた極低温の惑星である。候補生たちは昼までも零下一〇〇度を下回る極低温環境の惑星上で稼働訓練を行なった。

六日目。前夜のうちにシャトルでガイアポリスに帰還、久しぶりに自室のベッドで眠った候補生は、翌朝は練習帆船で西海洋と呼ばれるガイアポリスの大洋に船出した。

体験コースは、茉莉香のように宇宙空間でパワードスーツを着たり観測艇で探査ミッションに飛ぶものだけではない。適性、経験別に選別された候補生たちは、ガイアG4星系の全域のみならず近傍星域にまで振り分けられてそれぞれの体験コースを消化した。

最後だけは、士官学校に戻ったすべての生徒たちがガイアポリスの海に昔ながらの帆船で出る。

宇宙帆船には乗り慣れている茉莉香も、洋上を航海する昔ながらの帆船の現物を見るのはこれが最初だった。

ほとんどの候補生が見るのも乗るのも初めてとなる帆船に乗り込み、多めに配置された教官の指示で海洋訓練を行なう。

「宇宙船が人の力で飛んでることを知ってる奴は多いだろうが、帆船も人の力で動くんだ。風と波を読み、全員の力を適切に配分して操作すれば、こんな大きな船をエンジンなしでも動かすことができる。では、海に出よう」

専用埠頭《ふとう》から出た数十隻の練習帆船が白い帆を拡げて青い海を征《い》く風景を、茉莉香は帆装作業のために昇った高いマストの上から見た。動かしているのが素人同然の候補生だから統制が取れているとはいえない船団だが、青空の下の紺碧《こんぺき》の海を埋めるような多数の大型帆船の無数の帆柱が林立して巨大な白い林のようにゆっくり動いていく。

作業手順は事故防止のための簡易ヘルメットに内蔵されたヘッドマウントディスプレイでパワードスーツのときと同じように視界に表示されるからまごつくことはない。しかし、練習帆船に乗り込んだ候補生はすべての作業を自分自身の筋力で行なわなければならないから、その作業量は多い。

夕食後の夜間訓練で天文観測のために甲板に出た茉莉香は、星が密集する核恒星系の星空に目を剥いた。天の半分近くを光り輝く天の川が占め、星明かりだけで作業ができるほど明るい。

その夜は練習帆船の寝棚で眠り、翌日の訓練日程をこなす。

すべての練習帆船は、予定通り日没までに人工島にずらりと並ぶ専用埠頭に帰還し、係留作業を完了した。

第四章 潜入電子調査

Super Bodacious Space Pirates.1

入学直後の集中体験学習を終えた新入生は、士官学校生活最初の休日を迎えることになる。炎の七日間を生き延びた候補生は、消耗した体力と気力の回復に努めなければならない。

それでも、朝食の食堂の喧噪《けんそう》はいつもと変わらなかった。休日は、校外に外出する生徒も多い。課外活動や補習のために校舎や訓練場に登校する生徒も多く、朝食後の寮はずいぶん静かになる。

茉莉香《まりか》、チアキの二人は、朝食後にリンの居室を訪れた。

「どうだった、士官学校名物新入生体験コース、炎の七日間は？」

部屋に一歩入ると同時に、茉莉香とチアキは椅子ごと振り向いたリンに訊《き》かれた。

顔を見合わせた茉莉香とチアキは、声を揃《そろ》えて答えた。

「疲れました」

ドアの外に顔を出してどこかで聞き耳を立てている誰かがいないのを確認して、チアキはリンの部屋のドアを閉じた。

「リン先輩も、あんなハードな課題こなしたんですか？」

「なにやらされた？」

「ええと、初日はパワードスーツ着せられて軌道上で飛行訓練、そのあと大気圏突入して地上訓練です」

「二日目は地上からパワードスーツで打ち上げられて、軌道上のジャングルジムのあと小惑星帯で障害物競走とか」

チアキがあとを引き取った。

「他にも、恒星表面に降りるとか、巨大惑星《ガスジャイアント》に潜るとか、パワードスーツで外縁の氷惑星を機動飛行とか。最終課題は、帆船で洋上実習でしたけど」

「最終課題の洋上実習だけはどのコースでも同じだからなあ」

リンは、二人に椅子を勧めて自分も椅子ごとコーヒーテーブルに移動してきた。

「適性かな。こっちはパワードスーツは着てない。電子戦艦に乗せられて戦闘演習とか、でっかいコンピューターのハードウェアの点検整備とか、恒星表面と巨大惑星《ガスジャイアント》、それと小惑星帯は行ったけど、そっちも観測艇でパワードスーツじゃない」

「電子戦艦！」

チアキが声を上げた。

「乗ったんですか!?」

「おう、第一艦隊最新式のシュテッケン級、さっすが電子戦艦名乗るだけあって主砲みたいなでたらめな出力のアンテナ装備してるラスボスだ。もし敵にあんなもんが何隻かいたら、おれは絶対に逃げ出すね」

リンは、二人の顔を見廻《みまわ》した。

「たった三カ月前のことなのに、もう何年も前みたいな気もするぜ。おもしろかっただろ?」

「ええ、それはまあ」

チアキは認めた。

「知らないわけじゃないけど専門外のことばっかりだったし、初心者だけど何とかできるようなことだったし。大変でしたけど」

「おかげでまあ、ふたりともすっかり戦闘用の顔になっちゃって」

リンに言われて、茉莉香とチアキはまたも顔を見合わせた。一晩寝てすっきりしたが、すっかり元通りとはいかない。

「そりゃあ、まあ、ちょっとは疲れてるのは認めますけど」

「質問、いいですか?」

茉莉香はリンに手を上げた。リンは頷《うなず》いた。

「加藤《かとう》茉莉香候補生、質問を許す。なんでも訊け」

「パワードスーツも観測艇も、どれも扱い慣れてるわけじゃないし専門外だけど、頑張ればなんとかなるくらいの課題でした。炎の七日間で候補生に出る課題って、どれもこんなレベルなんですか?」

「そう言われてる」

リンは再び頷いた。

「二人が行ったコースでは、特別な優等生もいなかった代わりに脱落するような劣等生もいなかったろ？　候補生の経験と適性を見て、その可能性を最大限に伸ばすためにもっとも効率的な課題を与えるってのが、炎の七日間に限らない士官学校の教育方針だそうだ」

「だとしたら」

　茉莉香は表情を曇らせた。

「ここは、すごく怖いところですね」

「ん？　怖い？　なんでだ？」

「学校が、生徒の程度も可能性も正確に把握してるってことじゃないですか。なんなら、今の成績だけじゃなくて将来の成績も怖いくらい予測できるってことですよね？」

「本気で生徒のこと考えてる学校なら、当たり前のことだぜ」

　リンは答えた。

「それに、予測できるのは今日明日の成績くらいで、もっと先のことまで正確に予測してるわけじゃない。生徒の成績も可能性の予測も、毎日修正される。だからまあ、教育する方にもされる方にもその場その場でもっとも効率がよくて信頼性の高い教育方針や課題が出てくるわけだ。もっとも、そう思わせといて無理な課題出して飛躍的な可能性向上を求めるなんてこともありそうだけど」

「でも、士官学校だって落第したり退学する生徒がいないわけじゃないですよね？　それって、適性判断とか指導方針の間違いとか、そういうこともあるってことですよね？」

「公式データ出てたっけなー」

リンは、コンピューターに向き直ってキーを叩《たた》いた。

「おー、あったあった。士官学校全体で、退学率は〇・五パーセント。入学した二〇〇人のうちひとりしかいなくならないってことか、うっかりすると義務教育より卒業率いいんじゃないか？」

「でも、それくらいは教育方針間違えたり合わなかったりする生徒もいるってことですよね？」

「落第や退学の理由は成績だけじゃない。公開されてる理由はもちろん対外的にあんまり問題ない平穏なやつが選ばれてるんだろうけど、家庭の事情や病気、事故あたりはまあしょうがないとして、本人の希望と適性が合わないのにコース変更に応じなかったとか、就学態度が悪くて落第退学なんてのもいちおーあるらしいけどねー」

「生徒の管理ってコンピューター任せですよね？」

茉莉香は重ねて訊いた。

「コンピューターも間違えるってことでしょうか？」

「コンピューター任せったって、指示してるのも承認してるのも人間だからな」

リンはさらなるデータを探しながら答えた。

「教官全員が生徒ひとりひとりの素性や適性を完全把握してるわけでもないし、コンピューターだって長年のデータの蓄積からいちばん信用度の高いデータ出してるだけで、完全に確実ってわけじゃない。でも、現役の教官が束になったって敵《かな》わないくらいの経験値をコンピューターが溜《た》めこんでカンストするくらいレベル上げて、教官もそれ利用してるんだから、生身の先生の指導よりは信用できるんじゃない？」

「カンストってなんですか？」

「レベル表示のカウンターが設定の上限まで行ってストップしちゃってること」

「教官も、生身がひとりだけじゃないですよね？」

茉莉香は、気になっていたことを訊いてみた。

「ほんものの教官にはちゃんと挨拶したし、実習中は無線越しの声しか聞いてませんけど、担当してる生徒の数も少なくないのにずうーっと見られてるような気がしてて、人間業じゃないと思うんですけど」

「さあーすが茉莉香ちゃん」

ディスプレイから向き直ったリンはにっこり笑った。

「確認してないけど、こっちもそう思ってる。士官学校の教官が半分以上ＡＩ搭載のアンドロイドでも驚かない。その方が、無数の生徒相手にデータベースから最適な教育パターン見付け出して教えるにも簡単だしな」

「そんな……」

「生身の指導教官相手じゃ、どうやったって性格が合わないとか教育方針違うなんてことも起こりうる。コンピューター相手なら、性格も方針も自由自在、相手に合わせてどうにでもできる。実在しない相手だから、過去の因縁とか縁故関係のトラブルが起きる心配もない。だから、いいんじゃね？」

「いいんでしょうか？」

「教官なんて、生徒にとっちゃ教科書でいいんだよ」

リンは、専門科目がインストールされている薄い電紙ディスプレイの教科書の表紙を茉莉香とチアキに向けて見せた。

「教科書の内容や、時には載ってないことまでわかりやすく説明して噛《か》み砕《くだ》いて教えてくれる存在であれば充分なんだ。しかも、生身の人間なら体調不良とか気分や機嫌なんかで仕事にムラがでるかも知れないけど、コンピューターなら毎回こっちに合わせた最高の授業をしてくれる。授業受ける立場なら、いい授業してくれる先生の方がよくない？」

「だって、機械にもの教えられるなんて」

「機械の方が、間違えない」

リンは言った。

「ヨット部でも、そう教わったろ？　生身の感覚はいくらでも間違えたりずれたりするけど、機械やコンピューターなら間違えない。そりゃあ機械だってコンピューターだっていっつも正確確実じゃなくて、故障したり調子が悪かったりすれば少しばかり間違えたりとんでもない指示出したりするけど、それはちゃんと整備調整してない使う人間の責任だ。人間が目で見て頭で判断するより、光学センサーやレーダーの方が正確だしコンピューターが当たれるデータの方が多い。それに、故障確率考えたって、人間より機械の方が数千倍、いや数万倍かな、壊れる確率は低い」

「士官学校での教育は、宇宙船の自動操縦みたいに正確で精密に行なわれてるっていうことですね」

チアキが口を挟んだ。

「それが、リン先輩の解釈ですか？」

「たぶん、そういう教育方針なんじゃないかなーってあてずっぽ」

リンはぺろっと舌を出した。

「生徒っていう生身の貴重な資産を最大限安全確実に育てて帝国艦隊の人材として有効活用するためだって考えればそうなるよ。少しばかりコストがかかっても有用な人材が育てられればそれは最終的に艦隊の利益になる。だからまあ、ここにいる間は少なくとも安心して教育受けて、自分のレベルあげてりゃいいさ」

リンのコンピューターが軽やかな呼び出し音を奏でた。

「お、来た。時間通りだな」

コンピューターに向き直ったリンは慣れた手付きで通信システムを立ち上げた。何重にも設定された安全システム、暗号システムを確認、すべてが正常稼働して、偽の相手と偽の通信データまで流れているのを確かめて通信を繫《つな》ぐ。

「はいこちら、リン」

通信ＩＤを横目で見ながら、リンは通信モニターを表示した。通信相手はこちらが誰か、ここがどこかわかっている。相手の現在位置は不明だが、話をするのに支障はない。

『ナッシュです』

作戦専用のコードネームもなにもなしに、ナット・ナッシュフォールは通信モニターに現われた。

『こちらから見る限り、通信状態に問題はありません。茉莉香さん、チアキさん、士官学校入学おめでとうございます』

ナッシュは、通信モニター越しに二人の顔を見渡した。

『士官学校名物新入生体験コース、炎の七日間はいかがでしたか？』

部屋に入ると同時にリンにされたのと同じ質問を投げられて、茉莉香はチアキと顔を見合わせた。溜息《ためいき》を吐《つ》いて、茉莉香は通信用モニターに向き直った。

「大変だったけど、無事生き残りました。落第して放り出される心配もなさそうです」

『チアキさんはいかがでしたか？』

ナッシュは、相手を変えた。

「疲れました」

チアキはぶっきらぼうに答えた。

「大丈夫、仕事できるくらいの体力はちゃんと残してます」

『炎の七日間の体験学習中に、なにか不審な接触はありましたか？』

言われて、茉莉香は考え込んだ。かなり注意していたつもりだが、思い付かない。

「炎の七日間中、会話の相手は大半が教官でした。同期の候補生との会話は雑談もする暇ないくらいで、不審な接触といえるようなものはなかった、と思います」

ふと、茉莉香は気付いた。

「寝てるときとシャワーのとき以外は、ずっとインカム付けっぱなしで、通信記録も全部録られてたと思います。そちらからはその記録にはアクセスできないんですか？」

『可能です』

ナッシュは認めた。

『あまり大きい声では言えませんが、会話内容、通信相手、そのときの生徒の身体状況まで記録は残されています。情報部ならアクセスは可能です』

「こういう仕事やってるとそうかなーとも思いましたが、プライバシーもなにもありませんね」

『部外には出しませんのでご心配なく。こちらの分析では、不審なアクセスも会話内容もいっさい確認できていません。しかし、当事者の心証や感覚はまた違うものですから』

言われて、茉莉香はたった一週間とは思えないほど長かった体験学習期間中の記憶をさらってみた。

「やっぱり、なかったと思います」

『チアキさんはいかがでしたか？』

ナッシュは相手を変えた。

『炎の七日間のあいだに、不審な接触はありましたか？』

「なかった、と思います」

チアキは答えた。

「目の前の課題を消化するのに精一杯で、なにか話しかけられてもそれが不審な接触なのかどうか判断できていないって可能性も否定しませんけど」

『アクセス記録を見る限りでは、こちらでも不審な接触は見付けられていません。しかし、我々の設定している敵がどこからどういう手段で接触してくるかわからないので、すべての可能性を考慮しなければならないのです。リンさんには、何か不審な接触がありましたか？』

「先週は、二回」

リンは、あっさり答えた。

「レポートで提出したとおりだ。どっちも実習訓練中の接触で、こっちが想像してたような自習や食事なんかの自由時間に訳知り顔の転校生が接触してくるようなテンプレートなパターンじゃない」

なにが起きたのか訊きたいのを我慢して、茉莉香は通信モニターのナッシュの表情に集中した。変わらない。

『調査しました』

ナッシュは答えた。

『二回とも、実習訓練中なので記録が残っていました。結論から言えば、リンさん、あなたが主張するような不審な接触は確認できませんでした』

「だろうな」

リンは不敵な笑みを浮かべた。

「相手が情報部が想定してる通りの難物なら、簡単に辿《たど》れるような記録なんか残すわけがない。もし、こっちを悪巧みに勧誘するような接触をやっても、記録が残るような間抜けならこんなめんどくさい依頼がこっちにまで回ってくるはずもない」

ナッシュはこともなげに頷いた。

『リンさんがハードな訓練実習に疲れ果てて幻覚にでも惑わされたのでもない限り、はい、その考え方に同意します。敵はこちらと同様に、候補生の成績のみならず日常生活記録まで簡単に書き換えてしかもその痕跡をどこにも残さないだけの技術力も兼ね備えている』

「いいのかい？」

リンがにやにやと訊く。

「士官学校ってったら帝国艦隊でもそーとー中の方だろ。んなところにまで謎の敵対勢力に入り込まれてるって、情報部が認めちゃっていいの？」

『公式見解では、そんな勢力は存在しませんから』

ナッシュもくちもとだけとはいえ笑みを浮かべて答えた。

『そして、その公式見解を現実のものとするのが我々の仕事です』

「そらまーそーだろーけど、どーすんの？　今のところ興味ない振りしつつ話は聞くだけ聞いてそっちに情報流してるけど、これからもこのまんまの方針でいいの？　そりゃまーあっちものべつまくなし候補生の全員に不審な接触してるわけでもないだろうけど、そろそろうまく釣り針にひっかかってやらないとこっちを獲物と認識してくれないいんじゃないかと思うんだが」

『釣り針が、降りてきそうですか？』

「わかんね」

リンはあっさり首を振った。

「これぱっかりはあっちの都合だからねえ。いくらこっちがあっちの望む獲物想定してその通りにやったって、なんせ士官学校、釣り堀みたいに入れ食い状態だ。こっちの気付かないうちに向こうが別の獲物見つけてそっちを釣ることにしたら、こっちの努力はすべて無駄あとは言わないけど、少なくとも情報部が期待するような結果は出せなくなっちゃう。逆に、どこでなに考えてるかもわからない敵にこっちを有望な獲物認定させられるような方法、あるかい？」

『確実なものはありません』

ナッシュは言った。

『だからこそ我々は、部外者であり海賊としての経験を持ち、予想外の事態にも対応できる可能性が高いと思われるあなた方に今回の仕事を依頼したのです』

「このまんまでいいのかい？」

リンは訊いた。

「そっちの目論見《もくろみ》通りに餌になりそうな新入生が二人入ってきたけど、今までのところ相手が獲物にしそうな生徒の条件は確実にはわかってない。成績上位一〇パーセント以内の優等生って以外に、相手が獲物にしそうな条件は何かわかってないの？　それに合わせたりしなくていいのかい？」

『なにか、提案がありますか？』

ナッシュはリンをじっと見つめた。

『レポートにそれらしい所見が添えられていましたが、考えはまとまりましたか？』

「いくつかある」

リンは通信モニターを横目で見ながら、コンピューターのコンソールを叩いた。

「今までのパターンからして、相手は士官候補生が興味を持ちそうな誘いを掛けて、乗りそうな獲物を選別してるんじゃないかと思われる。今までに七回あった、たぶんそれかなーって思われる接触のうち五回までが実習訓練中だ。しかも、記録の改竄《かいざん》まで行なえるってことはその組織はばっちり士官学校の中に根を張ってる。生徒や教官に何人か外部の人間を潜り込ませてひっかかりそうな獲物を探すとか、そういう非効率的なやり方じゃない。で、考えたんだが、ひょっとして候補生だけじゃなくて教官にも不審な接触を受けてるものがいるんじゃないのか？」

『興味深い指摘ですね。もちろん、我々の調査は教官にも及んでいます。しかし、卒業後には確実に艦隊に配属される士官候補生よりも、再び艦隊に配属される可能性の低い教官や職員を取り込んでも期待される将来的な利益は低いのではないでしょうか？』

「そうかな？　教育側にがっつり食い込んでおけば、将来艦隊に配属される候補生にいくらでも影響を与えられるんじゃないかい？　長い年月を掛けたじっくりとした計画で、艦隊内に別勢力を育てようとか、そういう気の長いこと考えてる可能性は考慮しなくていい？」

『考慮すべきですね』

ナッシュは認めた。

『まだなんと呼ぶべきかも決まっていない仮想敵が、昨日今日活動を開始したのでないことは我々も把握してます』

「てことは、だ」

リンは通信モニターのナッシュに視線を戻した。

「士官学校の教育システムが、すでに仮想敵に汚染されてる可能性はないか？」

『士官学校の教育システム、ですか？』

ナッシュは繰り返した。

『どの部分のことですか？』

「こっちもただの生徒の身分で潜り込んでるだけだから、そっちの協力得ていろんなところ見て回ってるとはいえ、士官学校の教育システム全部見て理解してるわけじゃない。だけど、この学校の教育システムか生徒に無用な努力や無茶《むちゃ》な課題を与えないように、個別の能力や達成度なんかを実に細かく見てるのはわかる。どう見ても人間業じゃない。科目別に何人もいる担当教官が、一人の生徒相手にこれだけ的確な指示して課題を与え続ける、それもそれを教官全員が生徒全員にほとんど一〇〇パーセントの成功率で続けるなんて不可能だ。生徒としちゃ実にありがたいシステムだと思うけど」

『個人的な感想ですが、士官学校の教育システムは士官候補生ひとりひとりの能力を伸ばすという目的のために最適化され、うまく動いていると思います。それについてなにかあるのですか？』

「士官学校の教育システムは、高度に電子化されて管理されてる。その辺りまでは間違いない？」

『はい。士官学校の教育システムは、艦隊のそれと同様に高度に電子化され、管理されています』

「相手が、そっちの中にまで入り込んでる可能性はない？」

リンはずばりと切り込んだ。

『士官学校の基幹コンピューターとその教育システムが、なにものかに操られているというのですか？』

ナッシュはまったく表情を変えずに訊いた。リンは頷いた。

「もちろん、こっちは学校のコンピューターやら教育システムの全容なんて把握してない。これだけ巨大なシステムがこれだけ長い間運用されてれば、おそらくひとりで全部わかってるなんてエンジニアもオペレーターもどこにもいないはずだ。だから、全部じゃない、その中にときおり発動する使い魔仕込んで誰かさんの思い通りにさせる方が、わざわざ身分調査や確認の厳しい士官学校内に手のものを潜り込ませるより楽で簡単、ってまあ、こっちはそっちが専門だからそう考えるんだけど、どう思う？」

『なるほど、我々はなにものかが士官学校内に誰かを潜り込ませたのではないかと考えていましたが、そうではなく、士官学校のコンピューターになにかが潜り込んでいるのではないかということですね？』

「そういうこった。今までに何回かあった接触が誰か一人がいろいろ化けて見せてやってるんじゃなくて、コンピューターシステムそのものの中に隠れてるなにかがときどき浮上して悪さしてるって考えた方が、記録の改変もできるし生徒全員の状況把握も簡単だ。仮想敵が充分に頭が切れてこっちと同じように効率も重視するなら、おれなら釣れそうな釣り堀の魚全部の前に釣り糸垂らせるようなシステム考えるけどねえ」

『興味深い指摘ですね』

ナッシュは通信モニターの向こうで頷いた。

『しかし、そうなると現在の態勢では不完全どころか、なにか不審な接触があってそれに乗ったとしても、敵の正体を掴《つか》むどころか良いように使われるだけということも考えられますね』

「だからさ、そうしておいた方が敵にとっては都合がいいでしょ。どうやって信用させるかとかいろいろ問題はあるけど、接触相手の話に乗るメリットがこっちにもあるならそれでも話にはなる」

『なるほど、考慮すべき可能性だ』

「考慮してくれ。で、もしこの想定が半分でも当たってた場合、問題がある」

『なんですか？』

「こっちは、士官学校内になんか悪い奴《やつ》らが潜り込んでるんじゃないかと思って入ってきた。相手が候補生や教官みたいな生身の人間じゃなくて、士官学校の基幹コンピューターなんてシステムの中にどっぷり浸って隠れてるんだとしたら、話が違う。せっかく苦労して三人も士官学校に送り込んでもらって申し訳ないけど、そっちが想定してるような相手じゃない以上、そっちが期待するような仕事もできないぜ？」

『こちらが期待する成果のために、リンさんならどんな仕事をするつもりですか？』

「そうだな」

リンは芝居がかった仕草で考え込んでみせた。

「生徒としての授業態度とか成績なんかは、そっちが期待する成果には関係ないだろうから放っておくにしても、おれなら士官学校のコンピューターシステムぜんぶを洗い直す。いつものメンテナンスでいろいろ診られてるはずだから、まともな方法じゃなんにも出てこないのはわかってるから、いろいろ仕掛けなきゃならないかなー」

『どうするんです？』

「これまでの頻度を考えると、相手がこっちに接触してくる、そのタイミングを狙ってコンピューターシステムロックして逆探知、ってところがいちばん楽なんだけど」

リンは、ナッシュにねだるような視線を向けた。

「授業受けてる生徒に、教官よりも強力な監査官権限持たせてしかもいつでも発動できるようにしておく、なんて無理だよねえ？」

『無理ですね』

とりつく島もなくナッシュは即答した。

『これはそもそも極秘任務です。学校側にも秘密のまま、士官学校のコンピューターシステムすべてにアクセス、ハックできるような権限を、一候補生に与えるのは一朝一夕には不可能です』

「だよねえ」

予想外の顔もしないで、リンは頷いた。

「もしそういうことができれば、例えば茉莉香やチアキちゃんに不審な接触があったときにこっちからロックかけて相手を探すくらいのことはできるんだけど、そのためにはこっちも授業の片手間にずうーっと張ってなきゃならないわけで、だから授業とか放っておいてもいい？」

『この時点でリンさんにそれを許すと、学内に授業にも出ずにコンピューターシステムを監視している不審者がいると相手に知られる可能性を考慮しなければならなくなります。せっかくここまで組み上げた調査態勢を瓦解させる可能性がある以上、許可できません』

「ですよねー」

残念でもなさそうに、リンは同調した。

「んだけど、もし相手が活動してる時間がこっちもひまな放課後とか夜間じゃなくて、授業中とか実習中だけだとすると、結局こっちが本業の片手間に対処しなきゃならないって事態はなにも変わらない。どうする？　このまんましばらくおとなしくして、茉莉香やチアキちゃんにも釣り針が降りて来るの待つ？　それとも、こっちから積極的に食いつくとかやってみる？」

『援軍が必要ですね』

ナッシュは微笑《ほほえ》んだ。

『聞いたとおりですよ、クーリエ。あなたの言うとおり、援軍が必要になりました』

「え？」

寮の居室で、三人は顔を見合わせた。

「なにー!?」

リンは声を上げて通信システムをチェックした。

「いつの間に、どっから!?」

茉莉香は通信モニターを見た。

「うちのクーリエがナッシュさんと一緒にいるんですか!?」

『人聞きの悪いこと言わないでよ』

クーリエの声が聞こえた。

「ここか！」

リンは新しい通信モニターを立体表示で開いた。ナッシュのとなりに表示された通信モニターに、クーリエが現われた。

「クーリエ？」

茉莉香は、クーリエの背景が見慣れた弁天丸《べんてんまる》のブリッジなのを見て取った。

「弁天丸、今どこにいるの？」

「居所不明の情報部経由じゃない！」

新しく追加された超光速回線には、通信相手の場所が表示されていた。

「ガイアＧ４とエステリアＧ２の間の恒星間空間？」

「すぐ近所じゃない」

チアキが呆《あき》れたように呟《つぶや》いた。核恒星系近傍は外縁部よりも星が密集している。ガイアＧ４星系に隣接するエステリアＧ２星系との恒星間距離は〇・八光年、恒星間空間といってもたう星系の周辺などより圧倒的に近い。

「なにやってんのそんなところで!?」

『えー、もちろんお仕事してますよお』

　ぐるぐる眼鏡にいつもの声で、クーリエはのんびり答えた。

『船長が帝国艦隊のお仕事中ですんで、こっちも情報部から直の依頼で近所で待機中でした』

「なにやってたのよ！」

『そりゃあもちろん、船長ご想像の通りのお仕事です。気付いてませんでした？』

「えー……」

　茉莉香はテンションだだ下がりにうめいた。

「やっぱり、いたのお……」

　士官学校に入学してから、茉莉香と弁天丸の定時連絡は一時休止、非常事態発生時の緊急連絡のみに限定されている。だから、茉莉香は弁天丸の最新状況は知らない。

　ガイアＧ４の内惑星系でも外惑星系でも、パワードスーツや観測艇で宇宙空間に出れば、近傍空間を飛行中の宇宙船はディスプレイに表示される。表示範囲を広げれば広げただけ、表示される宇宙船の数は増える。どこまで表示を広げれば別行動中の弁天丸が見えるか、茉莉香は何回か考えていた。しかし、試してはいない。

「じゃあ、見てたんだ」

　近いとは言っても光速度のタイムラグを気にせずにレーダーやセンサーの観測データが取れるほどの近距離ではない。しかし、弁天丸くらいの性能の軍艦なら、ステルスも電子妨害もしていないパワードスーツや観測艇の動きを捕捉する手はいくらでもある。

『ええ、パワードスーツでの訓練も、観測艇での太陽潜航《サンダイブ》やガス状惑星潜航《ガスダイブ》もちゃあんと見守ってましたよ。士官学校名物、炎の七日間はいかがでしたか？』

「さっきまでの通信も聞いてたんじゃないの？」

『聞いてました』

クーリエはにんまり笑った。

『だけど、乗組員としては船長の感想を直接聞いてみたいじゃないですか』

「疲れました」

茉莉香は何度めかの感想を繰り返した。

「こんなに疲れたの、弁天丸の船長になるために促成教育受けたとき以来よ。見てたんじゃないの？」

『近所とはいえ離れてましたからね、最低限の動きくらいは追跡してましたけど、細かいところまでは全然』

茉莉香はジト目でクーリエを睨《にら》んだ。

「ほんとに？　あとから士官学校に潜り込んでデータ見るとかやったんじゃないの？」

『さすが船長』

クーリエはにっこり笑った。

『弁天丸はまさにそういう依頼を受けて、ここにいます。ほれナッシュ、あんたの口から説明しなさい』

「情報部が海賊に士官学校のシステムに潜るよう依頼したの？」

リンがこっそり呟く。

「ほんとかよ」

『できれば艦隊の電子戦艦にでも協力を頼みたいところなのですが、今回は相手がどこまでどのように浸透しているか不確定です。情報部の目的が不穏当なところへ持ってきて、正規艦隊に所属している電子戦艦の協力を首尾よく取り付けても、その任務や目的が電子戦艦のどこから漏れるかわかりません』

「海賊に艦隊のシステムを破るよう依頼したってのが他にばれる可能性は大丈夫なのかい」

『そちらに関しては問題ありません』

ナッシュはリンに答えた。

『オリオンの海賊は、帝国艦隊の仮想敵として何度も演習に参加し、優秀な成績を収めている、軍事会社の艦隊と同格の同盟相手です。情報部が正規艦隊ができないような仕事を他に依頼することはよくありますし、それに弁天丸には第一艦隊の電子戦演習の仮想敵のバックアップという表の仕事も依頼済みです』

「で、ほんとの仕事は？」

『リンさんのレポートを分析した結果、士官学校のシステムそのものに我々の仮想敵が潜んでいる可能性はこちらでも指摘されていました。手持ちの戦力で打てる手を検討した結果、しかるべき設備と協力を適当な装備を持つ信用できる相手に依頼するのがもっとも効率的だろうとの判断が出まして』

「どこまで手を回してるんだか」

リンは、二つの通信モニターに並んで映し出されているナッシュとクーリエの顔を見比べた。

「てか、情報部の兄さんが弁天丸の電子戦担当に連絡取った段階でその辺りまでは考えてたってことか」

『その気もなかった女子高生を士官学校に入学させるのに比べれば簡単ですよ』

「そりゃそーでしょーけどさー」

『そういうわけで、情報部から弁天丸に対する正式な依頼です。さきほど各方面への根回しも完了しましたので、士官学校のコンピューターシステムへの攻撃的調査名目での浸透診断をお願いします。よろしいですか、茉莉香船長？』

「うちの乗組員から異論がないんであれば、船長としてはいいですけど」

『仕事を始める前に、いくつか確認しておかなきゃならないことがあります』

　クーリエの眼鏡がきらりと光った。

『弁天丸が手を出していいのは、ガイアポリス西校の基幹コンピューターシステムだけですか？　それとも、ガイアポリスに四つある東西南北すべての士官学校のシステムですか？　それとも、帝国艦隊が候補生教育のために核恒星系に組んでいる教育用コンピューターネットワーク全部ですか？』

『できることならば、現在リンさん、茉莉香さん、チアキさんがいるガイアポリス西校のコンピューターシステムだけを標的にしていただきたいのですが、残念なことに我々の仮想敵がその範囲内のみにとどまっている可能性はありません。それに、仮想敵がガイアポリス西校のコンピューターシステムに浸透しているのであれば、他校のシステム、他星系のシステムにも同様に浸透していると考えるべきであり、その可能性を知りながらこちらの監視範囲を狭めることは利敵行為にしかなりません』

クーリエはもっともらしい顔で話を聞いている。

『よって、今回の仕事に関しては、仮想敵の追跡のため、攻撃的調査対象を限定しないことにします』

『おー？　ずいぶん気前がいいわね？』

『もちろん、条件付きです』

『聞きましょ』

『士官学校の基幹ネットワーク、及び艦隊のネットワークへの浸透調査を行なうにつき、こちらから可能な限りの情報は提供しますが、すべての浸透調査は可能な限り穏便に、できることならば浸透調査を受けたことを気付かせないくらいにして頂きたい』

『情報部が海賊風情に艦隊のシステム探らせたなんてわかるとまずいから、だけじゃないわね』

クーリエはあちこちのキーボードを叩きはじめた。

『仮想敵が、どこまでどれだけ手を伸ばしてるか、浸透してるかが全然わかってない。士官学校の基幹システムへの攻撃的調査がどれくらいの期間続けられるか知らないけど、せっかくの調査を敵に感付かれて手を引くことになったりしたらそれまでのお仕事が無駄になることも考えられる。せっかくお膳立てした情報部としては、確保した予算に見合う程度の成果は上げたいって、そういう話でしょ？』

『予算と期待する成果に関しては、だいたいそう思ってもらって結構です。仮想敵に関しては、その存在理由や目的が帝国艦隊と完全に相反するのでもない限りは、高度な判断が必要な場合がありますので』

『高度な判断ねえ』

クーリエはナッシュの言葉を繰り返した。

『それは、あんたが最前線に送り出したうちの海賊どもが正確に判断できることなのかしら？』

『その辺りは、信用しています』

ナッシュは意味ありげな笑みを浮かべた。話を聞いていたリン、茉莉香、チアキの三人はうさんくさそうな顔で視線を交わした。チアキは通信モニターに目を戻した。

「責任放棄されてない？」

うんうんとリンが頷いた。

「あれだろ、いざってときには監督責任放棄して、やばいことぜんぶこっちの所為《せい》にして逃げるんだ」

『ずいぶん信用されてるじゃない』

通信モニターの中で苦笑いしているナッシュに、クーリエが声をかけた。

『さっすが情報部』

『おかげさまで』

苦笑いのまま、ナッシュは頷いた。

『最前線からの信用も作戦進行に支障を来すことがないように得られて、責任者としてはありがたい限りです。ではクーリエ、弁天丸に援軍を依頼するに付き、最前線に作戦方針を説明していただけますか？』

『聞いておいてもらった方がいいわね』

クーリエが、士官学校の寮にいる三人に視線を向けた。

『リンには今さらなことかも知れないけど、いちおう聞いておいて。弁天丸はこれから情報部の協力を得てガイアポリス士官学校から帝国艦隊の教育システムの基幹ネットワークに攻撃的調査の名目で調査をかけます。だけど、まあいつものことだけどそれは表向きの作戦で、まあもちろん脆弱性《ぜいじやくせい》とかステルスしてるウィルスやら悪そうなのがいればそれも対処するけど、ほんとの目的は敵の侵入経路とかネットワークの使い方をモニターするためにこっちのトラップを仕掛けることです』

「うわー、ほんとに帝国艦隊のネットワークに潜るんだ」

リンが小声で呟いた。クーリエは続ける。

『どれだけ巨大で複雑怪奇だってったって、帝国艦隊のネットワークは本職の電子軍団がお金と時間たっぷりかけて面倒見てる最上級のシステムです。やり方が少しばかり違うからってったって、田舎海賊が潜っていって短時間に見付けられるような穴や裏システムが維持されてるとは思えない』

「そりゃまあ、長い帝国艦隊の歴史の中でも今まで大した問題もなく廻ってるネットワークだもんなあ」

『だから、もし仮想敵が帝国艦隊のシステム、それも基幹ネットワークにただ乗りしてるんだとしたら、通常状態でいくら調べても出てこない、必要なときだけ現れて活動するようなそういう性質《たち》の悪いスリーパー潜伏させる、というのがいちばん可能性が高い、尻尾を掴みやすいと考えます』

「それしかないよなー」

リンがうんうんと頷く。茉莉香が訊いた。

「スリーパーってなんですか？」

「この場合は、ネットワークの中に隠れてるウィルスというか使い魔の一種だ。通常状態じゃ見つからないように眠ってて、なんなら寝場所も次から次へと変えて前にいた場所の痕跡を消して移動していくようなプログラムで、でもご主人さまから指令があれば現われて命令通りの仕事を行なう。仕事が終わればまた隠れて、次の命令を待つか、それとも消え失《う》せるかはタイプによって違うけど」

「うわー、まっくろ」

「そんな、ふだん見えないようなスリーパーなんてどうやって捕まえるんです？」

今度はチアキが訊いた。リンは答えた。

「そりゃあ蛇の道はヘビ、寝坊助《ねぼすけ》には目覚ましってちゃあんと手がある。相手の正体がわかってればそれに合わせたパターン作ってスキャンしてやれば炙《あぶ》り出せるけど、なんせスリーパーだからねえ、どこに隠れて寝てるのか、なにやれば起きるのかわからないのがほとんどだ」

「どうするんです？」

「目覚まし仕掛けて反応したプログラムをチェックする方法もあるけど、どんな目覚まし鳴らせばスリーパーが起きて活動開始するのかわからない。なんで、システム全体をモニターして通常と違う動きがあればそこに駆けつけて起き出したスリーパー捕まえるってのが普通の手だ」

リンは、クーリエに目を戻した。

「ですよね？」

『はい、だいたい正解』

通信モニターの向こうで、クーリエは頷いた。

『だけど、今回は相手がとにかく巨大なのと、こちらが攻撃的調査ってちゃあんと堂々と店拡《ひろ》げてシステムに潜れること、それから管理側の協力も得られるってことなんで、見張りは基幹ネットワークのホスト側使わせてもらいます』

「えー、すげー!!」

リンが声を上げた。

「艦隊の基幹ネットワークのホストコンピューターってったら、現用最高グレードの巨大システムじゃないすか！　カイザーブレードキャリバーのブルー？　それともゴールド？」

『ブラックだって』

その道の専門家しか知らないようなハイパーコンピューターの名前を口にしたリンに、クーリエはもったいぶって答えた。

『それも、七つの星にある士官学校全部にひとつずつ、二四個所《かしょ》で同時並走だって。これだけあれば星間戦争どころか星団間戦争でも片目つぶってできるでしょうに、それが教育の基幹システムでしかなくて、艦隊の指揮通信網はまた別のカイザーブレードキャリバーが各色取り揃えていっぱい走ってるっていうんだから、ええ、金持ちには勝てません』

「すごいすごい！」

子供のように声を上げていたリンが、ふと気付いてクーリエの顔を見直した。

「それじゃ、弁天丸、ここに降りてくるんですか？」

『ネットワークでも基幹システムには触れるけど、このさい超光速回線の揺れや普段なら問題にならないタイムラグでもスリーパー追いかけるのに邪魔になるかもしれないから、できるだけ排除したいの』

クーリエは、茉莉香に目を戻した。

『ええ、そうです。弁天丸のシステムを士官学校の教育用ネットワークに直結するために、弁天丸は西ガイアポリスに着陸します。いいですか船長？』

「え、そりゃ、それが必要だって判断したならもちろん許可しますけど」

びっくり目のまま、茉莉香は訊いた。

「ここに？　この星の上に降りてくるの？　弁天丸って着陸できたの？」

茉莉香が弁天丸の船長になってから、弁天丸は地表に降りたことはない。大気圏内に突入して低空まで降りてきたことはあるが、着陸せずに再び軌道上に戻っている。

『そりゃもちろん、弁天丸は大気圏内でも飛べるようにできてますから、着陸用の脚くらい付いてます』

　当たり前のように、クーリエは答えた。

『でも、ちゃんと自分の脚でハビタブルゾーンの惑星の大気の底に降りるなんて、何年ぶりかしら』

「大丈夫なの？」

　茉莉香が眉をひそめる。

「正規艦隊の軍艦とシャトルしかいないような宇宙港に、うちみたいな年代物の海賊船が降りてきて着陸するなんて、それだけで騒ぎになったりしない？」

『ちゃんと仮装用の外装パネル借りて、目立たない輸送船かなんかに偽装しますよ』

　クーリエはぱたぱたと手を振った。

『着陸中は屋根付きのドックに入れてくれるようですし、見てくれだけで身バレするような間抜けはしません』

「大丈夫かしら」

　茉莉香は呟いた。

「まあ、うちの乗組員が大丈夫って言うなら、そっちの方が確実か」

『他に何か聞いておくべき話はありますか？』

　通信モニターの中から、ナッシュが寮と弁天丸のブリッジを見廻した。

『いろいろ打ち合わせとか擦り合わせとかあるけど、それはこっちでそっちと直に行なうからいい』

クーリエは言った。

『というわけで、船長、戦闘準備が完了したらまた連絡します』

『では、今回の定時連絡はこれで終了します。次回の定時連絡は、弁天丸がガイアポリスに着陸して基幹ネットワークに対する攻撃的調査の準備が完了してから行ないます』

型通りの挨拶をして、二個所と繋がっていた通信モニターは超光速回線特有のレインボーノイズを残して消えた。

「で、先輩」

通信終了の後始末を完了して念のためのチェックまでかけているリンに茉莉香が質問した。

「その、先輩が受けたっていう不審な接触って、いったいどんなのだったんですか？」

「実習訓練中は訓練生も教官もみんなインカム付けてるだろ？」

リンは、人差指を耳に当ててみせた。

「それで、通信回線越しのインカムの会話と、実際にそばにいる相手との肉声の会話を同時にこなさなきゃならなくなる。通信と生の声なら聞こえ方が違うし、立体表示付きのインカムで呼び出されれば通話相手の名前も表示される。だけど、同時並行でいくつもの会話が流れてて現状把握のために聞き耳たててなきゃならないみたいな忙しいときを狙ったみたいに、混信かと思うようなメッセージが聞こえることがあった」

「無線で？」

「無線か有線かってえと、両方あるからどっちでも行けるんだろうなあ」

通信終了後のチェックにも要注意の項目が引っ掛からないのを確認して、リンは回線をシヤットダウンした。

「最初は混信かと思ったが、あとから記録をチェックしてみてもそんな通信は残ってない。二度目のときはきっちり時間チェックしておいてあとからその時間帯の全通信記録当たってみたが、こっちの記憶にあるような通信記録はどこからも出てこなかった」

「候補生なのに、授業中の全通信記録当たれるんですか⁉」

「いろいろイカサマさせてもらってるからな。それに、情報部にレポート提出してあっちに当たってもらうとなると、どうやったってタイムラグが出る。時間がかかればかかるだけ、記録に細工されたり改竄されたりする機会も増える」

リンは、つい今しがた通信記録を消去したばかりの自分のコンピューターの立体表示を指した。

「あれみたいにね」

「ほとんど現場工作員じゃないですか」

「そだよ。んな仕事でもやらされるんじゃなきゃ、おれみたいな不良ハッカーが士官学校なんか入れてもらえるはずないじゃん」

「ええと」

「わざわざカイザーブレードキャリバーみたいな最高級のコンピューター用意しなくたって、候補生が自前で持ち込んで調べられても不審に思われない程度のシステムだって、通信記録を内容ごと消去するくらいできるんだ。ネットワーク側にがっちり食い込んでれば、痕跡なしにデータ消したり改造したり捏造《ねつぞう》したり、なんでもできる」

「大丈夫なんですか？」

「こっちが情報部の役に立っている限りは」

リンはあっさり言った。

「だから、情報部がこっちを切り捨てる気になったり、情報部より電子戦力に優れた敵対勢力に睨まれたりしたら、いろいろやばいことになるだろうなあ」

「やばいって、いったいどんなことです」

「退学とか放校処分ならまだいいけど、突然行方不明になるとかさ」

「やめてください」

「だってこれ、戦争だぜ。そのつもりでいたほうがいい。少なくとも、相手がこっちのために手加減してくれるとか手段を選んでくれるとか期待してたら、間違いなく負けるんだから」

「それは、そうですけど……」

「それで、不審な接触って、具体的に何があったんです？」

茉莉香に代わってチアキが質問した。

「助言だ」

リンは答えた。

「最初、それは通信回線に助言の形で聞こえた。複数の会話が飛び交ってるインカム聞きながら目の前の課題もこなさなきゃならない追い詰められてる状況で、インカム越しの通信にこうすればいいとかこっちが簡単とかの助言や提言が聞こえてくる。誰かが教えてくれたのか自分で思い付いたのかわからないうちにその通りにしてみると、とりあえずはうまくいく。

だけど、とにかく忙しい時間帯に突然ちょっとした手助けとか注意みたいな形で聞こえてくるんで、最初は教官かだれかがこっそり手助けしてくれてるのかと思った。ほら、忙しいときに助けてくれる小人さんとかお助けゴーストの話聞いたことない？」

「幻覚だって聞いてます」「気のせいだって言われました」

「いやまーそう言われてるけどさ、無線通信限定で現われるお助けゴースト、それも助言してくれるだけなら、基幹ネットワークの教育システムに実装されてても不思議ないなーとか思ったんだけど」

自分のコンピューターシステムに向き直ったリンは、コントロール・パネルに指を走らせた。

「授業中だって先生がちょっとヒントくれるとか、助けてくれるなんてときどきあるだろ。そんなもんかなーとか思ってたんだが、最初のときはよくわからなかったんだ」

「声が、助言してくれるんですか？」

チアキが訊く。リンは頷いた。

「それもやっかいなことに、毎回同じ声ってわけじゃない。誰かの声を真似《まね》てるのかとも思ったが、そのうちに毎回同じ声になった。たぶん、こっちの反応を見て、反応しやすい声に固定するようになってる」

「えー」

「つまりな、不審な接触かけてくるお助けゴーストは、こっちの状況を一から十までご存じで、こっちがどこまで事態を理解してどれだけ対処できてるかなんてところまでわかっていて助言ができるくらいの超知性体で、しかもこっちに合わせた声まで用意してくれる。それだけ見れば、生徒にとってこれほどありがたい存在もない」

「でも、そんなもの、公式には存在しない？」

「そうだ。これだけでかい学校なら伝説だの七不思議だのいくら存在したって不思議はないし、そのうちいくつかは学校に公式に存在認められてたり、マスコットキャラ扱いされてる伝説のゴーストだっている。でも公式非公式調べてみても、ときどき生徒を助けてくれるお助けゴーストのシステムなんて存在しない」

「教官からの助言じゃないんですね？」

「声が違う」

　リンは答えた。

「そう、ケースとしちゃ状況見てる教官のちょっとした助言ってのが一番近いんだが、それとは違う」

「それを、不審な接触だと判断した理由は、他にあるんですか？」

「都合がよすぎるんだよ。お助けゴーストに見せかけた不審な接触は、狙い澄ましたみたいにこっちが全力出してるときにやってくる。すぐに対処しなきゃならない切羽詰まってるときのお助けなら簡単に乗るし、その場でそれに乗っていいのかどうかゆっくり考えてる余裕もない。それと、積極的にお助けに乗るようになったら、目に見えてお助けの回数が増えた」

「なんと」

「こっちゃあ怪しいってわかってるからそのつもりで乗ってるけど、候補生が当てにするようになるとやばい。で、たぶんそれが向こうの狙いでもある」

リンは、日記らしい個人記録の中から週ごとの通信記録を呼び出して表示した。

「違法薬物とかゲームアプリと一緒さ。最初は無料でばら撒《ま》いて気前のいいふりしておいて、上客になりそうな客だけに重点的にセールスかける。もし乗らなきゃ、あるいは無視すればそのうちお助けゴーストも出なくなるのかとも思うけど、そいつを実験するには残念ながらおれ一人だけじゃ足りないし、実証したところであんまり益はないんで提案もしてない。情報部も、苦労して送り込んだ工作員にやらせるならもっと役に立ちそうな仕事させるだろう」

「じゃあ、その先は？」

「違法薬物なら、中毒にさせて高い商品売りつける。ゲームアプリならどんどん課金させて金を搾り取る。さて、まだ道半ばの候補生にお助けゴーストが取り憑《つ》いたら、なにを要求するのが一番得になると思う？」

「魂とか？」「候補生の、未来？」

「未来だろうなあ。楽にいい成績が取れるなら、それは候補生の未来につながる。代わりに、ちょいと言うことを聞いてもらう。たぶん、その程度でお助けゴーストの目的は達成される」

リンは、コンピューターにくるりと背を向けて茉莉香とチアキに向き直った。

「情報部の兄さんから聞いたろ。帝国艦隊の中に入り込んでいる可能性が高い仮想敵の目的は、勝つことじゃなくて戦闘を継続させることだって。もし、仮想敵が少なくとも戦闘指揮する艦隊司令部と同程度に戦況を正確確実に捕捉分析できてるなら、勝つか負けるかの分岐点にいて今まさに決断を求められている士官との直通通信に潜り込んで、耳元で仮想敵が望む展開になるような選択を囁《ささや》けばいい。士官学校時代から役に立ってるお助けゴーストの囁きで、しかも難しい決断を求められてるような状況なら、仮想敵が望む展開になるような命令を出させるのくらい簡単なんじゃないかな」

「そのために、士官学校の養成時代からお助けゴースト撒き散らしてるってことですか？」

「そう考えれば、いろいろ辻褄《つじつま》が合う。もし、帝国艦隊をほんとに意のままに操りたいなら有り余る電子戦力と技術力使って指揮通信網とコンピューターシステム好き勝手にすればいいところだろうけど、それだけじゃ帝国艦隊は動かせない。肝心なところは生身の知性体《にんげん》が判断下すように組み上げられてるからな。そして、手当たり次第に撒き餌《まえ》撒いておけば、どこでどんな事態が起きてもだいたいその先には士官学校でかつてお助けゴーストに助けられた恩義のある草がいて、いざって時に自分の意思じゃない決断を囁かれると」

リンは自分の頭に指鉄砲を向けて見せた。

「それが自分の決断なのかそれとも誰かに仕向けられたのかもわからないうちにそんな指示を出しちまう。それは、帝国艦隊を思い通りに動かすってことになるんじゃないかい？」

「一から十まで完全に支配しなくても、戦闘継続って目的は充分に達成されるってことですね」

茉莉香は恐ろしげに頷いた。

「そりゃあ、情報部があたしたちみたいなのまで動員してなんとかしようって気になるわけだ」

「しかも、こっちの予想通りなら規模が半端なくでかい」

リンは言った。

「士官候補生の、そうだな、一割じゃなくてもいい、一パーセントくらいにお助けゴーストで恩を売っておけば、毎日、現場に出ていく士官のなかでいざという時に使える手駒が増えていく。手駒だって、特定のひとつばっかり使ってたらいろいろ不審な点が出てくるだろうから、とっかえひっかえして使うだろう」

「ってことは、ひょっとしたら使われないまま終わる手駒もいるかも知れない？」

「不正を働くのに、ばれるほど長い間大規模でやるなんてのは捕まりたいバカのやることだ。候補生の未来に干渉したいお助けゴーストだって、苦労して育てた自分の味方が暴れ回って捕まって使えなくなるのも、ましてやそこから芋蔓《いもづる》式に自分のところまで調査が及ぶのも望ましい事態じゃない。となれば、目立たずに、でも少しは役に立つようになんておとなしい要求になると思う」

「昨日今日始まった計画じゃありませんよね」

険しい顔で、チアキが言った。

「どう考えても、一〇年二〇年単位で仕込みして成果を待つ、息の長い計画ですよね？」

「そう思う。つまり、この計画立てて実行してる情報部の仮想敵は、それだけ長い計画を実行できるだけの実力と気の長さと成果のでかさを待つことができる巨大な組織だって、それは最前線で囮《おとり》やってるこっちにだって想像できるくらいの相手なんだ。情報部が海賊を士官学校に送り込んででも尻尾掴みたいわけだぜ」

その日のうちに民間の輸送業者から偽装用の仮装パネルセットを受け取った弁天丸は、恒星間空間で装備作業に入った。

船体全てを張りぼてのように覆う仮装パネルは、船体の外観を偽装して宇宙船の正体を隠蔽するのに使われる。戦闘中の宇宙船が目視や光学観測で捉えられることはあまりないから、偽装は長期航行や入港時などに行なわれることが多い。

仮装パネルも、単にシルエットを変更するだけの風船のような単純なものから、増加装甲で多少の直撃にならら耐えられるもの、内部兵装を有効利用するために砲塔部分やミサイル発射口を可動ハッチで覆うもの、本来の機関配置にパネルを合わせて戦闘機動まで行なえるようにするものまで多種多様である。外装パネルはパターン化されているが、仮装パネルを装備する宇宙船は多種多様だから、内部構造はフレキシブルアームを多用して宇宙船本体に固定することになる。

弁天丸は、砲塔やミサイルパネルごと外装を覆う仮装パネルを装備した。姿勢制御及び戦闘機動に使う機動スラスターは必要最低限に覆い、必要以上に強化された機関部及び推進ノズルもカバーして本来の性能を隠匿する。

偽装作業には速度も必要だし作業も複雑ではないので、弁天丸はその日のうちに偽装パネルの艤装《ぎそう》を完了した。そのままシェイクダウン、試運転と軽い回避機動を行ない、輸送船としての運動性に問題がないことを確認する。

翌日。

旧式な細身の海賊船から太めの規格輸送船に変身した弁天丸は、手持ちにいくらでもある偽装船籍ではなく、情報部経由で来たポルト・セルーナに実在する軍需専門の民間船籍高速輸送船トム&ジェリー37の船籍を与えられて西ガイアポリス宇宙港に着陸した。

貨物船区画に着陸したトム&ジェリー37はそのまま自力で隣接する整備区画に移動、もっと大きな輸送船でもまるごと入るような巨大格納庫に入った。精密部品輸送用コンテナの接続と輸送準備のための整備名目で、入庫期間は未定。

実際には、入庫ついでの軽整備と、士官学校の教育ネットワークへの有線接続が行なわれる。

無線でも有線でも、ネットワークへの接続は戦闘空域に進入するに等しい行為である。その存在のみ有名で、帝国艦隊に所属する艦船なら艦載機からパワードスーツ、無人の探査機やドローンに至るまでがっちり接続される帝国艦隊の情報ネットワークへの有線接続は、弁天丸の全乗組員を戦闘状態並みに緊張させるのに充分な大仕事だった。

しかも、今回のミッションが続く限りは艦隊の情報ネットワークへの接続も継続する。

クーリエをリーダーに弁天丸の電子戦担当及び多少なりとも心得のあるものもないものも総動員しての接続作業はその日のうちに終了したが、確認、調整作業は翌日いっぱい続いた。

士官候補生としてガイアポリス西校で授業を受けているリン、茉莉香、チアキは、整備区画に入庫したトム&ジェリー37に近付かないようにナッシュ、クーリエの双方から厳命された。

弁天丸入庫三日目、あいもかわらず候補生としてぎっしり詰め込まれたスケジュールをこなすリン、茉莉香、チアキのもとに、弁天丸のクーリエから準備完了の報が届いた。以後、インカムなどのインターフェイスを通じてネットワークに接続されている三人の最新状況は、士官学校だけではなく弁天丸でもモニターされる。

「携帯端末持ってると、盗聴されてれば居場所から会話内容から筒抜けだってのは知ってたけど」

その日の放課後、やっと自室に戻った茉莉香は、耳からインカムを外した。

「ここまでされると実感あるよね」

「まだ虫取り前よ」

こちらもインカムを外したチアキは、ロッカーのバッグから私物のカード型携帯センサーを取り出した。作動させっぱなしのままバッグに入れていたセンサーのディスプレイを復活させ、不在中の自室になにものかの侵入や不審事が記録されていないかどうか確認、同時に盗聴器や盗撮カメラなどのモニターシステムが仕掛けられていないかどうか室内をセンシングする。

「うっかりしたこと言わない方がいいんじゃない？」

「ん」

「はい、センシング終了。異常なし。まあ、今日からはこの子も弁天丸のリアルタイム監視下に入ってるから、なんかあれば警告とか来てるだろうけど、話していいわよ」

「インカム外しても、その子がばっちりモニターしてるんだよね」

茉莉香は、チアキの手のカード型センサーに外したインカムを近づけて作動が切れているのを確認した。メインスイッチをオフにしてもモニター機能だけは生きている場合があるから油断ならない。

「こっちの身の安全のためにね」

チアキは、カード型センサーのディスプレイだけを消してバッグに戻し、ロッカーを閉じた。

「オデットII世に乗ってたって、弁天丸だって乗組員は二四時間モニターされてるでしょうに、今さらなに言ってんの」

「オデットII世だって弁天丸だって、二四時間モニターなのは生存確認の生命反応だけで、会話や行動までぜんぶ記録されてるわけじゃないもん。疲れるわあ」

「慣れなさい。うっかりしたことしなければいいんだし、記録はそのうち消去されるんだし、忘れ物の場所とかも教えてくれるんだから便利でいいでしょ」

「そっか、チアキちゃんったら子供のころからバルバルーサ乗ってたから、慣れてるんだ」

「慣れってえか、いつ命に関わるような非常事態になるかわからない宇宙船じゃそれが当たり前だって教えられて、実際何回か助かってるし。なに？　気になるの？」

「気にならないわけないでしょ。日常生活ぜんぶ、体調までまるごと監視されてるんだから」

「仕事だと思って慣れなさい。船長やってるときと比べれば、責任ないだけ楽でしょ？」

「そっか……」

茉莉香は少し考え込んだ。

「炎の七日間終わっても、戦闘状態だと思ってた方がいいんだ」

「帝国士官学校なんてところで候補生やらされてるのに、今さらなに言ってんだかこの子は」

「ねえ、不審な接触って、あたしたちのところまで来ると思う？」

「さあねえ」

チアキは、自分のデスクのコンピューターシステムを立ち上げた。

「わたしなら、狙わないけどねえ」

「やっぱり？」

「そりゃそうよ。狙うなら優秀な候補生、それも将来出世して艦隊勤務になりそうな実戦向けの優等生狙う方がどう考えたって陰謀の成功率上がるもの。いくら卒業率高いってってたって、進路どころかまだ成績も安定してないような新入生狙うメリットってったら、まだ士官学校に慣れないうちに手懐《てなず》けるくらいしかないいんじゃない？」

「そりゃそうよねー」

のろのろと自分のデスクに移動した茉莉香は、自分のコンピューターシステムを立ち上げた。自動で走るスキャナーと別に盗聴監視用スキャナーとダミーデータ生成スキャナーを手動で立ち上げてから、個人宛のメッセージを確認する。

「リン先輩も、最初の一カ月は不審な接触はないかあっても気付かないって言ってたし、てえことはなんか来るにしてもまだ先の話か」

「でもまあ、来ないと思って油断してると来るし、来ると思って待ち構えてると来ないし、しんどいのは確かよねー」

「毎日ごりごり神経削られてるみたいなのよねえ。ご飯はおいしいしぐっすり眠れるのはいいんだけど、眠りが深すぎてゆっくり寝た気がしないっていうか」

「毎日これだけ絞られればねえ。こんなレベルで乗組員育ててれば、そりゃあとんでもないレベルの艦隊できるわよねえ」

突然、室内に警報が鳴った。コンピューターシステムとロッカーの中、四方向から鳴った警報に、茉莉香とチアキは即座に反応してコンピューターのキーボードを叩いた。

「リン先輩のところに、接触！」

立体ディスプレイに最優先で表示された警報を、チアキが口頭で読み上げた。

「現在、弁天丸で対処中！」

「タイミングいいなー、さっすがリン先輩」

弁天丸はすでに戦闘状態に入っている。ロッカー内で一度だけ鳴った携帯端末は放っておいて、茉莉香とチアキは目の前のディスプレイに表示される情報の読み取りに集中した。

リンは、ガイアポリス西校最大最高のコンピューター、カイザーブレードキャリバーのグレードブラックも設置されているシューニアック記念棟、通称電子棟校舎で電子戦講習中だった。同時に数十人の候補生が受講中で、状況は地上基地で軌道上からの電子攻撃の迎撃。訓練状況であるために細かい状況設定はだいぶ省略されているが、上空に電子戦艦隊が滞空して地上基地の戦力を無力化しようと執拗《しつよう》に攻撃中である。

候補生は、地上基地でそれぞれの役職を割り振られて軌道上の電子戦艦隊に対処していた。仮想現実ベースのシミュレーションらしく、受講中の全員が違う役職でひとつの事態に対処しているわけではない。電子戦指揮、あるいは個々の戦況に対処しなければならない立場で、それぞれの戦況に対応している。

　仮想現実や、場合によっては現実の機材を使って実戦さながらの訓練実習を行なうのが、士官学校の基本教育方針である。致命的なミスを犯した場合はそれを指摘され、ミスを犯す寸前まで状況を巻き戻してのやり直しやあるいはミスを犯した状況からのリカバーを求められる。

　各候補生の状況は同時並列で進行するが、その進行度合いは一様ではない。訓練らしく実戦にある待ち時間や準備時間などは都合よく省略されるから、現実の戦闘なら数日がかりの電子戦も一日で完了できる。

　リンの戦況は、すでに終盤にさしかかっていた。地上基地からの有効な物理迎撃手段なしに軌道上の電子戦艦隊を相手にするという状況設定だから、敵味方ともに瞬時に戦闘を終結させるような最終兵器の使用は選択肢にない。電子戦艦隊に攻撃されると同時にネットワークから切断された地上基地は援軍が到着するまで耐えるか、電子戦艦隊を電子攻撃して無力化するなどの選択肢がある。

「うっわー」

　ディスプレイの状況表示を見た茉莉香は声を上げた。

「これ、教官用の表示じゃない？　敵も味方も、状況丸見えじゃない」

「それも、訓練用だから艦載機とか基地防衛用の航空隊とか省略されてるけど、ここまで細かい状況設定してるんだ」

　オデットⅡ世や海賊船のブリッジで見る戦況は、味方側一方からのものでしかない。敵方の状況は推定情報で、確実ではないと思った方がいい。

しかし、弁天丸経由で送られてくるリンの戦闘状況は、敵も味方も確定情報が表示され、未来の状況予想まで出ている。チアキはあちこち見廻して感心している。

「これが、クラスひとつ分の戦闘状況じゃなくて生徒一人分だけの状況だなんて、さすが士官学校ね」

「それに、戦争ゲームやってる管理者画面みたいに全部の状況が出てる。本物の戦争でも、これくらい状況見えてれば楽だろうなあ」

「見えるわけないでしょ」

「でもさ、よっぽど互角の戦力揃えて状況拮抗《きっこう》させない限りは、戦闘なんて実戦開始になるときにはその結果なんか九割方決まってるって言うじゃない。だったら、こういうの見れば負ける方も無駄な犠牲出す戦闘しなくて済むし、結果がわかってる戦闘ならやらなくても済むんじゃない？」

「実際に戦闘やろうなんて連中が負けたときのことなんか考えるもんですか」

チアキは険しい目で言った。

「相手が必ずしも最適手を取るとは限らない、なにか間違えるかも知れない。戦闘なんて、はじめる前は自分の都合と希望的観測だけで勝てるとしか思ってないわよ、どっちも」

「そりゃまあ、そうか。それで、ええと、これはなにがどうなってるんだ」

茉莉香は、敵味方双方の戦況から正確な最新状況を読み取ろうとして、それが自分が今やるべきことではないと気付いた。

「じゃなくて、えーとこっちはどうなってるんだ？」

不審な接触があれば、弁天丸は即座にその接触相手の特定のために動き出す。あとから記録を調べても特定の通信がその内容ごと書き換えられて辿れないということは、接触相手は基幹ネットワークの最上位に近い権限を持ってそこに出現している可能性が高い。

不審な接触がいつどこから行なわれるかわからないから、宇宙港の整備区画に陣取った弁天丸はガイアポリス西校の教育ネットワークから基幹ネットワークまで厳重な監視態勢を敷いた。しかし、状況が変化していることが知られれば仮想敵を含む監視対象が現われないことも考えられるから、監視は管理側の通常態勢に乗る形で監視していることすら気取られないように行なわなければならない。

監視対象は、まず候補生三人。インカム装着時の候補生はネットワークでの会話も肉声での会話もモニターされる。そして、インカム越しの会話についてはその都度通話相手が確認され、不審な接触なのかどうか判断される。

説明を聞くだけでうんざりするような監視システムを、しかしクーリエを中心とした弁天丸のスタッフは基幹ネットワークの管理会社が提供するツールを手直ししただけで素早《すばや》く作り上げた。半日ほどテスト運用して出てきた問題箇所に修正を加え、あとは運用しながら調整するので作戦開始と連絡が来たのが今朝の話である。

弁天丸に行けばもっと確実な情報が得られるのだろうが、茉莉香、チアキのところまで廻ってくるのはおこぼれのような概要でしかない。

「あとから説明してもらった方がいいかしら」

茉莉香は、自分よりも状況を理解していそうなチアキに声を掛けた。

「ねえ、現状でなんか手伝えそうなことある？」

「弁天丸もリン先輩も邪魔しちゃだめ」

こちらも手を出さずにじっとディスプレイを見たまま、チアキは答えた。

「一回や二回の接触で尻尾掴めるような甘い相手じゃないはずよ。今、わたしたちができるのは」

チアキは少し考えて言った。

「何が起きてるのか、理解すること。何が起きてるのか理解できれば、わたしたちのところで起きても対処しやすいかもしれないから」

「そうだね」

茉莉香は、文字で流れているリンの通信内容を見た。音声再生のモードもあるが、自動で文字情報に書き起こされる通信記録の方が聞き違えもないし理解も早い。

リンがシミュレーション上の基地の各部署と行なっている通信、教官との通信内容がずらっとスクロールして表示されているディスプレイを読み取りながら、茉莉香はサブディスプレイに最新のシミュレーション状況を表示させた。最低限の状況設定は理解しておかないと、会話内容にも付いていけない。

リンのシミュレーションは、設定の終盤状況にさしかかっていた。基地機能は保全されているが、軌道上の電子戦艦隊も全隻健在、もう間《ま》もなく味方の艦隊が援軍に駆けつけるから、それまで保たせれば基地側の勝ちになる。

攻撃側の電子戦艦隊は、敵基地を占領したのちに再利用したい。そのため、基地側に対する直接攻撃は最低限に抑えたい。つまり、地表の基地をできるだけ無傷で手に入れたい。そのため、ネットワーク越しの乗っ取りを電子戦艦が総掛かりで続けている。戦艦隊を撃退できるほどの有力な対軌道戦力を持たない基地側は、有力な援軍が到着するまで耐えるしかない。

基地側を指揮するリンは、軌道上の電子戦艦に対する電子攻撃と防御を行なって、最終盤まで基地機能を保持することに成功していた。援軍が到着したら撤退しなければならない戦力差を承知している戦艦隊は、基地に対する有線通信網を強引に構築するために降下部隊を出撃させている。リンは、電子戦艦隊相手の電子戦だけではなく、降下した部隊の迎撃と対処も行なわなければならない。

「まあ、ひどい状況だわねえ」

最低限の設定を読み取ったチアキが呟いた。

「楽な状況じゃ訓練にも勉強にもならないのはわかるけど、にしても戦艦隊の戦力が圧倒的に優位に設定されてるのは、攻城戦には三倍の戦力が必要って基本に忠実なだけかしら」

「戦艦隊、有利ねー」

同じ戦況を見ている茉莉香が言った。

「軌道上から、基地に突入させる降下部隊の掩護《えんご》に電子攻撃と艦砲射撃かあ。基地構造なんて軌道上からの探査《センシング》でだいたいばれるし、あ、でも、軌道上から基地のどこ狙って艦砲射撃されるかで、降下部隊の突入ポイントだいたい予想できるんじゃないの？」

「そんな簡単な相手じゃないわね」

チアキは、戦況ディスプレイに今までの概略を呼び出した。

「軌道上の電子戦艦は、作戦開始後に定期便みたいに基地に向けて艦砲射撃を行なってる。基地中枢はフル・パワーの艦砲射撃でも抜けないような地下に重装甲付きで収まってるからその辺りの心配はないけど、地上設備はけっこーやられてるわね」

「軌道上の戦艦隊、なんでとっとと基地のアンテナ破壊しちゃわないんだろ？　そうすれば地上からの電子攻撃の心配しなくて済むのに」

「そしたら、軌道上からの電子攻撃もできなくなるからでしょ」

チアキに言われて、茉莉香はあっと言う顔をした。

「訓練目的がそうだから、だろうけど、基地のアンテナを破壊したら、戦艦も基地も電子攻撃できなくなっちゃう。まあ、そしたらどうすればいいかって訓練もやってるだろうし、じっさいリン先輩も基地のアンテナだけ使って電子戦してる訳じゃないみたいだけど」

「えー？　基地のまわりに隠しアンテナでもあるの？」

「それもあるでしょうけど、ほら、星の設定が農業も漁業もやってる惑星で、電子戦対応してる本部はこの基地だけだけど、惑星地表とそれから極地にもいくつか基地があって、もちろん緒戦でいくつかは潰されてるけど、民間用の観測天文台とか通信ネットワークとか使って反撃してる」

「そんなことまでできる設定なんだ」

「これでも訓練目的でいくつも設定省略してるって話だけど、ほんと、ここまでできるんなら実戦やらなくてもって気になるわよねえ。で、当面の問題は戦艦隊が次の基地の上空通過に合わせて定期的な地上攻撃を行なうって予測できてることと、それにタイミングを合わせて降下部隊が基地内に突入してくるだろうってこと」

「基地側、っていうかリン先輩はそれわかってるの？」

「半日前に上陸艇が降下してきて、それ相手の迎撃戦やってるから承知してるでしょうねえ。基地近傍に降下してきた上陸艇はあらかた撃退してるけど、はるか彼方《かなた》に降りたのまでは迎撃できてないし、そこから移動してくる突入部隊がいることもわかってるはず」

「そうか、そういう状況か」

茉莉香は、あらためて基地側の状況を見た。友軍の到着を待って耐えている地上基地は、この三日間の戦闘でかなりの被害を受けている。

「友軍の到着予定時刻はもうすぐ、てことは、ここで突入部隊を耐えきればたぶんリン先輩の勝ち」

「耐えきって終わっても、戦闘終了後の評価とかいろいろあるだろうけど、まあそういうことね」

「定期的な軌道上からの攻撃を掩護射撃に降下部隊が基地に突入してくるって状況はリン先輩も承知してるけど、手持ちの陸戦隊はじわじわ削られて配備できる数は限られてる。突入ルートはいくつか想定できるけど、降下部隊の戦力推定からすると想定全ルートに配置するには足りないから、突入ルートを予測して配置しておくしかない」

「その状況で、不審な接触があった」

攻め手側の降下部隊は、地上戦力を避けるようなルートで基地に接近している。双方の最新状況が同時に表示される戦況ディスプレイを見たまま、茉莉香はあとを引き取った。

「リン先輩は、降下部隊が軌道上の戦艦隊の掩護を受ける前提で、軌道上からの艦砲射撃パターンを観測してから迎撃用陸戦隊を出撃させるつもりだった。ところが、基地が軌道上から砲撃されてる最中に、リン先輩のインカムに謎のお助けゴーストが出た」

茉莉香は、通信記録から自動生成された文字記録をディスプレイに呼び出した。弁天丸側のモニターでリアルタイム生成された通話記録と学校側の記録ですでに齟齬《そご》が発生している。

「リン先輩は、砲撃が薄かった地点から降下部隊が潜入してくるものと判断してそちらに迎撃部隊を向かわせようとした。お助けゴーストは、軌道上からの砲撃が攻撃側の陽動で、手薄になったはずの重点攻撃側が降下部隊の侵入経路になるって教えてる」

リンが対処している通信は、基地各部からの報告とそれに対する指揮通信である。音声通信と文字通信が怒濤《どとう》のように押し寄せてくる。基地防衛を指揮するリンは、自動対応できるものは自動対応に任せ、そうでないものには的確な指示を与え続けなければならない。

迎撃態勢のシフトは、降下部隊の侵入が通常の電子戦防衛手順にないものだからその都度指示を変更する必要がある。常に最適手を取るコンピューターは状況が開始されてからでないと対応できないから、判断できる情報が揃わない限りは先手を取ることはない。

リンは、どこの誰からともわからない音声通信による降下部隊の突入経路の情報に、その根拠を簡単に質問して確認しただけでそれ以上追及しようとしなかった。陸戦隊を、降下部隊迎撃のために突入経路に向かわせる。

「ねえ……」

指示された経路に向かった陸戦隊は、お助けゴーストの情報通りに侵入してきた降下部隊の迎撃に成功した。降下部隊と接触、確認後終始優勢に戦闘を進め、撃退する。

「さすが、リン先輩」

鮮やかな指揮ぶりに、チアキは感心していた。

「シミュレーションでもこれだけ見事に対応してれば、さぞかし教官の覚えもめでたくなるでしょう」

「これ、リン先輩、わざとやってない？」

チアキは、難しい顔で敵味方双方の戦況ディスプレイを見つめている茉莉香に顔を上げた。

「なんのこと？」

「だからさ、先輩、わざとお助けゴーストが出てきやすいような状況を自分で作ってるんじゃないかしら？」

「え？」

言われて、チアキは自分の目の前に表示されている戦闘情報を見廻した。

「どういうこと？」

「降下部隊がどこから侵入してこようと、その目的は中央コンピューターとそれに繋《つな》がる基幹ネットワークでしょ。中央コンピューターは基地の地下深くに防護されてるから、地下トンネルでも掘って来ない限りはいきなり押さえられる心配はない。だったら、降下部隊が狙えるのは基幹ネットワークだけなんだから、中央コンピューター直上の基幹ネットワークのターミナルで待ち構えてれば、黙っててもそこに来るんじゃない？」

茉莉香に言われて、チアキは斜めに見ただけの基地構造概念図を立体表示に呼び出した。

「ああ、なるほど、そういうことか」

「降下部隊を早めに撃退できればそりゃああとが楽になるけど、どこ守ってればいいかわかってて、どのルートから来るかわからない敵相手にわざわざ陸戦隊動かすようなやらなくてもいいことやるなんて、リン先輩らしくないと思うんだけど」

「えー⁇」

チアキは、改めて戦闘情報を見直した。シミュレーションだから、現実にある待ち時間やタイムラグは省略されて、戦闘は終末状況に入っている。降下部隊の任務失敗を知った軌道上の電子戦艦隊は、有力な敵援軍の先遣隊到着と同時に撤退を開始していた。正規の就業時間はいささかオーバーしているが、シミュレーションはリンの指揮する基地側の勝利で終わりつつある。

「どういうことよ、わかりやすく説明しなさい」

「んーと、だからね」

茉莉香は、戦闘処理段階に入った敵味方のシミュレーションの戦闘情報をあちこち見廻しながら考えをまとめるようにゆっくり頭を振った。

「もし、リン先輩が完璧で、お助けゴーストが出てくる余地もないような隙のない指揮ばっかりなら、たぶん不審な接触もないんじゃないかと思うんだ、そういう最優秀の生徒なら引っかけるのも難しいだろうし」

「これだけ見事なリン先輩の指揮が、完璧じゃないっていうの？」

「えーとねえ、終段の指揮だけでももっと早くに指示してもよさそうなのを、わざわざ保留にして後回しにしにしてるのがいくつかあるんだ」

茉莉香は、丸一日にわたる戦闘シミュレーションの中の大きなきっかけになるような状況をいくつかピックアップして見せた。

「軌道上の電子戦艦隊に対する通信妨害のタイミングとか、軌道砲撃に対する電子妨害とか、やり方が決まってる相手ならもっと簡単に済ませればいいのに、わざと手間かけてるように見えるの」

戦況ディスプレイが、シミュレーション終了を示す状況終了の文字を映しだした。最終結果がリストになって表示される。

「お助けゴーストは、候補生が迷ってたり決断できないような状況じゃないと出てこれないでしょ。だから、リン先輩、わざとお助けゴーストが不審な接触してきやすいような状況いくつも作って粘ってたんじゃないかなー」

「ん、当たり」

夕食後。

居室を訪れた茉莉香が入れたお茶のカップ片手に、自室のコンピューターシステムで日常業務の虫取りとスキャンをしながら、リンは答えた。

「そっか、手さえ空いてれば、弁天丸から送られてくるシミュレーションデータ、敵も味方も見放題なんだな。そんなの見てればなに考えてるか筒抜けだったろ？」

言われて、チアキは目を逸《そ》らした。

「恥ずかしながら、戦況を読み取って何が起きてるのか理解するだけで精一杯でした。わたしには茉莉香やリン先輩みたいな指揮官の才能はないみたいです」

「そおかな？　今じゃもう教育メソッド完璧にでき上がってるから、おれや茉莉香みたいに自己流の癖付いてない方がいい指揮官に教育されるかもよ？」

「わたしの才能についてはあとで。それじゃ先輩、不審な接触が起こりやすいようにわざわざ戦局コントロールしながら戦闘指揮してたってことですか？」

「戦局コントロールなんて大したもんじゃないよ。ただ、今までのケースだと、お助けゴーストは状況が多重並列で進行中で、こっちが短時間にいろいろ判断しなきゃならない時を狙って現われる。なんで、そういう状況作れそうなときは、指導教官に怪しまれない程度に判断遅らせたりしていろいろとっ散らかってぐちゃぐちゃになりやすいようにやってた、つもりだったが、そおかあ、茉莉香ちゃんにはばればれだったかあ」

「マルチタスクで手際良く片付けるのが得意な先輩がやってるのに手際がよくないところがあったんで、わざとかなーと思ったんです」

茉莉香は、リンのコンピューターをちらちら気にしている。

「で、どうでした？」

「お助けゴースト？　不審な接触？」

「不審な接触のほうです」

茉莉香は答えた。

「っていうか、お助けゴーストって狙って出せるようなものなんですか？」

「さあ？　今回は狙って出せたけど、まあそういう状況狙って作ってもあっちにその気がないと難しいんじゃないかなー。だけど、弁天丸のバックアップが完璧にできてる状況で呼び出せたのはラッキーだった。モニターできてたんなら、そのあとどうにかなったかなー」

リンは茉莉香とチアキに訊いた。

「その辺りまで、見えた？」

チアキは首を振った。茉莉香は答えた。

「弁天丸は、先輩のところに出てきたお助けゴーストを追跡とか解析とかしようとしてたんじゃないかと思いますが、こっちにまで状況廻すほど弁天丸も暇じゃないし、余分な通信データ流して尻尾出すこともないだろうし、その後警報もなんにも鳴ってないところ見るとあんまり成果も出なかったんじゃないかなーと」

「最初っから大物期待しちゃいけねえ」

リンはにやりと笑った。

「不審な接触かけてくる奴がこっちの期待通りの大物なら、正式ルートで学校の基幹ネットワークに攻撃的調査が開始されてるのも承知してるはずだ。身を隠す気があるなら潜り込んで来たネットワークの状況も見てるはず。まあその辺りも、弁天丸から連絡が来れば教えてもらえるんじゃないかと思うけど」

リンのコンピューターが、軽やかな呼び出し音を奏でた。

「よし来た！」

相手先も通信内容も偽装されているのを確認して、リンは通信回線を開いた。通信モニターに、クーリエが弁天丸のブリッジを背景に現われた。

『こちら弁天丸です』

通信モニターの向こうから、クーリエがこちらの部屋を見廻した。

『全員揃ってますね。お疲れさまでした。とくにリン、本日のお勤め、ご苦労様でした』

「地上業務、お疲れさまでした」

答えてから、茉莉香は首を傾《かし》げた。

「え、でも弁天丸はお仕事中よね？」

『戦闘体制のまま、基幹システムのモニター続行中です』

仏頂面のまま、クーリエは答えた。

『さすがに船動かす必要はないんでそっちは休んでもらってますしレーダーとか艦載兵装も使用予定ないですけど、電子関係は二四時間戦闘体制です。しばらく続くと思うんで、ちゃんとシフト組んでますからご心配なく』

「正常稼働中？」

確認するように茉莉香が訊いた。

『はい、今のところ弁天丸及び周辺状況に問題はありません』

「じゃあ、そんな厄介な敵なの？」

訊いた茉莉香の顔を、リンとチアキが見直した。

『わかりますか？』

ぐるぐる眼鏡のクーリエのくちもとがゆるんだ。

『ええ、相当な難敵です。今回、こちらのモニター態勢が整ってからリンさんに対する不審な接触があったんで、これ幸《さいわ》いと気付いてないふりして見てたんですが、正直これほどの相手とは思ってませんでした。舐《な》めてました』

茉莉香はびっくり顔で通信モニターのクーリエを見直した。

「そんなすごい相手なの!?」

『中央の情報部がうちみたいな田舎海賊に仕事廻してくれるわけですよ。細かい説明は省略しますんで聞きたければあとからリンにでも聞いてみてください』

「そんなしっかりした相手だったの？」

リンが訊く。

「いやあ、せっかくこっちの監視状況が整ったってえけど、今週最初の接触でいきなり今までと違う対応したら怪しまれるだろうと思っていつもどおり相手したつもりだったんだ。もう少し引き延ばした方がよかった？」

『リンさんの対応には問題ありません。相手は今まで何年基幹ネットワークに潜んでお仕事してたかもわからない年季の入った使い魔です。ここに来て対応変えたら向こうが怪しんでしばらく接触が止《や》む可能性があります。そしたら、今そこにいる三人だけじゃなくて他の候補生まで常時監視しなきゃお助けゴーストとか不審な接触とかモニターできなくなりますけど、残念ながら今の弁天丸にはそんな余力はありません』

「何があったの？」

茉莉香が訊く。

「せっかく弁天丸地上に降ろしてまでいくらでも電子戦に戦力投入できる態勢整えたのに、なにか間違えてたの？」

『いいえ、戦闘態勢や対応するためのシフトの組み方とかはだいたい合ってました。間違えてたのは、仮想敵の規模です』

「ええ？」

「そりゃあ、士官学校の教育ネットワークに潜り込んでくるくらいの敵だから大掛かりだろうとは思ってたけど」

リンは通信の片手間に自分のコンピューターのコンソールを叩きはじめた。

「弁天丸だって最上位の管理者権限貰《もら》ってるんでしょ？　候補生の通話記録を簡単に書き換えられるような相手だから、そりゃあ簡単じゃないと思ってたけど」

『今日までの準備で、候補生三人とそこに絡むすべてのデータはがっちり追跡可能なシステムを組んだつもりでした』

クーリエは仏頂面のまま説明をはじめた。

『今回は、弁天丸はサブシステムというか監視役しかやってません。カイザーブレードキャリバーなんて次元違いの化けものが中枢に居座ってる教育ネットワークに、弁天丸程度の計算力で挑んだところで相手にもされません』

「弁天丸のコンピューターが旧式なのは今に始まった話じゃないでしょーに」

リンがぶつぶつと言う。

「古いコンピューターをあちこち改造してアップデートして高速化して、まともに勝負したら絶対勝てない最新型に運用とイカサマで勝つのがねーさんたち電子海賊の本領でしょーに」

『好意的な評価ありがと』

クーリエは笑った。

『そりゃあね、宇宙空間で電子戦やろーってえんなら、その時々の状況ってもんがあるから、相手が帝国艦隊最新の電子戦艦シュテッケン級でもなんとかしてみせるわよ。旧式でも最新型でも、宇宙空間や超光速回線飛んでくデータの規格は同じなんだし、敵を墜《お》とそうって目的も一緒なんだから。でも、帝国艦隊の基幹ネットワークに入ってちゃんと仕事してるふりしながら、その中にステルスしてる悪意のある使い魔を狩ろうと思ったら、尻尾の先にもっと大きな怪獣の影が見えたってところ』

「見えたんですか！」

リンが声を上げた。

「今日稼働開始したシステムじゃ、動作状況確認するのが精一杯だと思ってた」

『不審な接触の頻度はそれほど多くないからね』

クーリエが頷く。

『こっちが待ち構えてるところに飛び込んできてくれれば、そりゃあ逃がしゃしないわ。ただし、あっちも普段は身を隠してこっそりやってる自覚はあるでしょうから、それなりの備えはしてるはず。だとすると、進入経路をチェックしながらなおかつ相手の監視に引っ掛からないようにこっちの動きを逐一消す必要がある。あんまり派手な反応して、あっちに監視に気付かれたらせっかくの仕込みが無駄になるんだから』

「うわあー」

チアキがいやそうに頭を振る。

「何言ってるかわからないけどすんごい手間かけてめんどくさいことやってるのはわかるー」

『弁天丸《うち》だけでこと構えようと思ったら大変ですけどね、今回は情報部の肝入りで士官学校全面協力のもと仕込みやらせてもらってますから、回線と設備に関しては楽させてもらってます』

「つまり、こっちが準備万端待ち構えてるところに、お助けゴーストはその状況を知ってか知らずか飛び込んできた。ガイアポリスの教育ネットワークに業者が攻撃的調査かけてるのは公報されてるから知ってて不思議はないとして、そんな顔してるってことはまんまと逃げられたってこと？」

『逃げられたんじゃなくて逃がしたんです』

クーリエはリンの言葉を訂正した。

『もとより、最初っからステルスしてる敵の正体をたった一回の接触で突き止められるなんて期待してません。これは、体裁こそ電子戦ですがやってることは諜報戦みたいなものですから、そう簡単に結果が出る作戦でもないんです』

「予定通りに進行したんじゃないの？」

　茉莉香が訊く。

「それじゃあ、いったいなにが起きたの？」

『さっきも言ったとおり、細かい調査手順は省略します。詳しいところが聞きたければ、リンが理解してるでしょうからあとで説明聞いてください。リンの通信回線に現われた使い魔は、授業で行なっていた基地防衛戦のシミュレーションに適切な助言をして、リンと短い会話を行ないました。船長とチアキちゃんが見ていた通りです』

「やっぱ見てたか」

　茉莉香が呟いた。

『こっちから警報鳴らしたんですから、どうなったかくらいは見てます。予想外だったのは、お助けゴーストの出現経路です。てっきりシステムに潜伏してて必要なときだけ出てきて、足跡消してまた潜伏するみたいなスリーパーだと思ってたんですが、違いました』

「えー!?」

　またもリンが声を上げた。

「だって、進行中のシミュレーション見て的確な助言出せるってことは、教官と同じように敵味方の状況全部みてそれで口出ししてきてるんだろ？　教官レベルのネットワークにステルスしてるスリーパーじゃなかったの？」

『こっちもそのつもりで網張ってたんですけどね』

クーリエは言った。

『それも、初手から警戒されてもあとの仕事がやりにくくなるんで、モニターしてるのもばれないように気を付けながら出現経路確認したら、どうやら教育ネットワークでステルスして寝てたんじゃなくて、上から降りてきたみたいなんです』

「上?」

妙な顔で、リンは部屋の天井を指した。

「どこのこと?」

『どこだと思います?』

クーリエのぐるぐる眼鏡が不気味な光を帯びた。

『士官学校を結ぶ教育ネットワークの上、基幹ネットワークのさらに上位です』

ヒントを出された候補生三人は顔を見合わせた。

「基幹ネットワークのさらに上位ってえと?」

帝国艦隊は、末端までの確実な戦闘指揮、末端からの確実な情報収集のための最優先通信網を整備している。銀河系でもっとも堅固でもっとも精緻に管理されているネットワークの名前を、茉莉香は知っていた。

「指揮通信網!?」

『正解です』

クーリエは仏頂面に戻った。

『シミュレーションの最中に現われたお助けゴーストは、最上位の指揮通信網から降りてきていました。つまり、使い魔を放って操ってる親玉の正体を暴くためには、銀河最大の戦力を動かしてる指揮通信網の中を自由に動き回る必要があります。攻撃的調査の対象範囲については無制限って言質を当事責任者からもらってるけど、可能な限り穏便にとも言われてる。これはまさに、高度な判断を必要とする局面よねえ、ナッシュ？』

一瞬の静寂が流れた。えー!?　と裏返った声をあげて、リンはキーボードを連続音にしか聞こえない勢いで叩き出した。

「うそだろ、前回に引き続き今回は情報部がうちの回線クラッキングしてんの？」

『クラッキングだなんて人聞きの悪い』

「あー!!」

リンが操作もしていないのに、新しい通信モニターが開いてナッシュが現われた。

「てめこの！　どうやって、なにやった!!」

『もちろん、情報部の大事なエージェントとの連絡手段の確立はいついかなるときも重要ですから』

「支給品のコンピューターシステムだからってきっちりバックドアチェックして全部潰したつもりだったのに、ソフトウェアか、こっちが見てない間にそっちからなんか仕込んだのか！」

『正規の通信回線ですよ。リンさんが使っているシステムにそんな厄介なものを仕込んだらこちらの信用度が下がりますからね、そんなことはしていません』

「弁天丸の回線に乗ってきたのか！」

新しく現われた通信モニターの経路を特定したリンがキーボードを叩く手を止めた。

「下請け会社用回線？　帝国艦隊ったらそんなもんまで用意してるの？」

『盗聴されていても当たり障りのないダミー会話が自動生成で流れてます。今までのところ、暗号通信が破られたことはありません』

「てえことは、自動生成された会話だってこととその裏で暗号通信してるってところまではばれるの？」

『最近は自動生成の質も上がりまして、ちゃあんと業務内容に沿ったそれらしい会話が流れるようになってますから、ご心配なく。この通信も、もし外部にモニターされて記録されていたとしても、解読には一〇〇年くらいかかるほどの圧縮暗号化がかかってますから、心配ありません』

『心配ないって言われて素直に聞くほど素人じゃありません』

クーリエがぶっきらぼうに答えた。

『けどまあ、現状でできる限りの対策はやってますから、もしそれが役に立ってなければ我々が相手にできるような敵じゃなかったということです』

通信モニターの中のクーリエの視線がナッシュに向いた。

『レポートは提出しましたし、今の話も聞いてましたね？』

『はい』

ナッシュは答えた。そのつもりでチェックした通信をモニターされていることに気付かなくてがっくりきているリンを無視して、クーリエは質問を続けた。

『それでは、依頼主《クライアント》の見解を聞かせて下さい。レポートの通り、お助けゴーストが出てきたのは基幹ネットワークよりさらに上位の指揮通信網です。つまり、不審な接触は指揮通信網から行なわれていることになります。攻撃的調査の対象範囲は限定しないという話でしたが、方針を変えずに調査を続けますか？』

『その前に確認したいことがいくつかあります』

通信モニターのナッシュは軽く片手を上げた。

『あなたの個人的な感触で構いません。あるいは弁天丸の乗組員が感じている雰囲気でもいい。指揮通信網から不審な接触を行なっているものは、どれほどの大物だと思いますか？』

「いきなりそこかよ」

リンが唸《うな》った。

「使い魔がほんとに指揮通信網から降りてきたとか、その辺りいまさら確認する必要がないくらいにはねーさんのレポートがしっかりしてたってことか」

『あたしの感触でいいの？』

クーリエの眼鏡が不気味な光を放った。

『うちのスタッフがどう感じてるかなんていちいち確認してないわよ。感触とか勘は大事だけど、戦闘中にスタッフみんなに確認したり聞いて廻ったりするものじゃないもの』

『構いません。もとより情報部もそんなあやふやな感覚では動きません。しかし、参考意見としては非常に貴重です。なぜなら、今回弁天丸から提出されたレポートは、帝国艦隊に噂《うわさ》されている仮想敵の存在をはじめて実証したものだからです』

『ほんとかしら？』

クーリエは気のない声で答えた。

『今までにお助けゴーストの存在も不審な接触も実証されてないのなら、どうして部外者である海賊にこれほど大掛かりなお仕事依頼できたのかわからないけど、それはまあいいわ。お助けゴーストがどこから出てきたか、どこら辺にいる存在が不審な接触を行なってきてるのか？　あたしの感触で良ければ教えてあげる』

クーリエは、ぐるぐる眼鏡に人差指を当てた。

『統合参謀司令部』

リンがうげっと妙な声を出した。クーリエは続けた。

『基幹ネットワーク、指揮通信網の中を痕跡も残さずに自由に動き回れるような上位存在は統合参謀司令部くらいよ。何年間もこんな活動続けて尻尾も掴ませず、情報部が危機感を抱くくらいの実績を上げているのなら、そいつらは指揮通信網の中を統合参謀司令部のダイレクトメッセージと同格で動き回れることになる。攻撃的調査するのに必要なネットワーク管理者権限じゃ足りない』

『統合参謀司令部が、今回の敵だと、そういう感触を得たということですか？』

慎重に言葉を選んで、ナッシュが質問する。クーリエはゆっくり首を振った。

『ちょっと違うわね。敵は、少なくとも統合参謀司令部と同格の管理資格とか上位性、それを存分に発揮できるだけのノウハウを持って指揮通信網から基幹ネットワークの中を動き回ってる。追いかけようとしてる敵がどこにでも入り込めてなんでもできるワイルドカード持ってるようなものだから、厄介極まりないけど、でもそれは統合参謀司令部とは別の存在だと思う』

『それは、銀河を守護する帝国艦隊の頭脳である統合参謀司令部にそんなものがあってはならないという希望的観測を含んだ願望ではありませんか？』

『海賊にそんなものあると思う？』

　ぐるぐる眼鏡越しに、クーリエはナッシュを軽く睨み付けた。

『統合参謀司令部からの指令なら、こんな持って回った動き方しない。時間最優先で、命令系統の最短距離を突っ走るもの。ばれないようにこっそりモニターしてたって消えたり現われたり別階層に行ったり来たり、こういうのは普段からそういう悪さばっかりやり慣れてるダークサイドの生き物の所業よ』

「うわあー」

　リンが自分のことを言われているように首をすくめた。目を閉じたナッシュは頷いたように見えた。

『良かった』

『ん？』

　クーリエが聞き直す。ナッシュは目を開いた。

『あなたが、わたしと同じものを見てくれたことに感謝します』

　リンは目を剥《む》いた。茉莉香は興味深げに通信モニターのナッシュとクーリエの顔を見比べている。

『なによ、どういう意味？』

『わたしも、この件は情報部より上の統合参謀司令部の中から出てきたのではないかと推測していたということですよ』

ナッシュは、通信モニター越しにクーリエの顔を見直した。

『弁天丸からのレポートだけではない。きっちり監視システムを用意しているところにお助けゴーストが現われてくれたのははじめてですが、しかし類似の現象はこれが最初ではありません。今までに中央から辺境まであらゆる場所で類似の現象が報告されています。あとから確認してもそのすべてに証拠となる記録が確認できないので信頼性はそれほど高くありませんが、しかし、どの現象も、もしそんなことが可能ならそれを行なったものは最上位かそれに近い管理者権限を持っていることを示しています』

ナッシュは通信モニターの中で微笑んだ。

『ええ、クーリエ。わたしも、あれは統合参謀司令部と同じレベルの別のところにいると、そう考えていました』

『なら、話は早いわ』

クーリエは邪悪な笑みを浮かべた。

『統合参謀司令部と同じ権限ちょうだい。そしたら、やっと互角の立場でお助けゴーストを追いかけられる』

『統合参謀司令部と同じ権限、ですか？』

ナッシュは確認するようにクーリエの言葉を繰り返した。

『それはつまり、七つの艦隊司令部に対する指揮権も寄越せということですか？』

『それがなきゃ指揮通信網で同等の自由度が持てないっていうんなら、そういうことになるわね。指揮権なんかいらないわよ、権限だけ寄越してくれればあとはこっちでどうにでもするわ』

『それこそ高度な判断が必要な案件です。ネットワークの調査にそれが必要なことはこちらも理解しておりますが、今ここではい解りましたと付与できるようなものではないことは理解して頂けるかと』

『つまんないこと言ってんじゃないわよ。それともうひとつ、統合参謀司令部と同等以上の権限持ってる部署と会社、全部教えて』

『統合参謀司令部に関しては階層図を見て頂ければあの通りですが』

『寝言言ってんじゃないわよ、統合参謀司令部ってったら魑魅魍魎《ちみもうりよう》が百鬼夜行してる銀河最大の地獄の遊園地でしょうが。どの部署がどのレベルの権限持ってネットワークうろついてるかなんて公式の階層図見たってわかりゃしないわ。指揮通信網への権限と自由度、使用頻度だけでいい、最高って言われる権限持ってる全部署のリストと、それから同等の権限持ってる会社のリスト、全部』

通信モニターのナッシュは、クーリエの顔を興味深げに見つめた。

『統合参謀司令部に喧嘩《けんか》売る気じゃないでしょうね？』

『それは、こっちの台詞《せりふ》よ』

クーリエは、通信モニターの中からナッシュを見返した。

『あなたのミッションを完遂しようと思ったら、帝国艦隊の統合参謀司令部を敵に廻す可能性がある。情報部は、司令部を仮想敵に認定する度胸はあるの？』

『それこそまさに高度な判断を要する事案です。それに、まだ統合参謀司令部が情報部の仮想敵と決まった訳じゃない』

『そう、幸いにしてね。司令部以外にも同等の権限を持つ会社や組織があるはず。指揮通信網だってネットワークである以上、面倒見てる会社や組織があるでしょ。そのリストも全部。高度な判断はこっちでせっついたって無駄でしょうから待てるだけ待ってあげる。リストはどれくらいで届く？』

『今、送りました』

クーリエがちょっと驚いた顔をした。

『……用意してたの？』

『弁天丸からのレポートを分析評価してから作らせました。今、担当部署から届いたばかりでわたしはチェックしていません。細かい間違いなどありましたらご容赦を。もっと信用できるデータは精査完了次第送ります』

『はい、受信確認』

クーリエが、通信モニターの外でパネルを叩いた。

『このリストはこっちで分析するわね。どこら辺を重点的に監視すべきか考えとく。実際にはじめるかどうかは、高度な判断とやらに従いましょう』

クーリエが、視線をナッシュに戻した。

『何分くらい待てばいい？』

『まさかこの通信している間にできる判断だと思っているわけでもないでしょう』

ナッシュは曖昧な笑顔を見せた。

『この件については、いつまで、と確実な約束はできません。可及的速やかに関係各所に掛け合って判断を下しますので、しばらくお待ちください』

クーリエはふんと鼻を鳴らした。

『わかってるでしょうけど、関係各所に掛け合うってその手続きが利敵行為になる可能性があるわ。仮想敵は、司令部と同等の権限で指揮通信網の中を泳ぎ回れる。つまり、あなたが関係各所に取る連絡も同じように見られる可能性があるのよ』

『わかっています』

『それともうひとつ。あたしたちは今、敵の尻尾を掴まえられるかも知れない手がかりを得ている。だけど、時間をかければかけるだけこっちの勝率は落ちていくわ。こっちは昨日今日やっと基幹ネットワークの中に足がかりを作っただけだけど、あっちはもう何年前から活動してるかわからないんだから、こっちにアドバンテージがあるとすればどれだけ素早く動いて相手を追い詰められるか、だけなんだから』

ナッシュは、通信モニターの中でわずかに考え込んだ。

『わかりました。少し待ってもらえますか？』

『このまま？　回線切らずに？』

『幸いにして上司《ボス》がモニターされる心配のない距離にいます。あまり長く戻ってこないようなら、構いません、回線を切って次の連絡を待ってください』

一瞬間を空けて、クーリエは頷いた。

『わかった、健闘を祈る。行ってらっしゃい』

通信モニターに映っていたナッシュが立ち上がって画角から消えた。あとに、殺風景というより意図的に色を抜いたような背景色だけが映し出される通信モニターだけが残される。

『すっかり宮仕えが身に付いちゃって、まー』

クーリエは手を振ってナッシュを見送った。リンの部屋の三人に向き直る。

『さて、そういうわけで現状はこんな感じです。なにか質問があれば今の時間にどうぞ』

三人は顔を見合わせた。うずうずしているリンに代わって、茉莉香がおずおずと手を上げる。

『はい、船長、どうぞ』

「今の、なに？」

茉莉香は訊いた。

「そっちがめいっぱい手を広げてお仕事してるのはわかってるけど、大丈夫なのそこまで手を広げて？」

『弁天丸側としては問題ありません。そりゃあ弁天丸だけで指揮通信網に潜り込むってったら骨ですが、幸い今はガイアポリスのカイザーブレードキャリバーを自由に使える身の上です。設備も態勢も足りてます』

「だって、帝国艦隊の指揮通信網ってったら、全銀河に広がる最大最強の軍用ネットワークよ。その中に入るってだけでも大変なのに、さらにその上最上位の権限持ってお仕事しに行くなんて」

『現状じゃ、情報部からの仕事ができません』

仏頂面のまま、クーリエは答えた。

『あたしは、把握している現状と予想される展開から必要な権限の増強を求めただけです。もしナッシュの頭が正常に回転してるなら、これは情報部にとってもチャンスなはずです』

「何がチャンスなのよ？」

『こっちが要求しているのは権限だけで追加予算でも追加装備でもありません。つまり、このカードをうまく使えば今回の件に関して情報部のどこがどんな顔するか、表向きだけじゃない立場とかいろいろわかるはずなんだけど、まあそこまでこの短時間で調べが付くはずはないんで、さあてどうするかな？』

「余裕だねえ」

リンは感心している。

「情報部の彼氏の立場まで心配する余裕があるとは、さっすがねーさん」

『彼氏じゃありません』

クーリエがぐるぐる眼鏡から怪光線を発した。

『心配してるのは、依頼された仕事をちゃんとお金もらえるレベルで仕上げられるかどうか、ついでに情報部や帝国艦隊にあとで役に立つような恩を売れるかどうかだけです』

「心配してるようには見えないけど」

『お待たせしました』

通信モニターに、ナッシュが戻ってきた。

『はいおかえりなさい。上司はなんて言ってた？』

『残念ですが、指揮通信網での司令部級の権限の付与はできないそうです』

ナッシュは頷いた。

『現状の教育ネットワークへの攻撃的調査以上の仕事は期待していないと。部外者が指揮通信網で暴れ回ったら情報部として責任が取れないから勘弁してくれと、そう言われました』

ナッシュはにっこりと笑顔を浮かべて通信モニターの向こうのクーリエと、寮の候補生三人の顔を見廻した。

『そういうわけで、期待に添えない結果になりました。申し訳ありません。いくらなんでもこのままではどうしようもできないので、もう少しなんとかならないか動いてみますが、あまり期待しないでください』

ナッシュは、視線をクーリエに戻した。

『まあ、だいたい予想通りだわ』

クーリエは仏頂面のまま頷いた。

『根回しがうまくいくよう、期待しないで待ってる』

『では、そういうことでお願いします』

ナッシュは軽く頭を下げた。

『みなさんも、くれぐれも無理しないようにしてください。状況が変化したらこちらから連絡を入れます。では、また』

　弁天丸を経由した情報部からの通信は、レインボーノイズを残して消えた。ほぼ反射的に、リンは通信回線をチェックして回線が間違いなくカットされているのを確認した。ダミー通話データはまだ流れている。

『見てたわね？』

　レインボーノイズが消えるのを待って、クーリエは娘たちの顔を見廻した。気の抜けた顔のリンとチアキが不満そうに口を尖《とが》らせる。ひとり、茉莉香だけが難しい顔で頷いた。

「じゃあ、やっぱりそういうこと？」

『そういうことです。情報部員の言うことなんか額面通りに受け取っちゃいけません。最後の最後にああいう会話しておけば、もし情報部経由でさっきの通信がモニターされてても相手を不必要に緊張させずに済みますから』

「ナッシュさん、よくあの短時間で上司説得できたわね」

『ああ、あれはたぶんお芝居です。どこの情報部に部下の仕事の最新状況まで把握して必要事項の許可判断まで出せるような都合のいい上司がいるもんですか』

「それじゃあ、ナッシュさん、この通信が漏れてる可能性まで考慮してあんな芝居をしたって、そういうこと？」

『そういうことになりますね。情報部からうち通した回線にそこまで注意しなきゃならないとなると、あっちにも今回の敵の厄介さは充分に理解いただけてるようです』

「ちょっと待ちなさいよ！」

チアキが割って入った。

「クーリエさんと茉莉香だけでわかってるような話しないで説明しなさい！　いったいどういうこと、情報部はこの仕事続けさせる気なの止めさせる気なの!?」

「ナッシュさんの顔見てたでしょ」

茉莉香はチアキに言った。

「自分の作戦が中止になるような事態なら、もう少し深刻な顔すると思うの。なのに、今まで見たことないような笑顔だった。クーリエも顔色も変えなかったから、あーこれは言ってることとやってること全然別だなーと思って」

「それじゃあ、口で言ってたこととこれからの作戦方針は正反対って、そういうこと?」

「たぶん」

あまり自信なさそうに、茉莉香はクーリエに目を戻した。

「ほんとに作戦中止とかだったらクーリエももうすこしいろいろ確認すると思うのに、あっさり流しちゃったから、そうかなーって」

『だから、情報部の言うことなんか信じちゃいけません』

通信モニターの中のクーリエは、涼しい顔で言った。

『こっちは、これからわざわざ情報部が作ってくれたリストを精査して、仮想敵がいそうな階層に見当付けます。うちの現状の権限でも網張ることはできますし、権限レベルから仮想敵の居場所に見当付けることもできるでしょうから』

「えーとつまり、作戦続行ってことか」

リンがしげしげと通信モニターのクーリエの顔を見直した。

「ねーさん、よくあんなめんどくさいのと付き合ってますねえ」

『付き合ってません』

クーリエのぐるぐる眼鏡が再び怪光線を発した。リンがあわてて言い訳する。

「いやそういう意味じゃなくて、情報部みたいなめんどくさいところとよく付き合ってて話が通じるなーと思って」

『通じてないかも知れませんよ』

クーリエがにんまりと笑顔を見せた。

『こっちが勝手な解釈してるだけで、あのバカの言葉を額面通りに受け取るべき状況なのかも知れません』

「でも、クーリエはそうは判断しなかったんでしょ?」

茉莉香は無邪気な笑顔を見せた。

「だったら、あたしはクーリエを信じる。みんなもでしょ?」

『こっちの方が責任重大ですね』

クーリエのくちもとがゆるんだ。茉莉香は頷いた。

「しっかり仕事してよ、いろいろ大事なものがかかってるんだから」

第五章　卒業演習

情報部からのリストの修正版は、翌日の朝になって弁天丸《べんてんまる》に到着した。

さっそくチェックした朝番の百眼《ひゃくめ》によると、最初に送られてきたリストからの修正点は企業側の名前と権限に集中していた。

最初のリストでは、統合参謀司令部の枠内で指揮通信網に優先権を持つ部署がすべてリストアップされていた。修正版では、アクセス頻度が最新のものに差し替えられていたくらいで内容に大した変更点はない。

企業側のリストに対しては、名称、部署及び権限、アクセス頻度から通信容量にまで修正がかけられていた。念の入ったことに最近数年分のデータまで添付されていて、情報部記録課の丹念な仕事ぶりに百眼は唸《うな》った。

この時点で、クーリエを中心とする弁天丸電子戦スタッフが敵の本丸の可能性大と目星を付けていたのは、統合参謀司令部内で自由に指揮通信網を使える権限を持つ部署ともうひとつ、指揮通信網の維持開発を請け負っている企業体だった。

銀河系最大の通信会社であるＧＴ＆Ｔ及びその傘下の企業体は、帝国艦隊から指揮通信網の維持管理を委託されている。指揮通信網は民間の通信ネットワークとはその信頼性も反応速度も別物だが、原理や構造は共通しているところもある。信頼性が最重要視され、民間よりはるかに経費をかけられる軍用ネットワークである指揮通信網の開発構築で実用化されたのちに民間ネットワークでも使われるようになった技術も多い。また、通信環境がよくない辺境部でも確実に使用できる軍用ネットワークは、条件付きで部分的に民間に開放されているケースもある。

しかし、統合参謀司令部が直接に指揮通信網を管理する核恒星系では、ＧＴ＆Ｔの関与の度合いは低い。ＧＴ＆Ｔ内の高等通信研究所は統合参謀司令部から委託された研究テーマや開発計画をいくつも抱えていて指揮通信網へのアクセスも日常的に行なっているが、それは現在の弁天丸の権限でも通信内容までチェックできるレベルのもので機密度はそれほど高くない。

核恒星系の指揮通信網は、統合参謀司令部に直轄管理されている。表向きそう公報されていても、それ以上の内情は簡単には出てこない。しかし、ナッシュから厳重部外秘の注意付きで回ってきたリストには、その辺りの情報も適切に整理されて載っていた。

専門家であるシュニッツァーを中心としたチームが、統合参謀司令部系の指揮通信網の解析に当たった。

統合参謀司令部は指揮通信網の最上位に存在する。しかし、その内実は複雑怪奇に成長を続ける銀河系最大最強の官僚機構であり、入り組んだ命令系統を理解しやすいように解きほぐすだけでも部外者には一苦労である。

統合参謀司令部内で指揮通信網を常時監視、管理している指揮通信網管理司令所は、実質的に最高レベルの管理権限を有している。しかしその役目は通信内容及び指揮通信網構造の監視整備に限定されている。指揮通信網を日常的に使用監視はしていて最高レベルの権限も保持しているが、実際にその権限を生かした活動を行なうことは少ない。

統合参謀司令部で、指揮通信網の使用頻度も通信容量も最も多かったのは戦略参謀情報部だった。第一艦隊から第七艦隊までの各艦隊司令部との情報共有及び戦略目標に関する通信が多い。その通信データのあまりの多さと、それがほとんど教育ネットワークに現われることがないことを理由に、シュニッツァーは早々に労多くして益なしと判断して戦略参謀情報部系の通信を監視対象から外した。残る部署も、高度な権限を持って指揮通信網の利用頻度が高い順に優先順位を付けて調査確認する。

同じ作業は、統合参謀司令部外で指揮通信網に高い権限を持つ帝国艦隊内外の部署及び民間企業のリストに対しても行なわれた。数はこちらの方がはるかに多いため、クーリエ、百眼を中心にしたスタッフの数もシュニッツァー配下の陸戦隊より多数動員される。

クーリエの取った手段はシュニッツァーよりも実戦的だった。指揮通信網に対して統合参謀司令部と同格の権限を持つすべての部署、企業体のリストを作り、それらの教育ネットワークに対するアクセス頻度を調査したのである。

教育ネットワークに記録されているアクセス回数と弁天丸側の記録に齟齬《そご》が出れば、それはアクセス記録を偽装しているかアクセスそのものを偽装している可能性がある。また、アクセス記録がほとんどあるいは全くないものに関しては、マークを外しても問題ない。

もちろん、アクセスそのものを偽装して、頻繁にアクセスしているにもかかわらずその都度足跡を消し、アクセス記録をゼロにする手もある。管理側の記録まで自由に書き換えできるような権限を持つ相手には、過去の記録を調べたところで相手の都合のいいデータが出てくるだけだと判断して、クーリエは大胆に調査対象を絞り込んでいった。

一朝一夕に終わる作業ではない。せっかく電子戦闘準備を終えて、本戦開始まではモニターだけの楽な仕事だと思っていた弁天丸乗組員は連日の調査作業に忙殺されることになった。

作業日数が延びて行くにつれて、基幹ネットワークに対する攻撃的調査を続ける弁天丸のデータも蓄積されていく。数日後には、統合参謀司令部内及び目を付けた民間企業や機関の指揮通信網へのアクセスモニター態勢が整い、実際のアクセス状況が監視できるようになる。

情報部からの弁天丸の権限拡大もまた、一気には行なわれなかった。ナッシュが情報部内でどう活動したのか、進行中の作戦がどう評価されているのかまでは弁天丸の誰も知らない。しかし、基幹ネットワークと指揮通信網に対する弁天丸の権限は毎日少しずつ拡大、上昇していった。

翌週の定時連絡では、クーリエは拡大された弁天丸の権限にまだ不満顔だった。しかし、翌々週の定時連絡では、クーリエがナッシュに礼を言う場面が三人の候補生を驚かせた。

『現状では、弁天丸としてはこれ以上の権限拡大は求めません』

クーリエは通信回線越しのナッシュに言った。

『もしそのつもりで監視してるものが指揮通信網にいた場合、現状以上の権限を弁天丸が駆使して活動するとその動きや目的を仮想敵に読み取られる可能性があります。まあ、使うか使わないかはこちら次第なので、現状以上の権限が降ってきても不自由はないと思いますが』

『満足いただけてなによりです』

にっこりと、ナッシュは答えた。

『そちらから廻《まわ》していただいた最新のデータが説得材料として役に立ちました。指揮通信網ほどのネットワークであれば、それなりにきっちり運用しているものと思っていた上の認識がだいぶ変わりましたので、それでいくつかの交渉をスムーズに進めることができました』

『ネットワークがまっとうに構築されて動いてるのは、関わる知性体《にんげん》がまじめに自分の仕事してるからです。実情を知らない人ほど、コンピューターがゼロから構築した最高効率のネットワークがメンテナンス・フリーで動いてると思ってるみたいですけど、それだったらあたしたちが苦労する必要なんてありません』

『実際に指揮通信網を維持し、整備している艦隊内の部署や民間企業がどれだけアクセスを偽装しているかのデータは、かなり衝撃的だったようです』

『ああ、あれねー』

クーリエはなんでもなさそうに言った。

『あれも、そっちが弁天丸の権限上げてくれたから取れたデータだけど、こっちだって実際に記録とって突き合わせてみるまでは基幹ネットワークのアクセス記録があんなに日常的に改竄《かいざん》されてるなんて思ってもみなかったわよ。わかってると思うけど、アクセスも改竄もそのほとんどがメンテナンスと非常対応の応急処置で、それが改竄されて正式記録に残ってないのはいちいち報告書提出して許可得てると間に合わないとか事後報告だと山のような始末書提出しなきゃならないとかいうそっちの運用の問題だからね、もしこれからも基幹ネットワークを調子良く運用しようと思ってるなら、もう少し風通し良くしないと先長くないからね』

『進言しておきます』

ナッシュは苦笑いした。

『指揮通信網だけではなく基幹ネットワークにまで運用方針の変更を求められるとは、ひょっとしたら今回の件であなた方が帝国艦隊に与えるもっとも大きな衝撃はこれになるかも知れませんよ』

『報酬が割り増しになるなら喜んで受け取るわ』

クーリエのぐるぐる眼鏡がきらーんと光った。

『問題は、これだけ不正規のアクセスが多いのが基幹ネットワークの日常運用になってることが、不正を働く側にとっても楽に動ける状況になってるってこと。そりゃそうよ、こっちだって調べてみるまでこんなずぶずぶな運用してるなんて思ってもみなかったんだから。基幹ネットワークだけじゃなくて指揮通信網の記録書き換えが管理権限次第でこんなに簡単にできるなら、不正しようと思えばやり放題よ?』

クーリエはわざとらしく声を潜めた。

『今までに、そんなことなかったの?』

『皆無だった、とは言えないでしょう』

ナッシュはもっともらしい顔で答えた。

『でなければ、必ず敵より優位な戦力で圧倒するのが基本戦略である帝国艦隊が、誇れたものではない惨敗をいくつも喫している理由がわかりません。もっとも、統合参謀司令部もそんな危険を認識してるからこそ、ナンバーズ・フリートに対しては統合参謀司令部からの一元指揮ではなく各艦隊司令部からの直接指揮を優先させているのでしょう』

『まあ、おかげでこっちも気にしないで監視範囲いくらでも拡《ひろ》げられる上に、監視しましたなんて記録も遠慮なく消しながら次から次へと移動できるわけだけど』

クーリエは、通信モニターの向こうのナッシュから目を逸《そ》らした。

『ありがとう。感謝するわ、これでずいぶん仕事がやりやすくなりました』

「おー」

士官学校の寮の居室で定時連絡に出ていたリン、茉莉香《まりか》、チアキの三人が低く揃《そろ》った声を上げた。通信モニターのナッシュは満足げに微笑《ほほえ》んだ。

クーリエは、ナッシュを軽く睨《にら》み付けた。

『なによ、恩着せがましく苦労話とかしなくていいの？』

『ええ、いろいろと大変でしたが、今の一言で報われました』

ナッシュは頷《うなず》いた。

『それで、拡大された権限で、成果は上がりそうですか？』

『先週は、リンに対するお助けゴーストの接触は一回だけ』

クーリエは仕事用の仏頂面に戻った。

『船長とチアキちゃんに対する表立った接触はまだ確認されていませんが、二人の通信記録及び成績表に対する出どころ不明のアクセスが何回かありました。これはうちの二人に限らず、他の生徒全員に対しても似たような頻度で行なわれているものと推測できます。実際、教育ネットワークに対するすべてのアクセスとデータ流量の記録と、弁天丸で計測した実際に流れたデータ流量との差を比較したところ、誤差以上の有意差が認められました。現段階で、お助けゴーストを操る不審な接触者は全生徒の成績と授業態度、その能力を士官学校と同程度に正確に把握しているものと思われます』

「ついに来たかあー」

リンは楽しそうに茉莉香とチアキの顔を見た。

「二人の成績なら、もうすぐ不審な接触を体験できるかもよ」

「いやまあ、それが目的でここに来たわけですけど」

茉莉香は、気の乗らない顔で通信モニターを見ている。

「でも、それって、敵の規模がクーリエの予想より大きいってことになりませんか？」

『なんでそう思うんですか？』

「だって、現時点で新入生の成績とか全部詳細に見てるってことは、敵はこのガイアポリスの士官学校だけじゃなくて帝国の全部の士官学校で同じことやってるって考えるべきでしょ。うちだけでも確認すべきデータとんでもない量になると思うし、それだけのデータを正確に分析してるってことは大量のデータを効率的に処理するシステムがもうどっかにでき上がってるってことじゃない？」

『そこまでの予想はしてました。問題ありません』

クーリエは平然と言った。

『ここのカイザーブレードキャリバーを使わせてもらってるのは、基幹ネットワークの莫大《ばくだい》な通信量から必要なデータだけを狙って取り出すためだけじゃありません。超光速回線の向こうで動いてるはずの敵の巨大なシステムに対して、せめて計算力だけでも整えておかないと互角以上に闘えないからです』

「さすがねーさん」

リンがぱちぱちと手を打った。

「ここの辺りまでは予想通りってことか」

『そうです。これでやっと、仮想敵相手に闘える態勢が整いました。今までは仮想敵がこちらの監視先に気まぐれに出してくるちょっかいを待って逆探知するくらいしかできませんでしたが、これからはいろいろとできるようになります。ただし、仮想敵がどれだけ注意深くネットワークを見ているか、神経使ってステルスしてるか、非常事態にどれだけの対応を用意しているかまではわかりません。なので、もし相手の正体を暴くなり居場所を突き止めるなりするなら、一気に勝負を決める必要があります』

『あいかわらず実戦的ですね』

ナッシュは苦笑いした。

『どんな手を考えているのですか？』

『その前に、毎回で申し訳ないけど確認しなきゃならないことがあります』

クーリエは、通信モニターの中からぐるぐる眼鏡越しにまっすぐにナッシュを見た。

『なんでしょう？』

『今回、うちの船長とその仲間に来た依頼は、本来の帝国艦隊とは違う方針を求めて帝国艦隊内に形成されている地下組織の存在を確認するために士官学校に潜入、帝国艦隊士官育成段階からの接触を待って相手の正体を探るというものでした。今回の作戦を全力で実行した場合、その結果にかかわらず仮想敵は少なくとも士官学校における活動を自粛することが予想されます。つまり、せっかくここまで築き上げた監視網もそれがもたらすであろう将来的成果も、この作戦を実行するとほぼ確実に失われます。その件については、情報部は承知していますか？』

『ああ、その件ですか』

ナッシュは頷いた。

『大丈夫です。今回、弁天丸の協力を得てガイアポリス西校に作ることができた監視用ネットワークは、弁天丸の有能なスタッフ、とくにクーちゃんと百眼、シュニッツァーなどの優秀な海賊がいてこそ作り上げられたものです』

『クーちゃんて言うな』

クーリエはぐるぐる眼鏡から怪光線を発した。気にもしないでナッシュは続けた。

『あなた方を長期契約でこの仕事だけに貼り付けておくことが可能ならばこの監視網を維持成長させることもできるでしょうが、それはできない相談でしょう』

『わかってるならいいわ』

『契約にあるとおり、今回の弁天丸の仕事についてはすべての作戦が終了したのちに情報部で共有、分析評価する予定です。その結果として我々は海賊流の手口やノウハウを学ぶことになるでしょう。今回の作戦が終了したのちに、こちらで独自の監視網を構築するか、あるいは現状の監視網に新たなシステムを付け加えることになるかは、こちらの問題です』

『んじゃ、こっちが提案した作戦実行して、情報部の仮想敵がしばらく鳴り潜めることになってもいいのね？』

『問題ありません』

ナッシュは頷いた。

『結果がどうなろうと、仮想敵の活動をしばらくの間でも封じ込めることができるなら、それは成果と言えるでしょう』

「戦争はじめる前から成功したときと失敗したときの心配してるんかー」

話を聞いていたリンがもっともらしい顔で腕を組んだ。

「さすが情報部、ってーかそれが帝国の戦争のやり方ってことかー」

『なに感心してるんです。戦争するのはあなたたちですよ』

クーリエに言われて、三人はぎょっとした顔で通信モニターを見直した。

『ご存知《ぞんじ》の通り、士官学校の入学と卒業は標準暦の四半期に一度ずつあります』

すでに情報部相手に最低限の作戦提案は終わっているのだろう。クーリエは、当事者である三人に対する説明を開始した。

『つまり、新入生相手の炎の七日間が標準暦一年の間に四回行なわれるのと同じように、ガイアポリスの四つの士官学校が合同で行う最大規模の卒業演習も、一年に四回行なわれるわけです』

「卒業演習」

すでにそれをいちど経験しているリンが呟《つぶや》いた。

「いやでも、茉莉香やチアキちゃんみたいな新入生は最前線に配属される訳じゃなくて、だいたい見学ときどきお手伝いな感じじゃないの？」

「卒業演習ってなに？」

「今調べてる」

チアキは、リンの部屋に持ち込んだ携帯端末を指先で叩《たた》いている。

「士官学校で毎期一回行なわれる、星間戦争規模の演習。士官学校所属の練習艦隊が全艦出撃して、敵艦隊役はナンバーズ・フリートが務める」

「練習艦隊が全艦出撃!?」

茉莉香は声を上げた。まだその一部しか見ていないが、ガイアG4星系の練習艦隊は戦略戦艦や空母打撃部隊まで揃っている大艦隊である。名称こそ練習艦隊だが、その規模は平均的なレベルの独立星系の自衛艦隊や星間国家の防衛軍をはるかに上回る。

「しかも敵艦隊役が別にいるってことは、演習に参加するのは単純に考えて練習艦隊の倍の規模ってこと!?　そんな数集めてここで戦争するの!?」

その準備と手間を考えて、茉莉香は悲鳴を上げた。

「心配しなくても、演習だから。艦隊揃えるのも作戦立てて動かすのもわたしたちじゃないんだから安心しなさい」

「あ、そっか、そうだよね」

『卒業演習で、いったいなにをする気ですか？』

訊《き》いたナッシュに、クーリエは邪悪な笑みを浮かべた。

『いいわねえ、こっちの提案ちゃんと読んでるくせに、うちの若いのが聞いてるからわざわざ質問してくれるその芝居っ気、嫌いじゃないわよ。情報部には今さら説明の要もないでしょうが、演習とは言っても戦略規模の艦隊が正面戦闘する毎回の卒業演習では優に実際に戦われる星間戦争規模以上の情報量が飛び交うことになります』

クーリエの眼鏡がきらーんと光った。

『参加する候補生は卒業予定の最上級生を主力に在校の全員。その全員が戦闘態勢の中でさまざまな決断を下さなければなりません。卒業演習こそ、仮想敵が放つお助けゴーストがもっとも大量発生するイベントだと推測されます。そして、ナンバーズ・フリートも参加するということは教育ネットワークと基幹ネットワークの双方に大量の戦闘情報が流れる上に、指揮通信網も実地に使われることになります。お助けゴースト最大の繁忙期ということはつまり、我々にとっても最大の狩りのシーズンということです』

銀河標準暦の一年に四回行なわれる卒業演習は、星間戦争規模の艦隊決戦を想定した大演習である。主催は士官学校の練習艦隊だが、帝国艦隊で定期的に行なわれる演習としては最大規模になる。

今どき艦隊決戦が行なわれる機会がどれだけあるのかとか、辺境区では艦隊同士の大規模戦闘がしばしば行なわれているので演習効果は高いとかいろいろ言われているが、帝国艦隊としては候補生たちが士官学校を卒業する一大イベントとして連綿として行なわれている卒業演習を中止する気などさらさらない。

第一から第七まである帝国艦隊とは別に編成されている練習艦隊は、その規模こそ聖王家直衛の近衛艦隊である第一艦隊に劣るものの、最新装備が優先的に廻されていることにおいては第一艦隊に次ぐ。

帝国艦隊に勤務する士官の中で、艦隊勤務が最も長くなることが予想されるのが学校出身者である。であれば、これから最も長く勤めるはずの士官候補生は、これから扱うことになるはずの最新機材で教育するのがもっとも効率がいい。

一般に、艦艇でも設備でも、最新のものはまず第一艦隊に配備される。次に練習艦隊に配備され、最新設備に習熟した候補生がナンバーズ・フリートに配属されることになる。

練習艦隊とは言っても揃えられている装備は最新のものである。名目上の戦力だけなら、その数値はナンバーズ・フリートの同規模編成艦隊の正面戦力を上回ることも珍しくない。

乗組員は配属前の候補生でも、装備は最新鋭の練習艦隊に対して、演習の敵役を務めるナンバーズ・フリートは持ち回りで演習艦隊を編成する。

辺境勤務で実戦が多い第七艦隊は卒業演習に参加することはほとんどない。また、近衛艦隊である第一艦隊も卒業演習で敵役を務めることはない。練習艦隊の敵役は、銀河帝国領内を担当区とする第二から第六までの艦隊から編成される。

演習の想定は、毎回違う。ガイアG4星系で行なわれる卒業演習の場合は、練習艦隊対ナンバーズ・フリートの艦隊戦が設定され、ほとんどの場合練習艦隊が侵攻側であるナンバーズ・フリートの敵艦隊から母星系を守るシナリオである。

卒業演習の準備は、演習の状況が開始される一ヶ月前から。ガイアG4星系を戦場とする艦隊決戦が行なわれるための状況設定は一ヶ月前から想定されている。卒業予定の候補生を中心に組まれた総司令部は、想定されている状況に合わせて艦隊決戦のための戦闘準備を整えなければならない。

艦隊決戦のために、ガイアG4星系の練習艦隊はその持てる戦力をすべて投入しなければならない。士官学校の候補生たちは、新入生から卒業予定の最上級生までその全員が、通常の授業を受けながら総力戦の準備を行なわなければならない。

艦隊決戦の準備とはつまり、スケジュールされた作戦開始予定日に向けて全ての艦艇と装備と人員の戦闘準備を整える作業である。この段階で、候補生たちは整備、補給、編成といった戦争に必要な事項を実践的に学び、優先順位を判断するという経験を積む。

いくどかの実戦経験があり、星間戦争を経験している茉莉香、チアキ、リンたちにとってもそれは楽な作業ではなかった。候補生は、練習艦隊に所属する全ての艦艇の整備補給を指示し、乗り組む人員を編成しなければならない。練習艦隊所属の巨大な戦略戦艦、最新の電子戦艦、攻撃空母などの大型艦から、最前線で戦う機動巡洋艦、降下作戦を行なう強襲揚陸艦、それらに搭載される大は小型巡洋艦に分類されるような重攻撃機から小は単身で着込むパワードスーツ、さらに現地で展開される無人プローブまで、加えてそれらに充分な整備と補給を行なうための補給艦隊の運用までが候補生たちの手に委ねられる。

先例がいくらでもあり、コンピューターがその都度必要な助言をくれるとはいえ、無限に近い選択肢の中からもっとも適切な、あるいは最適に近いと思われる指示は候補生たちが下さなければならない。卒業間近の候補生たちは大型艦の整備補給と装備の確認、乗員の編成を行ない、必要な補給艦や整備ドックの手配まで行なわなければならない。

新入生たちも、楽はさせてもらえない。卒業予定生や上級生たちに比べれば与えられる権限も低いし責任も軽いが、それぞれ担当部署を指定されて、各々の兵装や兵器を準備し、あるいはそのための補給や整備を行なわなければならない。

大規模な作戦準備を候補生に行なわせるのは、それが帝国艦隊と宇宙戦争というものを生徒に理解させるもっとも直接的かつ実践的な方法だからと言い習わされている。実際に艦隊士官として勤めるようになれば、仕事の過半が事務仕事になる現役士官は、士官学校のもっとも実践的な授業は卒業演習のための準備であると口を揃える。

年四回も卒業演習という大規模な作戦の準備を行なう候補生は、戦争とそれを行なう帝国艦隊の構造と動きを身をもって学ぶことになる。それは同時に、候補生に多大なる負担を強いることにもなる。

「もーおいやー！」

チアキは、この日何度目かになる悲鳴を上げた。

「なんでそれなりの理性と教養備えてるはずの知性体《にんげん》が戦争なんて非合理的で手間のかかるしかも破壊するしか能がない厄介ごとなんかしたがるのか、理解できない！」

「候補生に演習準備までさせるのは、艦隊士官を平和主義者にするためだって説があるぜ」

こちらも自分の担当の整備補給スケジュールを課外活動の時間内に終わらせられなかったので、夕食後の自由時間にまで持ち込んでいたリンが作業の片手間に応えた。スケジュール策定だけではなく担当者や業者への連絡までが候補生の役目である。

「自分たちが使う兵器の威力をいちばんよく知ってるのは他ならぬ艦隊士官だけど、それを使うための手間まで教えておけば、手間がかかる大規模戦略兵器ほど安易に使わなくなるだろうって話だ」

「どーせ大規模戦略兵器使いたがるのは準備から発射まで現場に任せっきりのお偉いさんでしょ。そうよ、戦争が始まったら現場を知らないお偉いさんに補給から兵站《へいたん》から全部レクチャーしていちいちお伺いたてたてうんざりさせてやればいいんだわ」

「毒されてる毒されてる」

リンが笑う。

「な、自分で準備までやらされると、戦闘なんてめんどくせー、やりたくねーって思うだろ。これが、どんな星間法や道徳教育するよりも実戦回避に役立ってるって話だぜ」

「あとから始末書なんてのよりはずっと確実だし、宇宙船がどうやって動いてるか学習するためにも役に立つとは思います」

こちらも浮かない顔の茉莉香が言った。

「いちおー弁天丸でも似たようなことやってるから、帝国艦隊でもやってるだろなーとは思ってたけど、でも候補生がやらされるとは思ってなかった」

茉莉香は、リンに顔を上げた。

「こういう厄介でめんどくさい仕事こそ、お助けゴーストの出番じゃないんですか？　役に立ちそうな接触があれば少しくらい不審だろうが怪しかろうが、みんな飛びつくんじゃないんですか？」

「ほら、インカムして教官の指導受けながらの教科じゃないから」

リンはちょいちょいと耳を指してみせた。

「やらなきゃならないことは山積みだけど、実戦と違って時間勝負で処理しなきゃならないわけじゃない。戦闘と違って最適手を選択できなくても、状況が急変するわけじゃないしリカバーもできる。それよりも、とにかく仕込みと準備が大事だって教え込むのが目的の課題だからなあ、たぶん、お助けゴーストもいろいろ出て来にくいんじゃないかと」

「求められてるのに出てこないなんて怠慢だわ」

処理しなければならないリストの残量をスクロールさせて、チアキは溜息《ためいき》を吐《つ》いた。

「実習教育中の候補生懐柔するなんてめんどくさいことしなくても、こっちから攻めれば帝国艦隊なんて簡単に支配できるでしょうに！」

「だからさ、お助けゴースト放って不審な接触して帝国艦隊を自分たちの都合のいいように操ろうとしてる謎の勢力は、少なくとも艦隊の整備補給担当よりは頭悪いってことじゃないの？」

茉莉香とチアキは力なく笑った。

「戦闘より兵站の方が難しいってことですか」

「そうかも知れないけど、まあ現実的に考えれば手間と効果だろうなあ。戦闘訓練ならすぐに結果がでるから恩を売りやすいけど、これが整備補給だと手間かけて助けてやっても結果が出るのはずっと先、戦闘開始後とか下手すりゃ戦闘終了後だろ？　そのころになったら、どこでどんなふうに助けられたかなんて覚えてる候補生の方が少ないんじゃないか？」

「そこまで考えてやってるんでしょうか？」

茉莉香は機械的にリストを処理している。

「卒業演習のための準備してるときはインカムしてたりネットに接続してないから、お助けゴーストが出ないってのはわかりやすい理由ですけど、これって授業の課題ってよりは消化しなきゃならない作業みたいなものだから、それで助けてくれないんじゃ？」

「ん？」

リンは、淡々と作業を続ける茉莉香の顔を見た。

「どういうことかね茉莉香候補生？」

「えーと」

茉莉香はキーボードを叩く手を止めた。

「もともと、お助けゴーストって成績上位一〇パーセントしか狙ってこなくて、しかもトップ一パーセントみたいな超優秀な候補生には出てこないんですよね。でも、成績いいからってこういう事務仕事がうまいとは限らないわけで、でもお助けゴーストが求める人材はたぶんそういうのもうまくやれる人材じゃないかなーと思うから、こういう作業系だとほっておかれてるんじゃ」

「補給整備はお助けゴーストにすら見放されてるってこと？」

訊いたチアキに、茉莉香は頷いた。

「たんにお助けゴーストの専門分野じゃないから出てこないって可能性も考えられますけど」

そして、ガイアポリス第一二五八回卒業演習は開始された。

卒業演習の想定状況は、実際の演習開始以前からシミュレーションの形で開始されている。候補生たちは通常の授業を受け、課題をこなしながらその脇で進行中の星間戦争の状況を注視し、必要ならば対応しなければならない。

演習のために設定された星間戦争なので、戦端を開くまでに至った政治的理由とか展開などはごっそり省略されている。その代わり、授業で行なわれる戦闘シミュレーションなら省略されるディテールまでが実戦同様に計算され、事態が進行していく。

攻め手側である演習艦隊『赤』は、帝国第三艦隊から編成された。ガイアG4星系を守る士官学校の練習艦隊『青』と艦隊決戦を行なうために、核恒星系方向からまっすぐ進攻してくる。

通常の戦争ならば、大艦隊同士が決戦場でぶつかり合う前に様々な戦闘が起きる。攻撃側も守備側も敵の正確な戦力とその配置を確認するために偵察隊を出撃させ、正確な情報を与えないように迎撃を行なう。大艦隊が攻めてくることがわかっていてそのコースまで判明している守備側は、攻撃側の戦力を少しでも削《そ》ぐために偵察隊の戦力を増強、強襲偵察のついでに攻撃を仕掛け、さらには攻撃艦隊への補給隊への攻撃も行なう。

攻撃側も、決戦の前に少しでも敵の戦力を削いでおきたい事情は同じである。ガイアG4星系にいくつも配置されている哨戒《しょうかい》基地やそれを結ぶ哨戒網を無力化するためにいくつもの先遣艦を向かわせ、迎撃側と小戦闘を繰り返しながら哨戒網に穴を開けていく。

攻撃側の艦隊『赤』への補給艦隊を狙った攻撃は、シミュレーションの結果六割の成功率を上げた。シミュレーション結果に従い、実際に第三艦隊の演習艦隊『赤』に補給を行なうはずだった艦隊は予定の四割の物資だけを補給して帰還した。

守備側の艦隊『青』の中で、整備補給スケジュールが決戦開始のぎりぎりまで遅れたものもまたシミュレーションによる戦闘の結果を反映されられた。演習艦隊『青』の補給艦隊に対し、演習艦隊『赤』が行なった攻撃の成功率は三割。守備側の司令部が、先輩からの申し送りにより補給艦隊には必ず護衛を付けていたため、攻撃側よりも被害を低く抑えることができたのである。

しかし、シミュレーション段階での判定は、実際の演習が開始される以前の守備艦隊に多大な影響を与えることになった。具体的には、補給艦隊三割の被害を受けて、ランダムに割り振られた補給予定が事由説明の上キャンセルされたのである。

必要だから手配したはずの補給が行なえないとなれば、候補生たちは代替手段を用意するか、補給なしでの演習参加を準備しなければならない。不参加は敵前逃亡と同様に扱われる。そうなりたくなければ、星系内に備蓄されているはずの補給物資を探し出し、輸送手段を講じ、予測される戦闘開始以前に輸送を完了、補給するなどの対策が必要になる。そして、すべての候補生は、古来より万全の準備を整えて開始される戦闘など存在しないという言葉の意味をその身で実感することになる。

ガイアポリス第一二五八回卒業演習は、最初の想定より数時間早く開始された。

演習開始時間が予定より早まったり遅れたりすることはいくらでもありうると、候補生たちは先輩や教官から聞かされていた。

銀河標準時で数時間早まった演習開始時間は、ガイアポリス西校では真夜中だった。

演習前日のため半徹夜状態で準備中だった候補生たちはそのほとんどが即座に状況に対応、緊急出撃のためにそれぞれの戦場への移動を開始した。

ガイアＧ４星系を舞台とする艦隊戦がはじまった。

「これが、最新装備の帝国艦隊同士の戦闘かあー」

西ガイアポリス宇宙港の整備区画で輸送船に偽装した外装パネルもそのままに巨大格納庫に入ったトム＆ジェリー37こと弁天丸は、シナリオ上のシミュレーション段階から第一二五八回卒業演習をネットワーク越しに観戦していた。

守備側であるガイアポリス士官学校の艦隊『青』は戦艦、空母からパワードスーツに至るまで最新型を揃えた高価な編成、対する第三艦隊から演習に参加する艦隊『赤』は艦艇や装備こそ『青』ほどの最新型ではないものの現役配備されて充分に経験と実績を積んでいる。攻撃側は守備側の三倍の戦力をもって当たれとの原則に従い、『赤』の艦隊の隻数は単純比較で『青』の三倍にもなる。

演習は、艦隊『赤』の本隊がガイアポリス外縁に設定されている哨戒空域に入ると同時に開始された。攻撃艦隊のほぼ正確な位置を確認していた守備艦隊は、即座に戦闘体制に移行、攻撃艦隊への迎撃行動を開始する。

状況開始以前から増えていた通信量は、演習本番が開始されると同時に跳ね上がった。攻撃側はガイアポリス外縁部に配置されている無人哨戒網を各個撃破するために同時攻撃を開始し、防衛側はそれに対する電子妨害を行なっている。

「すげえなこりゃ。もし弁天丸が一隻だけで戦闘状況モニターしろなんて状況になったら、こりゃおっつかないぞ」

監視対象が多いうえに弁天丸が戦闘機動する必要もないので、百眼は固定状態の弁天丸のブリッジのレーダー／センサー席のまわりに臨時モニターを置けるだけ増加配置していた。

「もしそんなことになったら、双方の主力だけを追いかけるようにする。戦闘全体の帰趨《きすう》を見極めるのが目的なら、戦場に流れるすべての通信をモニターする必要はない」

戦闘指揮官席のシュニッツァーのまわりにも、固定もしていない電子機器が増設されている。

「いやだから、今回のお仕事じゃ戦闘状況を全部モニターする必要なんかないんだってば」

電子戦席にもディスプレイやらモニターやらコントロール・パネルやらなにやらがバリケードのように増設されており、一見してクーリエがどこに収まっているか見えないほどの状況になっていた。

「そりゃあ、帝国艦隊最新装備大盤振る舞いの練習艦隊と、中央で機材更新に恵まれてる第三艦隊の演習艦隊との全面戦闘だから興味深いデータは取れるでしょうけど、そんなのはもののついで、今回のお仕事の余録みたいなもんで本業じゃないんだから、がっつかないで！」

「とはいえ、帝国艦隊の最新鋭主力艦が演習とはいえ本気で艦隊戦なんて、せっかくの機会だからデータは取らせていただきますよお」

舌なめずりしそうな顔で、百眼は喜々として記録領域に名前を付けている。

「分析してる時間あるかなあ」

「ここにいるあいだは無理でしょうね」

こちらは追加装備なし、ルカはいつもどおりの水晶球を中央に据えてすっきりした航法士席についている。

「『赤』と『青』、両方の艦隊だけじゃなくて基幹ネットワークから指揮通信網まで、目の届く限りのネットワークを全部リアルタイムでモニターするなんて正気の作戦じゃないんだから」

「これでも我々は一度は帝国艦隊を相手にしている」

シュニッツァーが重々しく言った。

「不可能ではないはずだ」

「あんなの、一二〇年分の進歩をネタにしたイカサマだ！」

百眼がぴしゃりとはねつけた。

「大昔のネットワーク越しに帝国艦隊をちょいとかき回しただけで、あのおっかない大戦力を正面から相手にしたわけじゃない。それに、今回も相手にするのは帝国艦隊じゃない」

「そーよ、敵味方判定間違えないで」

電子戦席の奥から、クーリエが言った。

「うちが相手にしなきゃならないのは、候補生をよからぬことに勧誘しようとするお助けゴースト、それがどっから出てきてなにを言い出すか。できればうちでモニターしてる候補生三人だけじゃなくて他にも出て来るはずのゴーストも追いかけたいところだけど、これだけデータ流量が増えてる状況でどれだけ対応できるか」

「あのお」

ブリッジ勤務というだけで専門外の仕事に駆り出されている三代目が、本職の機関管理だけではなく今回の仕事のために増設されているディスプレイやモニターに目を走らせながらおずおずと声をかけた。

「まだはじまったばっかりだってのに、不正規アクセスごっそり増えてますぜ。いやまあ、企業からのアクセスが多いんであちらも貴重な戦闘データとれるってんで張り切ってモニターしてるんでしょうが、こんなんで全部追いかけられます？」

「指揮通信網から降りてくる出所不明の通信だけモニターしてればいいのよ」

クーリエの声だけが聞こえる。

「ガイアＧ４星系周辺から跳んでくデータはこのさい無視していい。権限上位から降りてくる不正規アクセスだけ気を付けて！」

「だから、それだけでもこの段階でこの量ですぜ」

三代目は、クーリエも見ているはずのアクセスデータ量のグラフを横目に見ている。

「それも、時間ごとに増えてる。いっくら学校のカイザーブレードキャリバーでも解析が追いつくかどうか」

「心配いらない、パターン学習させてるから、緒戦の今は総当たりで全部確認してるけど、そのうちアクセスパターン見て怪しい奴《やつ》だけピックアップして追いかけるようになるはず。大丈夫よ、こっちのメインフレームはカイザーブレードキャリバーのグレードブラックなんだから、この規模の艦隊戦同時に一ダースくらい監視させても余裕のよっちゃんでいけるはずなんだから」

「はじまったのね？」

ドアが開いた。戦闘体制でも食事や栄養補給ができるようなドリンク剤やレーションパックを山のように抱えたミーサがブリッジに入ってくる。

「どんな感じ？」

「ガイアＧ４星系外縁で、攻撃側艦隊『赤』が守備側哨戒網を無力化するための攻撃を開始した。対する守備側『青』は攻撃側の進攻を遅らせるために電子攻撃を行なっている」

シュニッツァーが、ブリッジ天井のメインパネルにガイアＧ４星系の半分を映し出して概況を要約してみせた。

「ふーん」

持ち込んだ補給物資を使っていないパネルに置いたミーサは、オブザーバー席に着いて周囲の表示を点灯させた。

「でも、演習ってことは実際に攻撃して哨戒基地や無人機《プローブ》を破壊するわけじゃないんでしょ？」

「直接攻撃のために機動巡洋艦や艦載機を出撃、攻撃目標に接近するところまでは一緒だ。ただし、演習だから実際にビームやミサイル、実弾を発射することはない」

「命中判定とかどうやってるの？」

「指揮通信網に審判が設定されている」

シュニッツァーは、メインパネルの表示を『赤』、『青』双方の指揮系統に切り替えた。双方とも、最上位は同じ帝国艦隊の指揮通信網である。

「双方とも演習モードで物理攻撃は行なわれないが、物理破壊を伴わない電子攻撃までは実戦同様に行なわれる。物理攻撃はその都度シミュレーションされ、命中判定が出て、その効果に応じて被害が算定され、被害に応じて被害側の能力が制限される」

シュニッツァーはパネルの表示を命中判定度合いの表に切り替えた。

「効果なしから小破、中破、大破、戦闘能力を何パーセント喪失したか、戦闘能力を失っても艦機能あるいは基地機能がどれほど生き残っているか、生存者がいるかいないかまで詳細な判定が出る」

「生存者まで判定する必要あるの？」

「被害を受けた部署にどれだけの生存者がいるか、どれだけの能力が残っているかによって、救出順位が算定される。被害を受けた側は、その度合いによって援護を出すか、救助を出すか、あるいは現場の判断で敵に降伏してその救出を敵に任せるか判断しなければならない」

「なるほどねー」

メインパネルを見上げていたミーサは、オブザーバー席の表示を見廻した。現状では弁天丸そのものに関する表示は必要ないから、全てのディスプレイをモニターしている戦況に切り替える。

「被害を受ければそれに応じて対処しなきゃならない、撃破されたら撃破されたであとは楽できるかってえとそうでもないってことね。ダメージ・コントロールくらいはさせるだろうと思ってたけど、それ以上ってことか」

ミーサはふと首を傾《かし》げた。

「戦死判定くらったらどうするの？　緒戦で直撃喰《く》らって戦死って判定されたら、あとはのんびり死体役やってられるの？」

「卒業演習にそんな楽な展開はない」

シュニッツァーの声が笑みを含んだ。

「攻撃側は戦死判定されれば戦列を離れて休養できるが、練習艦隊側にはゾンビ規定がある」

「ゾンビ規定」

ミーサはシュニッツァーの言葉を繰り返した。

「まあ、死んでも死なせてくれないのが帝国艦隊だっけ」

「死体でも回収されれば蘇生措置《そせい》を受けるし、長時間の治療が必要な負傷でもないかぎりは被害の程度にもよるが最大半日くらいで戦線に復帰することになっている。演習で何度死んでも、その結果実戦で死ななければよいのだから」

ミーサは、戦況ディスプレイを現在の最新状況から未来の予測される展開までざあーっとスクロールさせた。

「どうせ緒戦じゃゾンビなんてそんなに出てこないでしょ。量産されるようになるとしたら、いつごろ？」

「ガイアG4星系外縁の哨戒網をある程度無力化したら、攻撃側艦隊『赤』は内惑星系への進攻を開始する。守備側『青』は、内惑星系での迎撃の前に少しでも攻撃側の戦力を削いで艦隊を崩すべくゲリラ的な攻撃を行なう。最初の遊撃艦隊二つが艦隊『赤』に攻撃開始予定が、現状で半日後。これがはじまれば、我々がモニターすべき情報の量ももう一桁増えるだろう」

「大丈夫ー？」

ミーサは、電子のバリケードの奥深く隠れてぼさぼさの金髪の三つ編みの先しか見えないクーリエに声をかけた。

「だいじょうぶだいじょぶ、しんぱいない」

バリケードの奥から返事が返ってきた。

「こんなこともあろうかと余裕持ってシステム組んできたんだから、うちのスタッフが余計な戦闘情報録りながらリアルタイムで解析するとかやらなくてもいい戦力判定とかはじめない限り、問題ないはず」

「そんな貴重な機会目の前にして黙ってるの、うちのスタッフにいるかしら」

ミーサはわざとらしく呟いた。

「どーせ卒業演習って想定で三日間続くんでしょ。だったら今のうちに栄養補給しておきなさい」

ミーサはオブザーバー席から立ち上がった。

「デリバリーしてあげるから、リクエストあれば言いなさい、あれば持っていってあげる。ただし、まだはじまったばっかりだからね、薬物は禁止」

「んじゃてきとうなドリンク剤、目も醒《さ》めそうな奴たのむ」

百眼がディスプレイに向いたまま手を挙げた。

「こちらにも軽食、この状態で摂《と》れるものを」

こちらを向きもしないシュニッツァーの声を聞いて、ミーサは補給物資の山から適当なボトルとカートンを抜き出した。ひとつは、電子バリケードの奥のクーリエに放り込む。

「クーリエも！　最低限の栄養補給はしておきなさいよ、疲労は溜《た》めれば溜めるだけ回復に余分な時間がかかるんだから」

「だいじょうぶ、わかってる」

「それで」

百眼とシュニッツァーに注文の品を渡したミーサが訊いた。

「うちの潜入工作員は、この戦闘空域のどこに配置されているの？」

「リンは、艦隊『青』の電子戦艦隊、主力のシュテッケン級に乗り込んで、現在は敵艦隊『赤』と電子戦を行なっている」

シュニッツァーは、攻撃側と守備側双方の電子戦艦隊が表示されるまでメインパネルの表示範囲を拡げた。

「士官学校だから予算は潤沢だとは聞いてるけど、最新型の電子戦艦だけで四隻もいるの？なんかこれだけで攻撃側蹴散らせそうだけど」

「攻撃側には電子戦艦が九隻いる」

シュニッツァーは、攻撃側の艦隊の現在位置を最新情報に更新した。

「こちらも、すでに遠距離での電子戦に入っている。単艦の性能では守備側が上だが、単純戦力での比較なら攻撃側が優勢だ。現在のところ双方互角だが、このままなら数に勝る攻撃側が有利になっていくだろう」

「士官学校側も優秀なんだから、このまんま負けが見えるような戦法続けることもないでしょう。で、うちの船長とその相棒は？」

「強襲揚陸艦グルンワルド59で、艦隊『赤』に対する先制攻撃を行なうために待機中だ」

シュニッツァーは、艦隊『青』の主力からずいぶん離れている遊撃部隊の現在位置を表示した。艦隊『赤』が現状の進路を維持するのであれば、真っ先に接触するだろう最前線である。

「あらあら、新入生なのに真っ先に戦端開きそうなところに配置されるとは、うちの船長も大変ね」

「新人ほどこらえ性がない」

シュニッツァーは冷静に指摘した。

「待機状態に慣れていない。出撃前の緊張状態を維持できるのは半日がいいところだろう。だから、まだ緊張感を維持できるだけの体力があるうちに最初の実戦演習を体験させようということだろう」

「乗組員の体力まで考えて作戦立案するのは基本だけど、でも、作戦立てたときの予想外《はず》して進行するのも戦闘なのよね」

ふと、ミーサは妙な顔をした。

「でも、強襲揚陸艦て惑星なんかの降下作戦用の艦種でしょ？　今回は本星以外の陣取りは演習予定にないでしょうに、そんなもの対艦戦で役に立つの？」

「駆逐艦で補給艦隊に暴れ込んで隊列を乱し、首尾よく護衛を引きはがせれば敵空母めがけて白兵戦を挑むオプションがある。実行されるかどうかは戦闘の展開次第だが、補給艦隊の護衛が当初想定より薄いから、可能性はある」

「パワードスーツで？」

現時点での茉莉香とチアキの配属先を確認して、ミーサは笑った。

「敵艦相手に白兵戦？　それはまた、海賊らしい仕事場用意してもらったもんだわね」

ガイアポリス西校でもっとも経験の浅い新入生である１２４６期生もまた、各自の適性とそれまでの成績に合わせて演習の各部署に配置されていた。

予定より早い艦隊『赤』のガイアG4星系侵攻が告知されたとき、茉莉香もチアキもやっと演習前のすべての準備を完了して就寝したところだった。戦闘状況開始寸前ということで作業服のままベッドに入った寝入りばなを叩き起こされたふたりは、最新の打ち合わせ通り支度して宇宙港に急行、そのままシャトルで軌道上の強襲揚陸艦に乗り込む。

炎の七日間以来の乗艦となったグルンワルド59は、乗艦予定の候補生全員を乗せてから低軌道を離れた。ガイアG4星系外縁から防衛圏内に進攻してくる艦隊『赤』の迎撃に向かう。

本来なら、強襲揚陸艦は艦隊戦の最前線に投入されるような艦種ではない。現在の宇宙戦闘は、大口径砲を装備した重装甲の戦闘艦が高加速で飛び交うのがトレンドである。大気圏に突入して地上を制圧するための降下艇やパワードスーツを数多く搭載する強襲揚陸艇の出番はあまりない。

しかし、宇宙艦隊戦は主力艦同士の撃ち合いだけで行なわれるものではない。実際の砲撃戦開始以前に索敵、観測など彼我の正確な位置を探り合い、電子戦で互いの存在や位置を欺《ぎ》瞞《まん》し、砲撃戦が開始されれば戦艦や機動巡洋艦が殴り合う最前線の後方では母艦が艦載機を発進、帰還、補給させながら戦闘空域全域に張り巡らせた哨戒網に手を入れ続ける。

戦闘が長引けば破壊された戦闘艦も応急処置や補給のために引き上げてくるし、救助救難のために非戦闘艦が戦闘空域に突入しなければならない事態も発生する。

大型母艦として各種作業に使える大型艇からパワードスーツまで搭載している強襲揚陸艦は、補給から回収、救助救難まで幅広く対応できる大型汎用作業艦として、艦隊戦では戦闘空域の後方に配置されるのが常道である。しかし今回の作戦では、茉莉香たちが乗り組む強襲揚陸艦グルンワルド59は主星から遠く離れた遊撃部隊の後方に移動していた。

戦艦、機動巡洋艦を主力とした艦隊『赤』の前衛には、対艦戦の最前線で戦う艦種が揃えられている。補給艦隊の攻撃のために集められたのは、こちらの補給艦隊の護衛に当たっていた駆逐艦や艦隊『青』の主力を護衛するはずのフリゲート艦などで、数だけは充分に揃っている。その後方にグルンワルド59を含む強襲揚陸艦、周囲には哨戒機や電子戦機が配置されている。数だけなら大艦隊の体を成している。

「予備戦力で艦隊『赤』後方の補給艦隊と、もしうまくいけば一緒にいる空母も叩く？」

チアキが、何度目かの戦闘概要を再生させてあきれた声を出す。

「これが、今期卒業の優秀な士官候補生がよってたかって考えた今回の作戦？　こんなご都合主義の作戦がうまくいくと思ってるの？」

「うまく行くかどうかはわからないけど、できる作戦があるのに実施しなければそれはそれで司令部の怠慢てことになるしねえ」

首周りにパワードスーツの表示ユニットだけをかけた茉莉香は、アンダーウェア姿のまま艦隊『赤』の主力空母、八隻も来ているミノスデロワ級大型空母の構造図を拡大縮小して確認している。

「敵前衛の戦艦や機動巡洋艦と正面戦闘できるのはこっちの同じ艦種だけ、となればどうせ他の艦艇を艦隊戦の前に出すわけにはいかない。そりゃあ艦隊戦の推移によったらいくらでも出番が出てくるけど、それよりは最初から役目決めて投入した方が遊ばせる戦力を最小限にできるってそういう都合でしょ」

「だから、遊軍が遊軍になるのはそれなりの理由があるんだってば」

予備戦力や非常用などの名目で、戦闘予定なしに待機させておく戦力を遊軍という。

「いっくらがんばって補給艦隊の護衛を圧倒できるだけの戦力揃えたところで、実際の戦闘がそんなに都合よく行くなら苦労しないわよ」

「苦労したくないよねえ。まあ、パワードスーツの予備の予備みたいなこっちにまで出撃命令が出るまでうまく行くとも思えないけど、いちおー出撃先の状況確認しなきゃならないし」

茉莉香は、ミノスデロワ級大型空母の立体構造図を目の前に拡大した。

「えーと、これが戦闘機や攻撃機なら入り込めるのは着艦デッキとか艦載用エレベーターだけになるけど、パワードスーツなら人間用のアクセスハッチからでも侵入可能、さらに空母の中でも活動可能と、いちおーパワードスーツ出撃させる理由はあるみたいよ」

「先に遊撃部隊が補給艦隊の護衛戦力引き付けるから、その隙にパワードスーツ単体で出撃して空母に取り付け？　誰よこんな海賊戦法思い付いたのみならず実行手順まで作成して許可したのは！」

「リン先輩かも。ひょっとしたら、候補生か教官に海賊のファンがいるのかもねー」

「本職の軍人になろうって人間が趣味や好みで作戦決めないで欲しいわ」

パワードスーツを着込むオペレーターとしては、突入先の宇宙艦の構造と押さえるべき目標の配置を頭に入れておかなければならない。ぶつぶつ文句を言いながら、チアキはパワードスーツの内部記憶にインストールされているミノスデロワ級大型空母の構造概念図を、茉

莉香と同じように自分のパワードスーツからそこだけ取り外して首にかけている表示ユニットに呼び出した。顔の周りに立体表示が重ねられる。

通常の艦隊戦では、空母は最前線に配置されることはない。多種多様の艦載機を搭載する大型空母は前線の移動基地である。空母は、最前線には戦闘攻撃機を、戦闘空域には偵察機や哨戒機、電子戦機を、それ以外の場所にも必要に応じて補給機や救難機を送り出し、迎えなければならない。その役目は前線の至近距離に位置して移動可能な補給整備ポイントであり、直接的な対艦戦闘能力は求められない。対艦直接戦闘は、戦艦や巡洋艦の役目である。

セオリー通り、艦隊『赤』に所属するミノスデロワ級大型空母は八隻全部が前衛の戦闘艦隊ではなく後衛の補給艦隊と行動を共にしていた。補給船団を護衛しているのは、充分な数を揃えている駆逐艦隊と空母から出撃している迎撃機である。

艦隊『赤』は、ガイアＧ４星系を守る哨戒網に穴を開けて侵入してきた。強力な電子妨害をかけて現在位置も数も欺瞞しているから、後方の補給艦隊についてもそのデータは正確ではない。艦隊『赤』に無視されるくらい遠い哨戒網からの観測と接近している偵察機、無人プローブ、さらに交戦中の電子戦から得られるデータから再構成されているから、信用度は低い。

しかし、補給艦隊の編成については、卒業演習開始前から幾度となく強行偵察が行なわれているから信用度は高い。大型空母が護衛付きでも護衛なしでも前線に移動するような大規模な編成替えでもあればさすがに欺瞞しきれないだろうから、補給艦隊の編成は戦闘開始後も変更なしと判断されている。

「どこで放出されてどれくらい自力で飛ばなきゃならないかは、現時点では不確定、と」

茉莉香は、それまで表示していたミノスデロワ級大型空母の構造概念図を戦況ディスプレイに切り替えた。

「そもそも、戦況次第では空母じゃなくて補給艦隊の輸送船も有力候補、と」

今度は艦隊『赤』に所属の大型輸送船のリストを表示させる。

「だけどまあ、輸送船が相手だと図体《ずうたい》の割に構造が単純だから、拿捕《だほ》とか乗っ取るとかそういうややこしい作戦目標でもない限りはパワードスーツで乗り込みなんてことにはならないかな」

「追い詰められてるわけでもないのにこんなやけくそみたいな作戦が許可されてるのよ、なにがどうなったっておかしくない」

溜息を吐いて、チアキは準備デッキにいるアンダーウェア姿の候補生たちを見廻した。

「新入生はどこに置いといても使いでがないからって、いきなり強襲揚陸艦で直接戦場に送り込まれるとは予想してなかったわー」

「新入生だから、出撃順位は最下位、予備戦力のそのまた予備みたいな扱いだけどね」

茉莉香は、立体表示されているリストに指を滑らせて手際良く入れ替えた。

「パワードスーツだけでも最上級生を中心に編成された空間騎兵隊とか専門課程のオペレーター揃えた突撃隊とかが先にごっそりいらっしゃるし、そもそも緒戦から強襲揚陸艦が補給艦隊の中に突入するような事態ってあんまり想像しがたいし」

「ちょっといい？」

上から話しかけられて、茉莉香とチアキは無重量状態のままのパワードスーツ準備デッキで声の方向に顔を向けた。入学試験以来、実習授業で同じ班に編成されることの多いキアラ・フェイシュ候補生が、情報収集のために表示ユニットだけを首に引っかけたアンダーウェア姿で逆さに立っていた。

「構わないわよ」

チアキはキアラに片手を挙げた。

「どうせ出撃前の無駄話だし、出撃前もいつまで続くかわからないし」

「そうなのよね」

キアラは頷いた。

「実習ならだいたいスケジュール通りに進むけど、卒業演習となると実戦の進行が優先されるから、待機状態がいつまで続くかわからない。新入生ほど待機状態が長い場所に配置されて、上級生ほど忙しくなるとは聞いてるけど、そんな伝承もどこまで信用できるものだか」

「一〇〇〇回以上行なわれてる演習よ。それが統計的事実なら信用してもいいんじゃない？」

言ったチアキに、キアラは首を振った。

「戦場のジンクスみたいなもんで、当てにならないわ。この待機状態の間に過去の卒業演習の戦闘データ調べてみたけど、新入生だから実戦機会が少なくて、上級生ほど多くなるなんて傾向は少なくとも最近二〇〇回の卒業演習には当てはまらない」

チアキは話を聞いていた茉莉香と顔を見合わせた。

「今？　調べたの？　この待機中に？」

「なんか役に立つような、安心できるような情報でも出てこないかと思って」

キアラは、首にかけている表示ユニットに触ってみせた。

「この演習の最新の戦闘情報から、歴史に残ってるような戦闘ならだいたい全部、卒業演習なんかガイアポリスだけじゃなくて他の学校で行なわれたものまで全部アーカイブされてるから、これだけでもたぶん一生かかっても全部見れない」

「見たの⁉」

チアキが声をあげた。

「あのめんどくさいなにが書いてあるんだかよくわからない戦闘記録、全部とはいわなくても見たの？」

「まさか」

キアラの表情がゆるんだ。

「適当な条件与えて統計データ作ってみたり、いくつか検索重ねてみただけ。ほら、トルーパーコマンドもE型のコンピューターって基本性能だけなら大型艦と一緒で、違いは冗長系があるかないかくらいでしょ」

キアラは、本来パワードスーツの一部である表示部を軽くつついてみせた。

「最新情報のモニターしながら過去データの検索や分析やらせたってびくともしないから、一人で使うのがもったいないくらい」

茉莉香は、キアラの顔を見て笑顔を浮かべた。

「すごいわね、待機中なのにパワードスーツのコンピューター使って過去演習の分析なんて。

てことは、なにか役に立つ情報の抽出に成功したの？」

「役に立つ情報かどうかはわからないけど、面白いから聞いて」

キアラはにっこり頷いた。

「知ってると思うけど、卒業演習に限らずほとんどの演習はシナリオがあってそのとおりに進行する。実際に演習が開始されたら、シナリオよりは実際の進行が優先されるし、今は実戦より早く樹状進行のシナリオが自動生成されるから、シナリオ逸脱するような事態はほとんど起きない」

「そりゃまあ、戦術進行のほとんどをコンピューターに頼ってるんだから、それ以外の選択肢自分で考え出さない限りはシナリオなしのアドリブ展開にはならないわよね」

「でもね」

もったいぶった顔で、キアラはチアキと茉莉香の顔を見た。

「最近の卒業演習だと、シナリオから逸脱した展開が増えてるの」

「そんなところまで調べられるの？」

チアキが目を剥《む》いた。キアラは小さく頷いた。

「簡単よ、事前に作成されたシナリオだって演習の戦闘記録だって過去問題は全部公開されてるんだから、事前のシナリオから逸脱した戦闘記録だけ調べればいいのよ」

「簡単じゃないと思うけど」

茉莉香が口を挟んだ。

「それで、最近ってどれくらい？」

「過去二〇〇回分の卒業演習と直近の二〇回で比べると、一〇倍」

声を潜めて、キアラはチアキと茉莉香の顔を見廻した。

「卒業演習の開始後に、ひととおりの展開を想定してる樹状進行から逸脱した展開が、どんどん増えてるってこと」

「なんで？」

あっさり訊いた茉莉香に、キアラは首を振った。

「理由まではまだわからない。だけど、帝国艦隊が最適戦術をコンピューターに任せるようになったのはそう昔の話じゃないし、最近はどんどんその度合いが高まってる。おかしいでしょ、コンピューター任せにしてるはずの戦闘の展開がどんどんコンピューターの予測から外れていくなんて。調査して論文にできればいいと思ってるから、他の人には黙ってて」

「研究職志望？」

訊いた茉莉香に、キアラは頷いた。

「そうなれるといいなと思ってる。まあ、研究なんて艦隊勤務しながらでもできるから、先なんかわからないけど」

「うちのシステムは、候補生のコンピューターの使い方も全部見てるんでしょ」

チアキが言った。

「他の候補生と違った使い方して、他と違う結論導き出してれば、そのうち研究所からスカウトかかるんじゃない？」

「今のところ、まだ来てない」

キアラは笑顔のまま首を振った。

「で、話を戻すけど、最近の演習でのシナリオ逸脱展開は、新入生のところで起きるケースが多いの」

「へえ？」

「んで、やばいかなーと思って、調べてみたんだ」

「今回の演習シナリオにアクセスしたの⁉」

チアキの声はさすがに抑えられていた。キアラは笑って手を振った。

「無理無理、卒業演習シナリオなんて教官側の最高機密でしょ。毎回、演習開始までに盗み出せたらそのチームでも個人でも電子戦でプレミアムメダル確定って言われるくらいなんだから、今回のシナリオ見るなんて無理！　そりゃあ見れたらいろいろ楽だろうけどねー」

「じゃ、どうしたのよ？」

「今までの卒業演習で、強襲揚陸艦から出撃したパワードスーツが敵艦隊に損害与えたケースがあるかどうか調べてみたの。そんな戦闘状況が一回でもあれば、次回以降のシナリオ想定に組み込まれるはずだから」

「えーそうなの？」

「で、結果は？」

興味深そうに訊いた茉莉香に、キアラは応えた。

「一回も、なし。実戦じゃパワードスーツ込みの戦闘部隊が敵艦に暴れ込んで白兵戦なんてときどきある展開だし、卒業演習で対艦戦に強襲揚陸艦が駆り出されるのももう最近は珍しくない展開だけど、今までに強襲揚陸艦から出撃したパワードスーツが敵艦に辿《たど》り着けたことはない。それ以前に、敵艦に向けてパワードスーツ出撃準備まで行なったのも数回しかないはず」

「それじゃあ、今回も楽できるのかしら?」

茉莉香は、さっきまで艦体構造図を見ていた艦隊『赤』のミノスデロワ級大型空母の現在位置を確認した。間もなく遊撃部隊が補給艦隊に対する攻撃を開始する。補給艦隊に艦隊『青』の所属艦が接近しているから、編成と現在位置に関する情報は信頼度の高いものに書き換えられていた。

「だからね、強襲揚陸艦からパワードスーツが出撃したあとのシナリオは、たぶん作成されてない」

キアラは、楽しそうな顔で言った。

「そして、シナリオ逸脱は、樹状展開で可能性が低いとして想定されてない展開になったときに発生する」

「なるほど……でも、なぜそれをあたしたちに教えてくれるの?」

質問した茉莉香に、キアラは笑顔を向けた。

「ひとつは、想定に想定を重ねた、実現確率は相当に低いはずのわたしの予想を、あなたたちなら笑わずに聞いてくれそうだったから」

キアラはチアキに視線を向けた。

「もうひとつは、入学試験のときのお礼。あなたたちがわたしたち上陸部隊を救出するために突入艇で基地の奥まで来てくれたから、わたしたちは全員生還して士官学校に入学できた。できれば酒保でお酒とか奢《おご》りたいところなんだけど、ほら、わたしたち未成年で酒も酩酊《めいてい》薬も摂取禁止でしょ。それでジュースってのもかっこつかないから、その代わり」

「予想屋ってこと？」

「そんなたいしたものじゃないわ。でも、ありそうもない事態まで予測して準備しておけば、いざその展開になってもまごつかずに済むでしょ？」

「ダウンタウンに、おいしいお茶屋さんがあるんだって」

茉莉香が言った。

「もし、あなたの言うとおりの展開になって、無事に卒業演習を生き延びることができたら、行かない？」

「お茶のお誘い？」

キアラは茉莉香とチアキの顔を見廻した。

「どっちの奢り？」

「あなたの予想が当たったら、あたしが奢る。外れたら、あなたの奢りでどお？」

「のった」

キアラが片手を挙げた。同じように片手を挙げてから、茉莉香は気付いてキアラと軽く手のひらを打合わせた。

「ほんと、候補生って人材豊富ね」

「でなきゃ、生き残れないわ」

軽く手を振って、キアラは去っていった。後に残された茉莉香は、チアキと顔を見合わせた。

「だ、そうよ」

「このさい助言はありがたいわね。今の、不審な接触に当たると思う？」

「さあ？」

茉莉香は、うっすらと立体表示させたままの戦況を見た。

「あとから、今の会話にアクセスできなかったら、そうなのかしら」

茉莉香は、戦況を最新のものに更新した。艦隊『赤』の補給艦隊を攻撃目標とした艦隊『青』の遊撃艦隊が、着々と攻撃準備を整えつつある。たぶん、これが卒業演習の最初の戦闘になるだろう。


戦況は、キアラの予測通りに展開した。

卒業演習ほどの大規模演習の緒戦では、互いの接触は様子見程度のおとなしいものになるのが普通である。しかし、今回の艦隊『青』の司令部は、最初から無理してかき集めた予備戦力を後方の補給艦隊の攻撃に投入した。

艦隊『青』の補給艦隊をほぼ丸裸にしてまで護衛戦力を引抜いて編成した遊撃部隊を、初手から『赤』の補給艦隊に対して全艦投入したのである。

卒業演習に想定されている三日間の戦闘期間は、艦隊戦としては短期決戦になる。卒業演習開始後は、敵も味方も大きな補給予定はない。三日間程度の戦闘期間ならば、艦隊は補給なしに全力を発揮できる。

そのため、卒業演習開始後は補給艦隊に期待される役割はそれほど大きくない。

艦隊決戦のために正面戦力を揃えた艦隊『赤』に対して、守備側となる『青』は正面戦力を迂回《うかい》した予備戦力を補給艦隊の攻撃に投入した。結果、優勢な戦力を持つはずの艦隊『赤』は補給艦隊に対する攻撃をはるかに劣勢な戦力で受けることになった。

守勢側の艦隊『青』の補給艦隊に対する攻撃は、卒業演習には珍しいワンサイドゲームになった。奇襲にはならず、補給艦隊もその護衛も攻撃を予期して対処したにもかかわらず、艦隊『青』の攻撃成功率は異例な高率を記録した。

戦場で、司令側が期待するようなワンサイドゲームが展開されることは珍しい。しかし、艦隊『青』の司令部は、第一波の攻撃で補給艦隊の護衛をほぼ半減させたのち、第二波で護衛の残りと空母の直衛を攻撃目標に定めた。

第二波の攻撃は、第一波ほどの高率の成功ではなかった。しかし、遊撃部隊は護衛と空母の直衛機を補給艦隊から引き離すという当初の目的の達成に成功した。

間をおかず、強襲揚陸艦に前進の命令が出た。空母へのパワードスーツ降下及び制圧という目標を持って、強襲揚陸艦は護衛艦隊がいなくなった補給艦隊に進攻した。


「罠《わな》でしょ？」

「罠だろうなあ」

「罠だ」

弁天丸のブリッジで、クーリエ、百眼、シュニッツァーの見解は一致していた。

「後衛が被害受けてるのに前衛は脇目もふらずに進攻を続けている。補給艦隊に無視できない被害を与えれば前衛の進攻が止まり、あわよくば後衛のために正面戦力を割いて救援を差し向けるんじゃないかという期待は理解できるが、そこまで甘い相手じゃない。おそらく前衛は補給部隊の被害を無視して目標達成に突き進むだろう」

「実戦に関しちゃまだ新人のはずの候補生が考えたにしちゃ立派な作戦よ。だから、罠なのはそっちじゃなくて、こっちの状況だってば」

電子のバリケードに篭《こ》もった状況のまま、クーリエは言った。

「うちの工作員が乗り込んでる強襲揚陸艦が、敵の空母主力に白兵戦のためにパワードスーツ出撃させるなんてレアケース、罠以外のなんだってのよ」

「罠……なのかしら？」

航法士席のルカが呟いた。

「なに？」

「これが罠だとしたら、誰がなんのために仕掛けた罠なの？」

「現在、艦隊『青』が指揮下に置くユニットの数はかつての卒業演習でも例がないくらいに増えている」

シュニッツァーが言った。

「艦隊『赤』の補給艦隊への攻撃は当初駆逐艦とフリゲート艦が主力だった。成功した第一波攻撃のあと、第二波にはこれに『青』の空母艦載機が加わり、強襲揚陸艦の攻撃開始後はほぼすべての突入艇とパワードスーツがそれに加わる」

「戦闘体制の通信システムに負荷かけるのが目的ってこと？」

「いや、戦闘空域に突入したユニットは戦闘艦からパワードスーツに至るまで独自の判断で動く。もちろん戦闘情報収集のためのネットワークは生きているしユニットが増えれば通信量もそれに伴って増大するが、しかし演習のために十二分に余裕を持って準備されている通信システムに対する負荷は問題になるほどじゃない」

「『赤』と『青』の司令部はもちろん、審判側はこのわやくちゃな展開どう考えてるのよ！」

「指揮通信網の審判役は、攻撃と被害判定、それから演習の終了あるいは状況の中止を宣言するだけだ。審判役が演習の展開を監督することはない」

「でも、攻撃結果に恣意的に手を加えることで演習の方向性を操ることはできるわよね？」

「不可能ではない」

シュニッツァーは、補給艦隊に対する艦隊『青』の第一波攻撃の成否リストを呼び出した。

「だがまあ、攻撃判定リストをあとから確認してみても、審判がどちらか片方に特別に有利に下されているようには見えない。『青』は『赤』の補給部隊を攻撃するために十二分な戦力を持って当たり、それに対して防御側は不十分な戦力で迎撃した。緒戦から戦力を集中運用できた『青』が今のところ有利に戦局を進めているが、いま後方で展開しているのは艦隊決戦にはほど遠い局地戦だ。艦隊決戦の行方には影響しない。いや、ただでさえ潤沢ではない予備戦力を補給艦隊攻撃に投入してしまった『青』がこのあと不利になるだろう」

「だあーかあーらあ、演習でどっちが勝つか負けるかなんてどうでもいいんだってば。意図してのものか成り行きか知らないけど、戦場に想定以上の戦闘ユニットばらまいたら、このあとこの局地戦はどうなるの？」

シュニッツァーはちょっと考えただけで答えた。

「長引く」

「それだけ？」

「新規に設定される通信回線が増える」

「どういうこと？」

「パワードスーツも艦載機でも、母艦にいる限りは母艦のネットワーク下に組み込まれて自分が所属するネットワークを使っている。限りある通信資源を有効に使うための方策だ。母艦内にいるときから全ユニットが独立して通信ネットワークを使えば、情報量も無意味に増大するし外部から傍受される危険性も増加する。しかし、母艦のネットワーク外に出撃すれば、各ユニットは独立して母艦と、あるいはさらに上位の情報ネットワークとの通信回線を確立しなければならない」

「そりゃまそうでしょうよ、ネットワークから切り離されて自分で行動を決断しなきゃならないってのもわざわざ演習させる理由のひとつなんだから。で、その場合、起きるかも知れない、我々が気にしなきゃならない問題は？」

「ユニットが戦闘空域に進出した場合、各母艦越しではなく、それぞれのユニットが指揮通信網に直結されるケースが増える」

「そうすると？」

「我々がモニターすべき指揮通信網越しの通信が、幾何級数的に増大する」

「なに？　それじゃシュニッツァーはこの戦況は『赤』が『青』に仕掛けた罠じゃなくて、モニターしてるうちらに仕掛けられた罠じゃないかって言うの？」

「我々が追いかけるべき仮想敵が充分に注意深いのであれば、考慮すべき可能性だろう」

シュニッツァーは頷いた。

「だが、戦闘空域で各戦闘ユニットが直接指揮通信網に繋《つな》がるこの機会は、お助けゴーストを操る仮想敵にとっても基幹ネットワークを介さずに目標に直接接触できるチャンスかも知れない。基幹ネットワーク経由でなく、指揮通信網から監視対象に直接接触があれば、こちらも手間をかけずに接触もとに迫れる可能性が増える」

「楽観的すぎる戦況想定にそのままはまるような展開があれば、罠の可能性くらい考える頭があることを『青』の司令部に期待しましょう。戦闘空域の、えーと、グルンワルド59から出撃するパワードスーツだけでいいわ、全部直接モニターできる？」

「え？」

百眼が妙な声をあげた。

「えーとそれは、やっぱおれっちに訊いてるの、かなー」

「他に誰がいるっての。督戦役のカイザーブレードキャリバーにはまだ余裕あるでしょ？」

「そりゃそっちは心配ないけどよお、戦闘空域は最新型の電子戦艦が電子妨害下の外惑星系だぜえ。そんなやばいところに、船長とあとひとり分だけじゃなくて超光速回線いくつモニターしろっての？」

「一〇〇〇」

クーリエはあっさり言った。

「こっちの立場なら『赤』も『青』もあのあたりにいる艦艇も設備も使い放題なんだから楽なもんでしょ？」

「そりゃモニター回線設定するだけなら楽なもんだが、肝心のモニターの方はどうするんだ？　うちの工作員に張り付かせてるみたいなモニター態勢、即席じゃそんなに調整しきれるもんじゃねえぞ」

「通信内容全部なんて期待してないわよ、指揮通信網から降りてくる不正アクセスだけモニターできればいい。最前線で空母突入なんて無茶《むちゃ》するパワードスーツに、まともに考えたら指揮通信網から降りてくる直接命令《ダイレクトオーダー》なんか来るわけないんだから」

「五〇〇！」

コントロール・パネルを猛烈な勢いで叩きながら、百眼は叫んだ。

「ただし、設定先はランダムだ。狙ってどれなんて設定できるわけがねえ」

「上等よ。急いで、もうすぐ強襲揚陸艦がパワードスーツの出撃シークエンスに入る」

強襲揚陸艦グルンワルド59は、三隻の駆逐艦を護衛に引き連れたまま補給艦隊に突入した。

目標は、なけなしの護衛艦隊と直衛戦闘機に守られているミノスデロワ級大型空母八隻である。

少ない護衛戦力でできるだけ多数の艦を守るために、補給艦隊の輸送船と空母は密集隊形を取っていた。大型艦同士が狭い空間にそれぞれ自艦と同じ寸法の余裕しか持たずに密集しているさまは、そこに存在しないはずのブロック集積型の古代宇宙都市が出現したように見える。

撃沈判定された護衛艦は、戦闘空域外に退避している。現在戦闘空域に残っている護衛艦は残存艦隊とはいえ精鋭揃《ぞろ》いで、はるかに数で勝る艦隊『青』の遊撃艦隊と互角の戦いを繰り広げているように見えた。

遊撃艦隊が補給部隊の護衛を引《ひ》き剥《は》がした隙を狙って、強襲揚陸艦が搭載の突入艇とパワードスーツを進撃させる。たぶんに願望込みの戦闘予定は第三波攻撃以降いきなり遅くなった。戦闘空域に入ったグルンワルド59を含む強襲揚陸艦六隻は予定通り突入艇を出撃させて攻撃準備を整えているが、宇宙空間での戦闘能力がそれほど高くない突入艇を投入できるほどの制空権は得られていない。

パワードスーツ隊の出撃は、戦闘空域での制空権を確保してからというのがセオリーである。宇宙での機動戦闘に特化している戦闘機や攻撃機に比べれば、パワードスーツの対空戦闘能力などないに等しい。そして、攻撃側が充分な制空権を確保すれば守備側にはもうできることはなにもないから、その時点で降伏するのが常である。

逆に、充分な制空権を確保しないうちにパワードスーツを宇宙空間の機動戦闘に投入しても効果は期待できない。最新の戦況は待機状態のパワードスーツ隊にも伝えられるから、候補生たちは速いテンポで更新される戦闘情報とそのたびに遅れていく出撃スケジュールを見て出撃を待つことしかできない。

そのうちに、パワードスーツの出撃スケジュールが白紙に戻された。遊撃隊の補給艦隊に対する攻撃は続行しているから、艦隊『青』が攻勢を緩めたわけではない。

あらためてパワードスーツ隊に告知された出撃スケジュール及びその情報は、ありとあらゆる戦闘状況に対応するよう鍛えられている最上級生をも驚かせるのに充分だった。

グルンワルド59を含む六隻の強襲揚陸艦は戦闘空域に突入、直接ミノスデロワ級大型空母に乗り付けてパワードスーツ隊を突入させる。パワードスーツのみで完全な制空権を得ていない戦闘空域を飛行する危険を回避すると同時に、予想される迎撃は図体の大きい、装甲も充実している強襲揚陸艦で引き受けるという文字通りの海賊戦法である。

「だから、どこの誰が戦闘指揮してるのよ」

パワードスーツを着込んだまま出撃を待つチアキがぶつぶつと文句を言う。

「士官学校の卒業演習のしかも緒戦にいきなりそんな隠し芸みたいな作戦やって、いい点取れると思ってるわけ？」

「演習で敵艦拿捕したってったら点数はよさそうよね」

出撃前に体力消耗してもつまらないので、となりの整備用ラックに身を預けた第一種待機姿勢、無重量状態で上腕部だけを挙げた弛緩《しかん》姿勢のまま目を閉じている茉莉香が答えた。

「だけど、ナンバーズ・フリートの正規艦が演習とはいえ士官学校のひよっこに乗っ取られたなんてことになったら現役のプライド丸つぶれだろうから、抵抗すごそう」

「だいたい、あっちの空母ったらパワードスーツ突入時の戦闘想定なんてしてるのかしら」

チアキは、両手を動かして身の回りに表示させた立体ディスプレイから目的の資料を探した。ミノスデロワ級大型空母は同じ帝国艦隊所属の艦艇だから資料も揃っている。艦体の四方に飛行甲板を装備した最近になって主流となった回転体構造の大型艦で、飛行甲板、格納甲板、整備甲板ともにスペースは充分、艦載機数も搭乗員数も多い。

乗組員向けのマニュアルを検索してみても、艦内戦闘を想定した状況についての説明書は見当たらなかった。

「えーと、攻略優先順位は、戦闘情報司令室、機関部、まあそうなるわよねえ。で、それは回転体構造の中央部にあるから、外側の飛行甲板から攻略していかないと辿り着けない、と」

「標準装備の警備用小火器以外だと、整備作業用のパワードスーツが配備されてるのと、それから艦内のスペースが広いから艦《ふね》の中で艦載機飛ばして迎撃なんてのがありそうなパターンじゃない？」

「なにそれ？」

「あるものでなんとかするってのがうちに限らず宇宙船乗《ふなの》りの伝統だからさ、空母の中で使えそうなものなんでも使って迎撃されると思うわよ。どーすっかなー」

出撃前に攻撃目標は命令される。しかし、一歩強襲揚陸艦の外に出れば強電子妨害下の敵艦内、攻撃目標は自分で判断して自分で行動するしかない。

「そりゃまあ、攻撃目標が中央船体だってえんなら余計な回り道しないでまっすぐそっちに行くしかないでしょ」

パワードスーツ準備甲板に、出撃準備を告げるアナウンスが流れた。訓練時のようなカタパルト射出ではなく、ミノスデロワ級空母に強制ドッキングしたグルンワルド59から直接取り付く形になる。

最新戦況でも、グルンワルド59はまだミノスデロワ級にはドッキングしていない。しかし、個々の整備用ラックから離れて強襲揚陸艦最外縁の上陸用デッキに移動したパワードスーツ着用の候補生たちは、戦闘機動を開始した強襲揚陸艦の艦内で慣性制御システムでも吸収しきれないような衝撃を経験し、轟音《ごうおん》を聞くことになる。

空母も強襲揚陸艦も、戦闘中は人工重力を切った無重量状態で運用される。強制ドッキング時に人工重力の方向を合わせたり調整する必要はない。大型艦らしからぬ無茶な操艦で密集隊形の補給艦隊の中に躍り込んだグルンワルド59は、全長にして三倍、有効体積では二〇倍を超える艦隊『赤』所属の戦闘艦としては最大のミノスデロワ級大型空母、マイラドードーへの強制ドッキングに成功した。空母の中央船体の四方に装備されている最外殻の飛行甲板の一面に、ロケットアンカーやドッキングアームを使って強制着艦したグルンワルド59の大小の上陸用装甲ハッチが開き、雲霞《うんか》のようにパワードスーツが吐き出される。

強制着艦した飛行甲板上の強襲揚陸艦にむかって、残存の空母直衛機が攻撃を仕掛ける。ミサイルやビームによる攻撃は仮想のもので肉眼では視認できないから、受けた損害はそのつどチェックしないと確認できない。

そして、放出されたパワードスーツたちに母艦の損害を確認しているような余裕はない。

真っ先に飛び出した陸戦隊の援護を受けて展開した工兵隊が、直下の補給甲板から艦載機を上げるためのエレベーターハッチの強制排除作業を開始する。

上級生、パワードスーツ着用時間の長い候補生から出撃していくから、新入生である茉莉香たちがグルンワルド59から出るのは最後になる。茉莉香たちが大型空母マイラドードーの飛行甲板に降り立つころ、やっと工兵隊が飛行甲板のエレベーターハッチの排除に成功、パワードスーツ部隊の第一陣が下層の整備甲板に斬り込んでいった。

突入前に階下の整備甲板に掃討用の大型火器を掃射していたにもかかわらず、無重量状態をいいことに大きく開いたエレベーターハッチから階下に飛び込んだパワードスーツ部隊は溢《あふ》れ出《で》るように逃げ出してきた。あとから、装甲パネルをこれでもかと追加した大型攻撃機がゆっくりと整備甲板から飛行甲板に浮上してきて、機体上部に装備された大口径の旋回砲塔での掃射を開始する。

グルンワルド59を出た茉莉香は、飛行甲板上を低く飛んで母艦から離れた。そのまま艦首に向かう。

「うわーさっすが本気の戦場、あっという間に通信切れた」

もとよりこちらから発信する気はない。強電磁妨害下にある戦場で安全を確認せずに自ら発信することは、現在位置を大声で告知することに等しい。

先行するパワードスーツ部隊が突入路を切り開こうとしているエレベーターハッチから離れて艦首方向に飛びながら、茉莉香は全方位監視を行なった。縦、横全周に視線を巡らせて周辺状況を確認する。

パワードスーツが二つ、付いてきている。一体は黄緑色のチアキ、もう一体は空色。

「キアラ、付いてきてるんだ」

こちらを向いた茉莉香に、二体のパワードスーツが同行許可を求めるように片手を上げた。了解するように片手を上げて、茉莉香は飛行姿勢に戻って飛行甲板の先端を目指す。

ミノスデロワ級の飛行甲板は、紡錘形《ぼうすいけい》の中央船体の四方に装備されている。カタパルト兼用の飛行甲板は中央船体より長く延びている。先端まで辿り着いた茉莉香は、反転降下、飛行甲板とその下の補給甲板、最下層の整備甲板の先端部分を舐《な》めるように降りて下部構造に入った。

補給甲板、整備甲板ともに先端部とその周囲は開放構造だが、戦闘体制の今は厳重に装甲シャッターが閉じられている。四方を飛行甲板構造で囲まれた奥に、宇宙船としての空母の本体である船体構造の船首が見えた。有限要素法で計算された曲面構造で四方を支える生物的なトラス構造の奥に、空母マイラドードーの本体がある。

四方を飛行甲板で閉じられた四角い大穴のような構造の中に入って、戦場を荒れ狂う強電磁妨害も多少は収まった。すぐそばまできたチアキが、傍受の心配のない低電力モードで話しかけてくる。

『こっちから船内に潜り込もうっていうの？』

『そう』

茉莉香は、複雑に組み合わされた曲面構造の奥へ飛んだ。

『他のルートも考えたんだけど、こっちだと多少遠回りになるのと、あと空母本体の船首部分は戦闘状態だとほとんど人いなくなるみたいだから』

戦闘空域が外惑星系だから、母恒星ガイアＧ４の光は直視しても遮光の必要がないほど弱い。飛行甲板に囲まれた艦首の中は暗く、パワードスーツは自動的に視界を明るく補正した。

『えーと』

視界を切り替える手順を思い出すぶんだけ動作が遅れた。茉莉香は、視界を赤外線モードに切り替えて、不自然な熱源が艦首にないことを確認する。四方を飛行甲板に囲まれた内部は曲面構成の構造材があるくらいで、宇宙船ならよく装備しているレーダーやセンサーの類も感知されない。

『そりゃまあ、わざわざ見通しの利かないところにレーダーもセンサーも置かないか』

『アンテナの反応もありません』

こちらは慣れた様子で標準装備のセンサーを切り替えたキアラが言った。

『わたしも、なんでこっちに来たか言った方がいいですか？』

『できればお願い。役に立つことなら共有した方がいいと思うから』

パワードスーツ越しでは、着用者の表情まではわからない。茉莉香は、索敵姿勢のまま進む水色のパワードスーツの動作からなにか読み取ろうとじっと見つめる。

『命令にあった攻略目標は戦闘情報司令室か機関部、機関部に行くなら後方からだけど、戦闘情報司令室なら前から行く方が早いと思ったからです。もっと来るかと思ったけど、わたしたち三人だけですか』

『他のみんながあたしたちのために陽動やってくれてると思えばいいわ』

茉莉香は、あらためてキアラのパワードスーツの情報を見た。茉莉香もチアキもパワードスーツの着用時間はやっと二桁だが、彼女の着用時間は三桁に達している。

『あたしたちよりパワードスーツに慣れてるのね？』

『そんな、トルーパーコマンドなんか士官学校に来てからしか着てません』

『でも、入学試験のときに潜入隊にいたでしょ。それだけでも、あたしたちより白兵戦に慣れてる。リーダーお願いしていい？』

『わたしが？』

キアラのパワードスーツが二人に向いた。ゆっくり進行方向に姿勢を戻す。茉莉香とチアキ、二人分のデータを確認したのだろう。

『いいの？』

『だって、新入生がパワードスーツ着て敵空母に白兵戦挑んで乗り込むところまで行った演習は今までになかったんでしょ？　その想定のシナリオも今までは作られてなかった。たぶん空母の中でもうちの司令部でもこれからの展開シナリオをコンピューターが自動生成して想定の範囲内って顔してるころでしょうけど、これこそまさにあなたが予想してた想定外進行じゃない？』

『まぐれ当たりかも知れないし、それに今のところ想定外進行を当てただけでそれによるメリットはなにもないけど』

キアラは少し考えたようだった。次に口を開いたときは、口調が変わっていた。

『どうせコンピューターがアシストしてくれるんだから、リーダーなんか誰がやったって同じね。それに、ばらばらで行くよりは一緒に行く方が生存確率もあがるかも知れない。わかった、わたしが最初に行く、援護と後方確認お願い』

『理由もわかりやすいし、指示も明快。このあともその調子で頼むわよ』

茉莉香とチアキが片手を上げた。

『どこから入る？』

『中央船体の横に整備用のアクセスハッチがある。もちろん自動監視されてるはずだけど、近所にアクセスポイントも設置されてるからうまくごまかせば中に気付かれずに潜り込めるはず』

『第一から第四まで四つあるわよ？』

ミノスデロワ級大型空母の中央船体構造図を呼び出してチェックしたチアキが言った。

『どれから行く？』

『うちの母艦が強行着陸したのが第一飛行甲板でそっち側はいま大騒ぎなはずだから、その反対側、艦首第三アクセスハッチ』

『了解』

茉莉香とチアキは声を揃えた。


「駄目だあー」

弁天丸のブリッジで、百眼が情けない声をあげた。

「グルンワルド59のパワードスーツ指揮系までは行けたが、そこから先、出動した千単位のユニットに狙ってモニター回線設定するなんてこりゃ無理だぜ」

「情けないこと言わないで、指揮通信網と同等の権限持ってるのよ、なんとかして！」

「グルンワルド59が強制着艦した空母マイラドードーは、艦内まで戦闘状態になっている」

シュニッツァーが、最新の戦況をメインパネルに映し出した。

「戦闘空域には艦隊『赤』の大型輸送艦と空母艦隊が密集隊形をとっており、そこに『青』の遊撃隊と強襲揚陸艦が飛び込んで艦載機とパワードスーツをばらまいている状態だ。活動中のユニットの数が通常空間に設定できる超光速回線密度をはるかに超えている」

「んな建前はわかってるってば！」

自分の巣でコントロール・パネルを鬼のように叩きながら、クーリエは牙を剥いた。

「出撃と同時に船長とチアキちゃんの分のモニターまで切れてるのよ、このまんまじゃなにが起きてるのかもわからない」

「わかってるじゃない？」

ミーサは、ブリッジ天井のメインパネルを見上げている。艦隊『赤』の補給艦隊と密集隊形を取っているミノスデロワ級大型空母八隻のうち四隻にすでに強襲揚陸艦が取り付き、パワードスーツを放出している。残り四隻の空母は密集した艦隊の中から脱出する軌道を取っており、それを残り二隻の強襲揚陸艦と駆逐艦が追いかけている。一度は補給艦隊から引き剥がされた護衛艦隊も艦載機も補給艦隊へ引き返しているから、将来的な乱戦の度合いはさらに強まりそうである。

「ああ、いま表示されてる戦況は審判役が最新の情報をもとに予測計算して構築してるもんだ。きっちりリアルタイムの正確な情報ってわけじゃない」

百眼の説明に、ミーサは眉をひそめた。

「なにそれ、表示してる意味あるの？」

「観戦者向けのサービスみたいなもんだ、正確じゃないが最新情報に応じて逐次修正されるから外してもいない。うちの船長たちが取り付いた空母マイラドードーの戦況だけ拡大するとこんな感じだぜ」

百眼は、メインパネルの表示を操作した。周囲四面に飛行甲板を、中央に紡錘形の船体を持つ大型空母の概念図が表示され、赤と青の輝点がまぶしたように表示される。第一甲板には強制着艦した強襲揚陸艦の概念図も重ねられ、周辺には点滅する白い輝点が集中している。

「赤と青はそれぞれの戦力の所属で、白い輝点が現在進行中の戦闘だ。この戦況だって正確じゃないのに、強電磁妨害下の戦場に散らばってる相手に狙って超光速回線繋ぐなんて無理だぜえ」

「艦隊『赤』、マイラドードーの回線を使え」

シュニッツァーが百眼にデータを廻した。

「戦闘ユニットがマイラドードーの艦内に潜入すれば、空母内の戦闘情報を使える」

「おおっとその手があった！」

百眼は超光速回線の再設定を開始した。

「大丈夫なの？」

「マイラドードー側の超光速回線からなら、回線密度だの再設定だの気にせずに中の戦闘ユニットと繋がれる、問題ない、おーおー、こんなに入り込まれちゃって図体のでかい空母とはいえ大丈夫か？」

「空母側は、自分の超光速回線ただ乗りされて問題ないの？」

「審判権限で回線モニターするのに乗っかってちょいと見せてもらうだけだ。自分の艦《ふね》の中で戦闘してる最中に超光速回線の通信状況まで全部モニターするような余裕があれば、そもそも白兵戦なんて事態にならねえよ」

百眼はたーんとコントロール・パネルを叩いた。

「よおーし、船長他一名発見！　おおさすが、もう空母の艦内に進入済みだ！」

第六章 電子白兵戦

同じ状況を、リンはシュテッケン級電子戦艦カールマリー・アイザックの電子戦指揮司令室で見ていた。

艦隊『赤』の補給艦隊への遊撃隊の襲撃は、ガイアG4星系の外惑星系で行なわれている。

艦隊『青』の本隊は内惑星系にあり、四隻のシュテッケン級も艦隊決戦用に編成された本隊と共に星系全域にわたる電子戦を戦っている。

外惑星系の戦闘空域から内惑星系まで、光速でも十数時間。前進してきている艦隊『赤』との直線距離も光速で一〇時間と距離は離れている。そのため、遠距離電子戦はガイアG4星系全域に張り巡らされた哨戒網《しょうかいもう》と前進している中継艦経由で行なわれる。

現状、進攻してくる艦隊『赤』の前衛に対する電子攻撃よりも、予想外の展開となった後衛の補給艦隊に対する電子妨害に、艦隊『青』はその持てる電子戦力の過半を充てていた。

艦隊『赤』の補給艦隊は遠く離れているが、その周囲には超光速回線でネットワーク化された艦隊『青』の戦闘ユニットが大は強襲揚陸艦から小はパワードスーツまで山のように配置されている。電子妨害を仕掛けるのに充分な大きさと出力のアンテナを装備した艦もいくらでも存在するから、遠距離電子戦を行なうのに不自由はない。

艦隊『赤』の主力である前衛艦隊との本格戦闘はまだ開始されておらず、電子戦もまだ序盤戦、シュテッケン級四隻を主力とする艦隊『青』は充分に余力を残していた。

有り余る電子戦力を、艦隊『青』は遠く離れた外惑星系での補給艦隊襲撃に投入した。艦隊『赤』の電子戦力の大半を担う電子戦艦隊は艦隊決戦のための前衛主力に同行しており、しかもその戦力は艦隊『青』に向いていた。

補給艦隊の護衛戦力を充分蹴散らせるだけの大戦力を投入した上に艦隊『青』の電子戦力を大量投入したおかげで、補給艦隊への襲撃は控えめに表現しても有利に推移した。前衛艦隊と進攻してきている電子戦艦隊が即座に迎撃手段をとったが、穴を開けられたとはいえガイアポリスの哨戒網を使え、あらかじめ襲撃のための充分な準備と回線を確保していた遊撃隊は終始有利に戦況を進めることになった。

補給艦隊を襲った遊撃隊の大戦果は、演習シナリオの当初想定にはなかった。緒戦の戦闘の結果は大成功でも大失敗でも戦局全体の趨勢《すうせい》にはあまり影響しないと見られていたため、遊撃隊の反復攻撃や撤退のパターンは無数に考案されていたにもかかわらず成功時の展開はそれほど考慮されていなかったのである。

そのため、襲撃が成功し、こちらに都合のよい推定通りに戦局が推移すると、艦隊『青』は充分な考察と予測なしに遊撃隊の余剰戦力を補給艦隊襲撃に投入することになった。

本来なら宇宙空間から惑星地表など環境が変化する戦闘状況に投入されるはずの強襲揚陸

艦を対艦戦闘に駆り出したのもその一環である。存在する戦力がどんな形であれ使えるなら、それを戦場に投入しないのは指揮側にとっても現場でも罪悪である。

「だいじょうぶかなー」

艦隊『青』に属するシュテッケン級電子戦艦カールマリー・アイザックの電子戦指揮司令室では、戦況は艦隊『青』からのものしか見ることができない。敵となる艦隊『赤』の状況は、ガイアG4星系に生き残っていると判定される哨戒網と偵察機や観測機からもたらされる、最前線の戦闘情報から類推判断するしかない。

「初日からこんな安易な展開するなんて、このあとどーすんだろ」

補給艦隊と行動を共にした大型空母八隻を攻撃目標として突入した六隻の強襲揚陸艦は、四隻の敵空母への強制着艦に成功した。残る四隻の空母は補給艦隊から離脱したため、強制着艦に失敗した強襲揚陸艦二隻は追撃を断念、補給艦隊に居残り、僚艦が強制着艦している四隻の敵空母の制圧の援護に廻《まわ》る。

広大な電子戦指揮司令室の片隅のリンの席からでは、監督役の教官の指示や表情は確認できても遠い指揮通信網にいるはずの審判役の顔までは見えない。演習の展開を想定内に収めるはずの審判役が、どんなつもりでこんな展開を許しているのか見当が付かない。

実戦参加予定の電子戦艦の指揮司令室勤務とはいえ、ほぼ最下級生であるリンの今の役目は補給艦隊の護衛に対する電子妨害の未来手順確認でしかない。護衛艦隊は艦隊『青』の遊撃部隊と戦闘中、直衛がごっそりいなくなっている補給艦隊に戻ろうとしている。この段階で、遠く離れた電子戦艦からできる援護はセオリー通りの敵レーダーに対する妨害と味方に対する正確な観測結果の伝達くらいで、即座に手動対応しなければならないような状態ではない。

リンは、手元のディスプレイに戦況ディスプレイを重ねて表示した。コンピューターによるこれから先の演習の展開予測を表示させてみる。

審判役や教官が持っているはずの演習シナリオではない。シュテッケン級にも搭載されているカイザーブレードキャリバーによる未来予測である。予測とはいえ、全戦域からの最新の戦闘情報と現実の展開によって逐一修正されていくから、数分先くらいまでの予測なら信用度は高い。数時間先、数日先になれば、その信用度はどんどん下がっていく。

「まあ、たかが三日で短期決戦予定の艦隊戦だもんなあ。この時点で補給艦隊全滅させられても、期限内にこっちの主力蹴散らせれば艦隊『赤』の勝利なんだから、現時点で後衛を無視して進撃してくるって前衛の判断も、艦隊決戦のためならありっちゃあり、新兵の訓練のためにめったにない状況体験させとくのもありかあ」

リンは、戦闘予測を補給艦隊に対する襲撃戦に限定した。

コンピューターは、補給艦隊と遊撃艦隊の戦闘がまだまだ長く続くことを予測していた。

「長引くってそりゃそうだろなー」

空母に強制着艦した強襲揚陸艦は、突入艇とパワードスーツの出撃を完了している。当初は出撃予定がなかった新兵に至るまできれいさっぱり搭載パワードスーツ全てを吐き出したという最新状況を見て、リンは溜息《ためいき》を吐《つ》いた。

「てえことは、茉莉香《まりか》もチアキちゃんもあの中に出掛けていって慣れないパワードスーツで白兵戦中ってことか」

リンは、さらにモニターする戦況を限定してみた。艦隊『赤』のミノスデロワ級大型空母、マイラドードーへの強制着艦に成功したグルンワルド59からの最新戦闘情報が表示される。

「白兵戦かあ。でっかい飛行甲板や整備甲板でどんぱちやってるぶんにはそう変わらないだろうけど、せせこましい艦内が戦場になったらうちの候補生が対応できるのかなあ」

一般に、宇宙船内で戦闘状態となる白兵戦はかなり特殊な状況でしか発生しない。そもそも、白兵戦の訓練は特殊部隊と一部の陸戦隊でしか行なわれない。正規艦隊なら、白兵戦が戦われる条件が整うまえに勝敗が決している。

「ちょっと待てよ」

リンは、戦闘予測を未来方向に細かく動かしてみて妙なことに気付いた。

「コンピューターが、仕事してない？」

セオリー通りの艦隊戦なら予想される展開を秒単位で表示するはずの戦況モニターが、白兵戦状態の空母艦内の戦闘状況を膠着《こうちゃく》状態のまま動かさない。

「えー？　不確定情報が多すぎて未来予測できない？」

空母内に出撃したパワードスーツのほとんどは、強襲揚陸艦から一歩出ると同時に強電子妨害のためにデータリンクを断たれる。そのため、母艦であるグルンワルド59は出撃させたパワードスーツ部隊の動向をろくに把握できていない。

「パワードスーツ個々の戦闘情報が入ってこないから、戦況予測も動かせない？　そりゃまあそうか。時々戦況がごそっと動くのは、時々、母艦のネットワークに復帰するパワードスーツがいてそれまでの戦闘情報を置いていくから、なるほど。いやでも、押してるからって全戦力吐き出して、それがどこで何やってるかわからないって指揮系としちゃやばくね？」

艦隊『青』側にいるから、艦隊『赤』の空母が被害状況をどう算定しているかはわからない。艦内にまでパワードスーツに入り込まれれば、手の届くところから艦内のネットワークを切断されて使えなくなるはず。そこまで考えて、リンは空母側がどこまで艦内を把握しているかで被害状況を算定できる可能性に気付いた。

「ひでーなこりゃ、空母の中で陣取りゲームかよ」

呟《つぶや》いてから、リンはオデットⅡ世に乗り込んできたバルバルーサの陸戦隊のカイエン隊長からそんな話を聞いたことがあるのを思い出した。宇宙船内の白兵戦でも地上戦でも制圧戦ならやることは同じ、地道に少しずつ制圧範囲を拡《ひろ》げていくしかない。陸戦は地道な作業の積み重ねである。カイエン隊長の話は、陸戦に限らずすべての戦闘は地道な作業の積み重ねの結果だと続いた。

電子戦艦カールマリー・アイザックの電子戦力は、強制着艦したグルンワルド59の超光速ネットワーク経由でマイラドードーにも向けられている。敵艦至近に味方のアクセスポイントができたことで電子戦効率も上がり、電子戦での勝率は艦隊『青』の優勢に傾きつつある。

「まあ、演習でもなきゃ、こんな無茶《むちゃ》な戦闘状況やれったってみんな逃げるだろうなあ」

リンは、ふと首を傾《かし》げた。

「成功したあとの想定ができてないってことは、現在進行中の白兵戦ってのは演習シナリオの想定外進行ってことだよな？　だとしたらこの進行、誰が得するんだ？」

　戦闘情報がいきなり書き換わった。進攻したパワードスーツ部隊がマイラドードー第一飛行甲板及び補給甲板、整備甲板の一部の制圧に成功、アクセスポイントを構築して敵空母の一部をグルンワルド59の制御下に置いたのである。

　範囲内で活動中のパワードスーツは全機がグルンワルド59の戦闘情報ネットワークに復帰した。個々のパワードスーツによる戦闘情報がごっそりグルンワルド59に返ってきて、最新情報による未来予測も改変された。

「おー、無茶な上陸作戦だと思ったけど、とりあえずうまく行ってるようだ」

　リンは、更新された最新のリストの行動不能ユニットを確認した。演習に投入されたパワードスーツは模擬攻撃に晒《さら》され、損傷の度合いがその都度判定される。ダメージが積み重なるか、あるいは一度の攻撃でも致命傷を受けて行動不能と判定されればその場で死体役となり、味方に回収されるか敵に拿捕《だほ》されるまでは動けない。

　すでに、グルンワルド59から出撃したパワードスーツの一割近くが行動不能判定を受けて戦線から離脱していた。リンは、行動不能判定を受けたパワードスーツの中に茉莉香もチアキの名前もないのを確認した。

「てえことは二人ともまだ戦闘中か」

　リンは、制圧圏を拡げて戦闘情報が入ってくるようになったマイラドードーの最新状況を更新した。

「うまくやってっかねえ、あの二人」

「艦内戦闘してるってよりは、ドロボーしてる感じね」

キアラをリーダーにした茉莉香、チアキ、三体のパワードスーツは、中央船体最前部の整備用アクセスハッチからマイラドードー中央艦体内部への進入に成功していた。

もちろん、戦闘体制中の戦闘艦内には厳重な警備システムが働いている。敵味方識別システムに反応しない異物はすべて敵と判断されて自動警備システムが作動、自動で確認されて敵と判断されれば迎撃、排除される。

敵味方識別システムと連動した警備システムは、ブロックごとに独立している。敵味方識別システムで味方認識させることができれば話は簡単だが、ほぼ無限大の組み合わせに加えて数分おきにランダム変更される識別信号をトレースするのは不可能に近い。

そのため、艦内に進入した異分子は律儀にブロックごとに制圧して警備システムを切るか、警備システムそのものをひとつずつ破壊していかなければならない。

キアラがマイラドードーの艦内進入に当たって取った手段はもっと洗練されていた。艦内進入前にアクセスハッチから艦内ネットワークに接続、ブロックごとの警備システムにメンテナンスモードで侵入、時間限定で敵味方識別システムを無視するように設定を書き換えたのである。

「それにしても、手際いいわね」

メンテナンス要員しか入ってこないような艦首部分の無人ブロックでも、警備システムと敵味方識別システムは配置されている。巨大な宇宙艦内ではどんな事態でどこに何が紛れ込むかわからないから、完成から廃棄まで誰も入り込まないような密閉区域を除いて警備システム、敵味方識別システムが設置されるのが常道である。

将来のアップグレードに備えたセンサーやレーダー用の配線くらいしか入っていない艦首部分はほぼがらんどうの空っぽ、無人だった。その先、ブロックをひとつ進むごとにキアラはメンテナンス用のアクセスハッチからマイラドードーの艦内ネットワークに侵入、トルーパーコマンドE型搭載のコンピューターシステムを繋《つな》いで必要な処置を行う。

「演習の敵軍とは言っても、同じ艦隊の同じ規格のネットワークだから簡単なもんです」

パワードスーツのまま胸のアクセスパネルを開いて必要なコネクターを繋ぎ、あとの操作は立体表示のパネルで行ないながらキアラが答えた。艦内ブロックは与圧環境、センサーにも有害大気の反応は出ていないから、三人ともフェイスシールドを開いて肉声で会話している。

「整備用スタッフ向けのマニュアルまで探せば落ちてくるんだから、難しい仕事じゃありません」

「警備システムのクラッキングもそうだけどさ、パワードスーツ着てるのに細かい操作うまいなーと思って」

照明が消えたままの船首ブロックの末端で、三体のパワードスーツがアクセスハッチを開いてそのそばに取り付いている。茉莉香、チアキの役目は脇からライトを照らしていることと、センサー感度を上げての周囲監視くらいしかない。

「ほら、パワードスーツでの細かい作業って、素手じゃないから難しいでしょ。なのに、素手と変わらないくらいの速度でパネル開けたりコネクタ繋いだり、すごいなーと思って」

「ああ、コツがあるんだ」

コンピューター任せの警備システム書き換えの進捗を待ちながら、キアラは答えた。

「コツっていうか、調整。前に使ってたパワードスーツのデータ持って来て、合わせるでしょ」

「いや、あたしたち、パワードスーツ着たのってここに来てからだから」

「へえ？」

パワードスーツのヘッドセンサー部は固定されているから、中の装着者が首を廻しても動かない。しかし、茉莉香はキアラが二人の顔を見直したのだろうと思った。

「それにしちゃ慣れてるじゃない」

「宇宙遊泳は慣れてるから」

「あーそれで体捌《たいさば》きいけてるんだ。んーと、パワードスーツって一回着るごとにデータ収集されて、体形とか癖とかが記録されるでしょ。データは個人で引き継げるから、昔のデータを持ってくれば最新のパワードスーツでもある程度はこっちの癖に合わせて調整してくれるの。なんで、パワードスーツで楽器弾くとか裁縫するとかやってそのデータ取りさせると、指先の細かい動きまで覚えてくれるのよ」

「裁縫!?」「楽器！」

茉莉香とチアキは同時に声をあげた。チアキが詰め寄るような勢いで訊《き》く。

「パワードスーツで!?　できるもんなの!?」

「指先の調整さえ念入りに行なえば、そんなに難易度高くないから。まあ、最新のパワードスーツでも指先なんて微妙なところはさすがに自動じゃ合わないから指一本ずつゆっくり調整する必要があるけど、それでもいちど合わせれば他のパワードスーツでも感覚移行してくれるし」

「パワードスーツの楽団ってあれはてっきりメーカーの冗談だと思ってた」

茉莉香は、前にどこかの技術見本市で見たデモンストレーションを思い出した。

「そうか、楽器扱えればたいていの精密作業できるもんなあ」

「まあ、最近のパワードスーツなら対象をカメラ認識させて作業指定すれば勝手に指先動かしてやってくれる自動《オート》モードもあったりするけど、よし、できた」

アクセスパネルに装備されている最低限の小さなディスプレイが点灯した。細かく色を変えたのちに設定変更完了の文字が流れる。

「では、行きますか」

「待って、さっきはチェックできなかったけど、今なら中の状況見られるんでしょ。誰もいないかどうか確認してから」

「おっと、忘れてた」

茉莉香の指示を受けて、キアラは一時的に敵味方識別システムを無効化した次のブロックの警備システムを確認した。時間限定メンテナンスモードのまま高速スキャン。

「おっけー、乗員はいない」

二つ前のブロックでは整備要員らしいのがエネルギー伝導管の応急処置と思われる作業を

していたため、突破すべきアクセスハッチが増えるのを承知でわざわざ別ルートを選んでいる。

「それじゃあ、行きましょう」

ブロック間移動のための大型アクセスハッチが、モーターによりゆっくり開きはじめた。

「相手が士官学校の練習艦隊とはいえ、帝国艦隊同士の白兵戦なんてものが観戦できるとはねえ」

指揮通信網の審判と同等の権限で艦隊『赤』、『青』双方の戦闘情報を同時にモニターできる弁天丸《べんてんまる》は、マイラドードー艦内で繰り広げられる白兵戦の状況を当事者よりはるかに正確に把握していた。百眼《ひゃくめ》は入ってくる戦闘情報を次から次へと切り替えている。

「大変だぞこれは」

大型空母を舞台とした白兵戦を観戦するシュニッツァーの表情は険しい。

「白兵戦となると末端の戦闘状況が把握できない。情報が入ってこなければ的確な指示を出すこともできない。最前線と司令部が切り離された状態では戦闘をコントロールすることもできない」

「そりゃまあ、戦闘指揮する立場でこの乱戦見りゃいやにもなるだろなあ。うちじゃどうやってるの？」

「弁天丸で行なう白兵戦の場合は規模が桁違いに小さい」

シュニッツァーは、マイラドードーの第一飛行甲板から中央船体に拡がっていく戦線の様子を多方向からチェックしている。

「同時に二個所《かしょ》以上で白兵戦を行なうような規模の戦闘はめったにない。最前線が数えるほどしかなく、目が届く範囲ならば、戦闘をコントロールできる」

「指揮通信網からのアクセス、ごっそり増えてるぜ」

三代目が報告した。

「演習とは言え正規空母に強襲揚陸艦が乗り付けるなんて異常事態だから、ひまこいてる統合参謀司令部のお歴々が面白がってぞくぞくと見物に来てるみたいだ」

「正規のルートで見に来てるのは無視していいのよ、問題は指揮通信網の非正規ルートでちょっかい出してくる奴《やつ》！」

クーリエが声をあげた。

「そっちはなんかひっかかってこない？」

「今のところ、気にしなきゃならないような反応はひっかかってない」

三代目が答えた。

「指揮通信網経由の覗《のぞ》き見《み》はどんどん増えてるけど、『赤』や『青』の戦闘情報ネットワークに手を出してきてるようなのは今のところ見つかってない」

「これは演習シナリオの初期想定にはなかった展開だ」

難しい顔のままのシュニッツァーが言った。

「演習がろくにシナリオもできていない想定外進行になった場合、お助けゴーストは的確な助言ができるのか？」

「ん、なに？　どういうこと？」

クーリエが反応した。

「お助けゴーストが進行中の演習に的確な助言ができるのは、それまでの戦闘の展開をすべて把握し、これからの戦闘予測も確実に行なえている場合に限られるはずだ。お助けゴーストが的はずれな助言をしてその結果候補生が不利益を被れば、候補生はお助けゴーストを恨みこそすれその先助言を聞くことなどなくなるのではないか？」

「んー？」

クーリエの電子の巣から、つかのまキータッチの音が聞こえなくなった。

「お助けゴーストが出てくるのは、戦闘の確実な進行が予想できる場合に限られる、今回は予測不能だから出てこない、そういうこと？」

「乱戦になればお助けゴーストが出てきやすくなる、その予想は間違っていないだろう。乱戦になれば、戦闘ユニットごとの判断回数も増えるし、その中には戦局を左右するものもあるはずだ。だが、現状の白兵戦は少なくとも今回の演習の帰趨《きすう》を左右するものではない」

「百眼！」

クーリエが声をあげた。

「乱戦中の特定の戦闘ユニット狙って超光速回線を繋ぐことは不可能？」

「状況による」

百眼が答えた。

「今回みたいに、敵味方双方の指揮通信網好き勝手に使えて、なおかつ出撃した戦闘ユニットが自主的に超光速回線を維持してる状況ならもちろん可能だ。だが、これが演習じゃない、本番の戦闘ならぐんと難しくなる。説明しなくたってわかるだろ、自主的に無線封鎖してステルスしてる戦闘ユニットに無理矢理《むりやり》直通回線繋ぐのは、相手の正確な座標とベクトルがわかってたって簡単じゃないぜ」

「つまり、演習状況でお助けゴースト飛ばすことはできても、これが実戦ならお助けゴースト飛ばすのは難しい、か」

クーリエは再び連続音にしか聞こえない勢いでコントロール・パネルを叩《たた》きはじめた。

「それじゃ、どこの誰がなんのためにこんな状況を作り出したの？　今回みたいな無茶苦茶《むちゃくちゃ》な状況って、演習シナリオの展開に任せたまんま持って行けるものなの？」

「それなりの状況を重ねてやれば、どんな戦闘状況でも作り出すことができる。現に、強襲揚陸艦による艦艇襲撃シナリオは選択肢に含まれていた」

「でも、強襲揚陸艦が補給艦隊に突入する頃になって突入後のシナリオあわてて作成してるってことは、少なくとも運営側は戦況がそっちに流れる可能性は低いって読んでたんじゃないの？　どっかの誰かが、狙ってこの状況作り出したって可能性は考えられない？」

「考えられる」

シュニッツァーはクーリエに答えた。

「いや、より正確に言えば、それしか考えられない。ここまでシナリオから逸脱した展開には、なにものかが狙ってコントロールしない限りは進まない。戦闘は双方の知識と思考をもとに展開する。敵も味方も、戦闘の未来が予測できる範囲でしか指示は出さない。まして双方にシナリオが設定されている演習だ、成り行きまかせのままこんな展開になることは考えられない」

「誰が――はこのさい後回しでいいわ、どうやればそれができる？」

シュニッツァーは、戦況ディスプレイを巻き戻した。

「艦隊『青』が補給艦隊への襲撃に圧倒的に有利な戦力を投入することを決定した時点か、艦隊『赤』が補給部隊への襲撃を察知してもそのための援軍を廻さないことを決定した時点か、その辺りが分岐点になると思うが」

「鈍いわね、もしこの展開を望んで招いた相手がいるとしたら、そいつは演習の全てを観戦していて、分岐点全てに介入して戦闘状況を自分の好きな方向に進めたんじゃないの？」

「おいおい」

百眼がうんざりしたような声をあげた。

「お助けゴースト出してる仮想敵以外に、そんな厄介なことしてる連中がいるって、そう考えてるのかい？」

「別かどうかはわからない」

キーボードを叩きながら、クーリエは答えた。

「だけどねー、お助けゴーストで候補生を、ひいては帝国艦隊を好き勝手に操るのが仮想敵の目的なら、演習シナリオに介入してありそうもない展開に戦闘ねじまげて喜んでる奴も同じような顔してやってるんじゃないかって気がするのよねえ」

「指揮通信網の指令情報を洗い直そう」

シュニッツァーが、コントロール・パネルの接続を切り替えた。

「艦隊『青』の遊撃隊が補給艦隊への襲撃を開始してから、遊撃隊にとって幸運な、護衛艦隊にとっては失敗だった展開がいくつか見られる。それぞれの動きのきっかけになった指令は戦闘情報に残されているはずだ。指揮通信網から直接双方の戦力を動かせるなら、空母に白兵戦でも戦艦同士の衝角《ラム》戦でも好きな戦況を作り出せるぞ」

「お願い。たぶん、お助けゴーストと同じような不正規の通信経路使ってると思うから。指揮通信網から降りてくる不正介入だけ監視対象にしてたのは失敗だったわね、どうせやるなら徹底的にやらなきゃ」

「おいおい、指揮通信網全部監視するつもりか？」

「全銀河の指揮通信網見てる必要なんかないわ、この卒業演習やってるガイアＧ４星系が出口になってる超光速回線だけ見てればいい。監視範囲がちょいと上の方に拡がるだけなんだからなんとかして！」

「うへーい」

返事をして、百眼はディスプレイの表示を指揮通信網系統に切り替えた。

「帝国艦隊を操る天下の指揮通信網相手にこんな仕事する破目になるとはねえ」

「で、演習に介入してるはずなのが真の敵なら、せっかく尻尾掴《つか》んだこいつは本命じゃないな」

「なにい!?」

「これもいちおうチェックはしといて！」

シュニッツァーと百眼向けに、クーリエから解析データが束になって飛んできた。

「んだこりゃ！」「なんだこれは！」

百眼とシュニッツァーが同時に声をあげた。

「指揮通信網の奥から出てきた。統合参謀司令部の会員限定サイト、うちの今の権限でも中身見るのにちょっと手間かかったから、たぶん本職が手をかけてると思ったんだけど、逆探知される前に複製した中身がこれ」

それは、一見して樹状展開する演習シナリオに見えた。今回の卒業演習シナリオと展開は同じだが、細部が異なる。そして、予想される展開ごとに細かい倍率が表示されている。

「参謀司令部数値戦略研究会だあ？」

百眼が呆《あき》れたような声を出した。

「数値戦略研究会か」

シュニッツァーが低い声で呟いた。

「これはまた、とんでもないものを釣り上げたな」

「尻尾はきっちり掴まえたから、いつでも本体捕まえられるようにマークしといて！　情報部が望む本命とはちょぃと違うけど、非正規の大物なのは変わりないから！」

「なんなの？」

ミーサが訊いた。百眼が、同じデータをミーサのオブザーバー席に飛ばす。

「聞いたことねえか？　お偉方が、自分たちが指揮してる部隊を賭け事のネタにしてるって不謹慎ネタは？」

「えー？」

ミーサの目つきが悪くなった。

「なにそれ？」

「艦隊対抗の戦技競技会の勝敗とか、士官学校対抗の運動会なんかをネタにトトカルチョしてるってやつだ。何年かおきにニュースになっては不謹慎だって叩かれて関係者降格とか退役とかちょっとした騒ぎになるんだが、これも帝国艦隊の長い伝統のひとつだからなあ、いっくら自粛宣言出して禁止したところで消えないだろうとは思ってたが、まっさか指揮通信網の中に専用サイトこしらえて運用してて、ネタのひとつが卒業演習とは」

百眼は、サイト内の情報をいくつかスクロールしてみた。最新の賭けは現在進行中のガイアポリス第一二五八卒業演習を対象に進行している。賭けの対象は最終的に戦われるはずの『赤』対『青』の艦隊決戦の帰趨の他に、決戦前の戦闘がどう展開するかにまで及んでいる。

「ああなるほど、なんで統合参謀司令部なんてところからここまで卒業演習見に来てるのかと思ったら、展開が賭けの対象になってたってことか。そりゃあ、空母の中でパワードスーツが白兵戦なんて展開になれば大穴よね」

「しかも、新人である候補生側が空母の制圧成功なんてことになったら払い戻しの倍率とんでもないぜ。参加者は統合参謀司令部の全部署から。これたぶんナンバーズ・フリートの艦隊司令部も関わってるな。動いてる賭け金も半端ない」

「押さえられるか？」

シュニッツァーは、クーリエからの情報をもとに必要なアクセスデータを揃《そろ》えている。

「ああ、たぶん大丈夫だ。こっちの権限が同等だから、幕僚会議の部会や艦隊司令部権限でいくつかアカウント登録しておく。作成基準が正規のそれと一緒ってことは、こりゃ間違いなく内部の犯行だな」

百眼は、空母マイラドードー内部で進行中の白兵戦の最新状況をチェックした。マイラドードー内部に進入成功した茉莉香、チアキの戦闘ユニットは、うまく戦闘を避けつつ中央艦体の奥深くまで入り込んでいる。

「うちの候補生も大健闘してるが、自分たちの戦闘状況が外から操られてるのみならず賭けのネタにされてるなんて知ったらどんな顔することやら」


装甲、耐熱、気密防御まで施された三重の大型アクセスハッチがゆっくり開いた。

「このハッチの先が、マイラドードーのセントラル・コンピューター、カイザーブレードセイバーの防護デッキよ」

マイラドードーの中央艦体前方側に、空母機能を司《つかさど》るセントラル・コンピューターが設置されている。中央艦体のもっとも内側で厳重に装甲されたブロックの内側に、それはあった。

最新型であるカイザーブレードキャリバーのひとつ前の型であるカイザーブレードセイバーは、絶対零度で超流動状態を保つ液体ヘリウムの巨大なカプセルに冷却され、さらに防護のために耐衝撃ジェルに満たされた格納プールの中に納められている。三重の防護壁に隔てられたカプセルのいちばん外側は常温のはずだが、開いたアクセスハッチからセントラル・コンピューター・ブロックに一歩足を踏み入れた茉莉香は開けっ放しのフェイスシールドから入り込む冷気を感じた。

通常運用体制なら無人状態に置かれるブロックだから、点灯している照明はない。常時無重量状態で運用される前提で設計されている区画だから、明確な床も天井もない。茉莉香は、フェイスシールドを閉じて視界を確保した。

フェイスシールドの内側に、パワードスーツのセンサーで捉えた景色が表示された。巨大な円筒形の空間の中央に、周囲の壁から林立する有限要素法に基づく生物的な有機構造で支えられた大きな白い繭が見える。暗視視覚を補正して、古代遺跡というよりは巨大生物の蛹《さなぎ》を納めた繭のようなセントラル・コンピューターの防護カプセルを確認する。太いデータケーブルにパワーケーブル、外側二重の耐衝撃ジェル供給用のパイプにいちばん内側の超流動ヘリウム供給用パイプが何重にも接続され、稼働している。

肉眼では確認できないが、パワードスーツのセンサーは大量の流動体とエネルギーの高速移動を検知していた。

『今まさに戦闘中のセントラル・コンピューターかあ』

『それじゃ分かれて』

無重量状態の円筒形の防護デッキ内に、キアラのパワードスーツがふわりと浮かび上がった。曲面的な穴だらけの柱で壁から支えられている防護カプセルに向かう。

『説明したとおり、コントロール・パネルは十二個所。うち三個所から、同時に同じコマンドを打込めば、演習上での制圧宣言が完了します。ただし、コマンドを打込むためにはパワードスーツからコネクターを繋ぐ必要がある。手順は今までと同じ、こっちのパワードスーツのネットワーク設定は終わってるから、コネクター接続したら合図して』

『コネクターを繋ぐコントロール・パネルの場所はどこでもいいの？』

続いて浮かび上がったチアキが訊いた。セントラル・コンピューターであるカイザーブレードセイバーを納めた防護カプセルの表面に設けられているコントロール・パネルは通常なら使用されない非常用だから、不規則に配置されている。

『防護カプセル中央から等距離で離れてるのがいい』

先を行くキアラは、繭のような防護カプセルのだいたい真ん中辺りにあるコントロール・パネルを指した。茉莉香、チアキの視界の中で、パワードスーツのデータベースにあったマイラドードーの内部構造図をそのまま流用した防護カプセルの立体表示の表面の一部が点滅する。

茉莉香は、巨大な繭を支えるにしては細く見える有機構造をよけて飛びながら指示された目的地に向かった。

繭状の防護カプセルの表面に装備されているコントロール・パネルは、宇宙船のように巨大なコンピューターを操作するためとは思えないほど小さくて粗末な作りだった。軍用規格品のコントロール・パネルをそのまま流用したものらしく、ボタン留めのアクセスパネルを外すにもコネクターの接続にもまごつくことはない。

灯《ひ》が消えたままのコントロール・パネルを前にして、茉莉香は自分のパワードスーツの胸を開いて接続用のコネクターを選び出した。

『こちら加藤《かとう》茉莉香候補生、ただいまよりコネクターを接続する』

『こちらチアキ・クリハラ候補生、こちらもこれから接続する』

すでに、チアキもキアラのパワードスーツも見えない。

『こちら、キアラ・フェイシュ候補生、こちらはもう接続完了してる。ここまで来たんだから、接続は慎重に、確実に行なうこと』

『了解』

茉莉香は、親指ほどの太さの円筒形コネクターをパワードスーツの胸から引き出した。パワードスーツの手は自分の手がそのまま入っているわけではない。内部の装着者の手は外から見てパワードスーツの手首にあり、パワードスーツ自体の手は中で伸ばした指よりも先にある。精巧に整形された指先は精密作業も可能という触れ込みだが、基本は機械の手より手前にある生身の手の動きをそのままトレースしているに過ぎない。つまり、精密作業ができるかどうかは着用者の技量による。

自分が指先に持っているのがデータケーブルのユニバーサルジョイントC型で間違いないのを確認して、茉莉香はコネクターをコントロール・パネルのスリットに挿した。

反応なし。なにか間違えたか、もう一回くらい挿し直した方がいいかなと思うくらいのタイミングで、それまですべての灯が消えていたコントロール・パネルが生き返った。

『接続確認！』

キアラの嬉《うれ》しそうな声が聞こえた。

『認証開始、これからマイラドードーのセントラル・コンピューターの制圧を宣言します！』

『卒業演習初日からの大活躍、おめでとうございます』

わざわざ個人用回線で、それも軍用を凌《しの》ぐ厳重な秘匿暗号回線を持つと言われる保険会社経由で弁天丸から呼び出されたナッシュは、通信モニターの向こうでさわやかに笑っていた。

『卒業演習で白兵戦まで戦況が進んだのも、その結果乗り込んだ空母の制圧に成功したのも卒業演習史上初めてって話じゃないですか。司令部で今話題の中心ですよ』

「こっちが何かしたわけじゃないわ」

弁天丸の電子戦席の増設されたディスプレイの片隅に通信モニターを重ねて、クーリエは仏頂面で答えた。

「それに、敵空母に強襲揚陸艦強制着艦までさせて、墜《お》とせた空母は四隻中二隻だけ、それも救援の揚陸艦と合わせて二隻がかりで墜とせただけで、一隻しか強制着艦してないのは結局追い払われちゃったんだから」

『いやあ、たいしたものです。現役で帝国艦隊に所属している間に、演習とはいえ強襲揚陸艦四隻分のパワードスーツが大型空母に襲いかかる戦況をこの目で見ることができるとは思ってもいませんでした』

「おかげで、まだ中段も決戦も残ってるガイアG4星系の卒業演習が不必要に注目されることになっちゃった。そっちの損得は計算してないの？」

クーリエは、面倒だから他の表示の奥に押し込めたままの通信モニターにちらりと目を走らせた。

『卒業演習といえば毎期どこの士官学校でも行なわれている珍しくもない年中行事ですが、ここまで注目されれば候補生もいろいろ張り切って、その結果お助けゴーストが付け込む隙を多く生むのではないかと期待しています』

「情報部のくせにそんな能天気な楽観主義でやっていけるの？」

『うちは個性的な人材を適材適所に配置してよりいっそうの効率を求める作戦を進めています』

「どんな無茶な作戦方針でも、うまく行ってるうちは文句言われないか」

『そんなところです。そんな話をするために、定時以外の連絡をわざわざ民間の回線を使ってしかもこっちが司令部の外にいるときを狙って掛けてきたわけじゃないでしょう。なにかありましたか？』

「そうそう、せっかく大物の尻尾掴んだと思ったら、そっちが探してる種類のものじゃなかったんだけど、報告しないわけにもいかないだろうと思ってね。資料送るから、見て」

クーリエは、シュニッツァーと百眼が簡潔に要約した報告書をナッシュに送った。

厳重に暗号化されている超光速回線経由で届いた報告書にざっと目を通したナッシュが絶望的な声をあげた。

『数値戦略研究会……よりにもよってそんなもの引き当てたんですか』

「統合参謀司令部がどれだけ羽目外そうが不謹慎な賭けしてよーが、こっちの知ったこっちゃないからね」

弁天丸のブリッジで、クーリエは超光速回線のチェックの片手間にちらりと通信モニターに目を走らせた。

「司令部付きの情報部なら、数値戦略研究会と称する歴史ある賭け屋《ブック・メーカー》がお偉方相手に大金動かしてるのは先刻承知でしょ。数値戦略研究会は、表向きは有志による宇宙戦における戦略の勉強研究会だけど、今回の卒業演習は想定外の大穴続出でだいぶにぎわってるみたい」

目線をディスプレイに向けて通信モニターから逸《そ》らしたまま、クーリエは早口で説明した。

「どうする？　見ないふりしてほっとく？　それとも、軍警察辺りにご注進申し上げる？　そっちに任せるわよ」

『なんでそんな重要な情報を、こんな民間回線で流すんですか』

「ばかねー、数値戦略研究会は他のぼんくらな部署と違って自分たちがやばいことやってるって自覚があってきちんとそれなりの対応してるところよ。泳がせようと思ったら、指揮通信網なんかで話できるもんですか」

『傍受される可能性があると？』

「それくらい気を回してくれる相手じゃないとつまんないし。それに、詳細調べればわかるけど、参謀司令部の幕僚、佐官以上のお偉方がごっそりメンバーズリストにいるから、情報部が無茶しようと思ったらここ精査して相手の弱み握っといたほうがいろいろ楽なんじゃない？」

『つくづく、あなたたちを味方にしておいてよかった』

ナッシュはゆっくりと首を振った。

『そうですね、司令部の数値戦略研究会のこんなメンバーズリストがあれば、使い方次第で司令部を意のままに動かすことができるでしょう。ただ、よほどうまく使わないと、こちらの首が飛びかねない』

「わかってりゃいいわ。それから、こっちは大物、本命の可能性大」

クーリエは、次のデータを通信回線に飛ばした。届いたデータを斜め読みしたナッシュは、瞬時に要点を要約した。

『……指揮通信網から、卒業演習シナリオに介入があったと？』

「正確に言えば、指揮通信網から演習中の艦隊『赤』と『青』の指揮系統に不正規介入が何回も行なわれてる。そのつもりで監視してたわけじゃないから跡探すのも苦労したけど、『赤』と『青』双方の戦闘情報回線の指令をわずかに改変して、状況を演習シナリオから少しずつ逸脱させてる。指揮通信網からの介入といい足跡の消し方といい、やり口がお助けゴーストと一緒だから同じ相手だと思う。こっちについては、情報部は気付いてるの？」

ナッシュは、もう一度送られてきたデータを見た。

『いえ、最近の演習に通常の宇宙戦闘なら発生しないような事態が多くなっているのは知っていましたが、それを狙って引き起こしている勢力がいるとは情報部は認識していません。何が目的でこんなことをしているのでしょう？』

「弁天丸でもいろいろ考えてみたけど、うまい理由は見つからなかったわ。うちの航法士は、面白がってるだけだって言ってるけど」

『確かに、興味深くまた珍しい展開ではありますが』

「演習の戦闘状況をコントロールしようとしてるだけなら、うまい言い訳があるんだけど」

『なんですか？』

「もし、そいつが演習の進行を好き勝手に動かせるなら、そいつは戦闘だけじゃない、お助けゴーストを放つタイミングも相手もばっちりコントロールできる。そうは思わない？」

『……』

息を吐きながら、ナッシュはゆっくり頷《うなず》いた。

『厄介な相手ですね』

「認識が一致してくれて嬉しいわ。それと、この候補生、調べ付く？」

クーリエは最後のメッセージをナッシュに送った。

『キアラ・フェイシュ候補生ですか？　茉莉香さん、チアキさんと同期の候補生ですね？』

「第三艦隊の新鋭空母マイラドードーのセントラル・コンピューター墜とした新人候補生の一人よ。入学したての候補生にしちゃあ裏技の手際がよすぎる。研鑽《けんさん》を積んだ優秀な新人ならそれでいいけど、本当にそうなのかどうか、こっちじゃ調べが付かない。そっちで洗い直してみて」

『わかりました』

ふと、ナッシュは通信モニターの中で考え込んだ。

『もし、このキアラという候補生が空母内の白兵戦で茉莉香さんとチアキさんを導いたのだとすれば、彼女自身がお助けゴーストである可能性はありませんか？』

クーリエは、通信モニターのナッシュにぐるぐる眼鏡を向けた。

「今までに、生身のお助けゴーストが出た記録はない。でもそれはこっちがそう思いこんでいるだけで、そのつもりで探せばそんなケースがいくつか出てくるかも知れない」

クーリエは、眼鏡をディスプレイに戻した。

「卒業演習はあと二日間残ってる。お助けゴーストが大活躍するとしたら三日目の決戦だろうから、できればそれまでに結果頂戴、急いでね」

あとがき

新章開始のご挨拶

初めての方もお久しぶりの方もどうもありがとうございます。お待たせしました。

『ミニスカ宇宙海賊《パイレーツ》13』改め、『超ミニスカ宇宙海賊1　海賊士官候補生』をお届けします。

娘海賊たちが士官学校に入学したと見せかけて実はなんかの依頼で、ってプロットだけはずいぶん前から考えていました。入学してからのネタとなるコンピューター任せの自動最適戦闘については、それとは別に去年の夏頃からぼんやり考えていたことです。

自動車の自動運転はそのうち実用化されそうです。人間より視力がよく、反応も早く、疲れない自動運転は、技術が発展すればするだけより確実なものになるでしょう。


では、戦闘は？

そもそもの発想は、空中戦も自動化できるんじゃね？　という辺りです。機械なら全方位を光学観測つまり目視すると同時にレーダー、センサー監視、自機の姿勢も位置も状況も完全に把握したまま格闘戦に入れるはず。またその機体は人間を乗せる必要がないので人体保護のための荷重制限も受けず、出力と機体強度が許す限りの戦闘機動が出来るはず。

観測系と制御系が充分に発達すれば、機械の制御は人間が行なうより機械に任せた方が正確、精密になります。んじゃ、敵味方双方の技術が充分に発達してたらどうなる？

索敵、確認、戦闘の順番は変わらないでしょう。戦闘開始のときの位置や互いの性能、装備によってそのとき取るべき手順は、勝率の高い順にいくつもあるはず。そして、常にもっとも勝つ確率が高い手順を選択し続けられる機械同士の戦いはどうなるか。

また、勝利条件によっても戦闘状況が違ってきます。敵を完全破壊すればいいのか、それとも進行を止めるだけでいいのか。この辺りの状況は目の前の戦闘状況だけではなく、周辺まで含めた戦略的判断が必要になってきます。

考察してるときは、スペオペ作家としてとりあえずやっておかなきゃならないだろなー程度のものでした。その結果は、「これ、ネタに出来る」。そのときはどこで使う当てもなかったんですが、今回本編開始後に気付きました。使える。

今までにも何度も出てきた帝国艦隊は、戦力としては銀河系最大、歴史も長いし使ってる技術も最高水準です。とりあえず現状考え得る最強の戦闘方法、ここが使ってることにすればいいんじゃね？　いや、使っていないはずがない。

というわけで、作者はネットワーク時代のコンピューター戦闘についてまたいろいろ厄介な設定を抱え込むことになるわけです。いいの、いつものことだから。

そして執筆作業。余裕があるうちはじっくり考えて納得して話を進めていくんですが、締め切りは考えるより先に迫ってきます。

締め切り前には凶事が続くもんです。自宅で執筆用に使ってる主力機がアップデートにドジって起動しなくなるとか、マウスが壊れるとか、データの移行したつもりがしてなくて一部原稿が消えるとか、あーはいはいそういう時期ですねってもはや驚きもしない。

この稼業も長いもんで、起きる可能性のあるトラブルは起きるって実体験で学習してます。その日の終わりには念のために今日書いた分の原稿をバックアップしておくくらいのことはしてるし、原稿書くだけなら不自由のない旧式機も用意してあるし、壊れたら直したり買えばいいのよ。消えた原稿も量が大したことないんで記憶から再生して書き直せば問題なし。それであわてたり騒いだりする時間の方がもったいないわ。

実際には、普段から起きてるトラブルが締め切り前の余裕のないときに集中して起きるように見えてるだけなんでしょう。大丈夫、もう慣れた。


そして、本編お読みの方は先刻ご承知の通り、この話まだしばらく続きます。

まあなー、ひっさしぶりのシリーズ再開だし銀河最強の戦力を誇る帝国艦隊の要諦を養成する士官学校ともなればあーもあろうこーもあろうって設定山盛りではじめたもんなあ。そりゃまあ、簡単に終わってくれるはずもないかあ。


そんなわけで、超ミニスカ宇宙海賊、開始になりました。新しい場所、判型で、新しい宇宙海賊の冒険をいろいろ考えております。よろしくお願いします。

二〇一九年六月二三日（えー明記してだいじょうぶ？）

笹本祐一《ささもとゆういち》

Profile

笹本祐一

一九六三年　東京に生まれる。
一九七四年　「宇宙戦艦ヤマト」に本放送からはまる。
一九七九年　「機動戦士ガンダム」も本放送から見る。
一九八二年　「銀河乞食軍団」を読み、飛行機の操縦マニュアルを参考書に使う手を知る。
一九八四年　「妖精作戦」を上梓。
一九九二年　「星のダンスを見においで」を上梓。
一九九四年　スペースオペラ執筆のためにH－Ⅱロケット初号機からロケット取材を開始。
二〇〇八年　「ミニスカ宇宙海賊」戦闘開始！
二〇一二年　「モーレツ宇宙海賊」テレビ放映。
二〇一四年　「モーレツ宇宙海賊」劇場版アニメ公開。
二〇一八年　「ミニスカ宇宙海賊」第二次戦闘開始!!

松本規之

一〇年ほどゲーム会社に在籍。その後フリーとなり、ライトノベルのイラストなどを手がける。現在は漫画活動がメイン。代表作に「凜－松本規之画集」（エンターブレイン）、「つばめ陽だまり少女紀行」（徳間書店）、「南鎌倉高校女子自転車部」（マッグガーデン）など。

超ミニスカ宇宙海賊 1

海賊士官候補生

発行	2019 年 7 月 25 日　初版第一刷発行
著者	笹本祐一
発行者	三坂泰二
発行	株式会社 KADOKAWA 〒 102-8177 東京都千代田区富士見 2-13-3 0570-002-001（ナビダイヤル）
印刷・製本	株式会社廣済堂

◎定価はカバーに表示してあります。

●お問い合わせ（メディアファクトリー ブランド）
https://www.kadokawa.co.jp/（「お問い合わせ」へお進みください）
※内容によっては、お答えできない場合があります。
※サポートは日本国内のみとさせていただきます。
※ Japanese text only

Printed in Japan　ISBN 978-4-04-065079-1 C0093